BARBARA ERLENKAMP

Frühlingsglück im kleinen Café an der Mühle

# Weitere Titel der Autorin

*Das kleine Café an der Mühle*
*Winterzauber im kleinen Café in der Mühle*
*Sommerzauber auf der kleinen Insel*

# Über die Autorin

Andreas J. Schulte ist freier Journalist und Autor. Christine Schulte hat bereits in ihrer Schulzeit zusammen mit einer Freundin ihren ersten Roman verfasst und arbeitet heute als technische Redakteurin. Das Ehepaar lebt mit seinen beiden Söhnen seit 25 Jahren in einer alten Scheune zwischen Andernach und Maria Laach. Unter dem Pseudonym Barbara Erlenkamp schreiben sie zusammen moderne, humorvolle Frauen- und Unterhaltungsromane. 2018 ist ihr erster Roman »Das kleine Café an der Mühle« erschienen.

Barbara Erlenkamp

# Frühlingsglück im kleinen Café an der Mühle

lübbe

Dieser Titel ist auch als E-Book erschienen

Vollständige Taschenbuchausgabe
der bei Bastei Lübbe erschienenen E-Book-Ausgabe

Copyright © 2021 by Bastei Lübbe AG, Köln
Umschlaggestaltung: Covergestaltung: Maria Seidel, atelier-seidel.de
Unter Verwendung von
Motiven von iStockphoto: © pialhovik und © firinas
Illustration Tulpenstrauß: © shutterstock / Aluna1
Satz: 3w+p GmbH, Rimpar (www.3wplusp.de)
Druck und Verarbeitung: GGP Media GmbH, Pößneck
Printed in Germany
ISBN 978-3-404-18441-5

2 4 5 3 1

Sie finden uns im Internet unter luebbe.de
Bitte beachten Sie auch: lesejury.de

»Höre immer auf dein Herz, denn dein Verstand kann dich nicht glücklich machen.«

*Unbekannter Autor*

Für unsere Freundin Gertrud

# Vorwort: Willkommen in Wümmerscheid-Sollensbach

Wer die beiden Romane *Das kleine Café an der Mühle* und *Winterzauber im kleinen Café an der Mühle* gelesen hat, kennt Wümmerscheid-Sollensbach und kann jetzt getrost weiterblättern. Oder sich hier über ein kurzes Wiedersehen mit alten Bekannten freuen.

Für alle anderen: Wümmerscheid-Sollensbach liegt irgendwo zwischen Mosel und Eifel. Auf der Landkarte sucht man den kleinen Ort allerdings vergeblich, er ist frei erfunden.

Wer wohnt in Wümmerscheid-Sollensbach?

**Sophie von Metten** ist noch ziemlich neu im Ort. Sie hat das kleine Café an der Mühle von ihrer **Tante Dotti** geerbt und betreibt es jetzt mit riesigem Erfolg als *Tante Dottis Bistro*. Mit ihrer freundlichen, zupackenden Art und vielen kreativen Einfällen hat sie in kurzer Zeit die Herzen der Dorfbewohner erobert und ist aus ihrer Mitte nun gar nicht mehr wegzudenken. Vor Kurzem hat sie erfahren, dass sie und ihr Freund Peter ein Kind erwarten. Schon im Frühjahr wollen die beiden standesamtlich heiraten, im Sommer dann eine große kirchliche Hochzeit feiern.

**Peter Langen** ist der glückliche werdende Vater und Sophies Ehemann in spe. Außerdem Marketingfachmann, Problemlöser für Sophie und Besitzer eines knuffigen, braun gelockten Hundes, der auf den seltsamen Namen Herr Württemberg hört.

**Rita**, fröhliche Society-Lady, **Heidi**, früher eine berühmte Sterneköchin, **und Karin**, eine ruhige, herzliche Bankerin, treffen sich regelmäßig zur Pokerrunde in *Tante Dottis Bistro*. Alle drei sind um die sechzig und waren mit Dotti eng befreundet. Nach Dottis Tod haben sie Sophie sozusagen adoptiert.

**Leonie Bernard** ist die Tochter von Heidi. Sie hat sich kürzlich von ihrem Mann getrennt und ist mit ihrer kleinen Tochter, der süßen fast 6-jährigen **Marie** nach Wümmerscheid-Sollensbach gezogen.

**Jean-Pierre Garbon** ist ein begnadeter Koch aus Frankreich und ein alter Freund von Heidi. Die Anfangszeit im kleinen Café an der Mühle hat er mit begleitet, Sophie hat er beigebracht, was sie über das Kochen wissen muss, und bei seinem letzten Besuch in Deutschland hat er sich endlich ein Herz gefasst und Heidi seine Liebe gestanden. Chefkoch im Restaurant ist inzwischen sein Neffe **Louis Garbon**.

Was wäre ein Ort ohne seine eigene alteingesessene Metzgerei? Im Ortsteil Wümmerscheid spielt die **Metzgersfamilie Braubart** daher eine wichtige Rolle. Hetti Braubart ist eine verlässliche Quelle für jede Art von Dorfklatsch, aber auch eine Stütze des Mütterkreises. Ach, und die feine Leberwurst mit Kräutern nach dem Geheimrezept ihres Gatten Johannes ...

Im Ortsteil Sollensbach sind **die Weibolds und ihre Tischlerei** eine Institution. Seit vor zwei Jahren Klaus-Jürgen Weibold und Jennifer Braubart geheiratet haben, sind die beiden Familien eng miteinander verbunden.

Was muss man sonst noch über Wümmerscheid-Sollensbach wissen? Nicht viel. Es ist einer von diesen Orten, in denen zwei bis dahin eigenständige Dörfer zu einem werden sollten. Bisher mit mäßigem Erfolg. Kein Wunder, dass die Bewohner der beiden Orte einander spinnefeind sind. So war es jedenfalls bislang. Nach den Ereignissen vor Weihnachten im vergangenen Jahr ist vieles anders, ja, geradezu idyllisch geworden. Oder etwa nicht ...?

# Ende Januar in Dottis Bistro

Sophie von Metten zog ihren flauschigen weißen Bademantel enger vor der Brust zusammen. Draußen, vor den großen Fenstern des Bistros, wollte es einfach nicht richtig Tag werden. Es war ein windiger, kalter Morgen Ende Januar. Schnee lag auf dem Hof, Peter hatte in den letzten Tagen immer wieder Wege von der Einfahrt hin zum Eingang des Mühlenhofes, in dem Sophie ihr Bistro betrieb, freigeschaufelt. Bis vor zwei Wochen hatte auf dem Vorplatz noch der große, stattliche Tannenbaum gestanden, der, bunt geschmückt und beleuchtet, Weihnachtsstimmung verbreitet hatte. Zuerst war Sophie ein wenig traurig darüber gewesen, den Baumschmuck abzunehmen und wegzuräumen. Aber dann war der eine Tag gekommen, an dem der Wind milde Luft vor sich hergetrieben und einen beginnenden Frühling versprochen hatte. Dass es danach noch einmal geschneit hatte, empfand Sophie wie einen Verrat an diesem Versprechen. Nein, jetzt ist es lange genug Winter gewesen, dachte sie. Jetzt soll endlich der Frühling kommen. Sie wollte Wärme, Sonnenlicht – sie sehnte sich den Sommer herbei.

Sophie ließ sich auf einen Stuhl sinken, nippte an ihrem Becher Kaffee. In Momenten wie diesem wünschte sie sich ein eigenes Wohnzimmer. Zuerst hatte es sie gar nicht gestört, dass es im Mühlenhof nur ihr kleines Arbeitszimmer als privaten Rückzugsort gab. Aber morgens mit einem Becher Kaffee im Gastraum zu sitzen, war doch nicht das Gleiche, wie sich in einen Wohnzimmersessel zu kuscheln, die Beine unter sich zu ziehen und vielleicht noch zwei, drei Kissen um sich herum zu haben ... Sophie seufzte sehnsuchtsvoll. Ja, ein bisschen mehr Platz wäre schon gut. Dabei war ihr vor knapp zwei Jahren das Haus ihrer verstorbenen Tante Dotti so geräumig und weitläufig vorgekommen. Unten gab es die große Küche, den Gastraum und die Gästetoiletten. Und oben das Schlafzimmer, das Bad, ihr Arbeitszimmer und ein Gästezimmer. Kein Wohnzimmer. Und bald auch kein Gästezimmer mehr, denn das würde sie demnächst zu einem Kinderzimmer umgestalten. Gedankenverloren strich sie sich über den Bauch. Nicht genug Platz im Haus. Draußen die Dunkelheit und die Kälte. Drinnen noch nicht mal ein eigenes Wohnzimmer. Der Frühling noch in weiter Ferne. Tränen des Selbstmitleids stiegen Sophie in die Augen. Sie schluckte, blinzelte zwei, drei Mal und atmete tief durch. Das mussten die Hormone sein. Sie war jetzt im vierten Monat schwanger, und es gab Momente, da hätte sie schwören können, erste zaghafte Bewegungen in ihrem Unterleib zu spüren. Momente voller Freude. Aber es gab eben auch diese Augenblicke, wo alles traurig und schwierig schien.

»Sophie, das Frühstück ist fertig. Ich habe schon in der Küche den Tisch gedeckt und den richtigen Sender im Radio gesucht.« Dankbar über die Unterbrechung ihrer trübseligen Gedanken schaute Sophie hoch und sagte lächelnd: »Peter!«

»Komm mit. Wir wollen doch nicht verpassen, wie im Radio über dein Bistro berichtet wird.« Peter trat hinter sie und hielt für einen kleinen Moment inne, während seine Hände auf ihren Schultern ruhten.

»Puh, was für ein scheußliches Wetter. Ist das da draußen etwa Schneeregen? Am besten hörst du auf, aus dem Fenster zu gucken.«

Sophie seufzte. »Geht es dir auch so, dass du dir an einem solchen Morgen wünschst, es würde bald Sommer?«

Statt einer Antwort drückte Peter Sophie einen Kuss auf den Scheitel.

Sie lehnte sich zurück und schmiegte sich an seine Brust. »Dieser Schnee da draußen ist völlig unnötig. Hoffentlich ist das nur ein letztes Aufbäumen.«

»Na ja, im Februar kann es schon noch kalt werden, aber vielleicht haben wir ja Glück und müssen nicht mehr so oft Schnee schaufeln. Komm, ich glaube, es geht gleich los.«

In der Küche standen Marmelade, Honig und Käse auf dem Tisch. Der Duft von frisch gebackenen Brötchen lag in der Luft. Peter drehte, nach einem prüfenden Blick auf die Küchenuhr, das Radio lauter.

»Gleich 9 Uhr und 40 Minuten. Zeit für unsere Beitragsreihe *Ziele in meiner Region*. Heute möchten wir Ihnen das schöne Wümmerscheid-Sollensbach ans Herz legen.«

Schweigend hörten sich die beiden den kurzen Beitrag im Radio an. Als dann wieder Musik lief, fragte Peter: »Sag mal, der wievielte Radiobeitrag über dich und das Bistro ist das eigentlich schon?«

Sophie schnitt ein Brötchen auf und zuckte unsicher mit den Schultern. »Ganz ehrlich? Ich habe den Überblick verloren. Am Anfang habe ich ja noch alles mitgeschnitten und auf dem PC gespeichert. Und alle Kritiken aus den Zeitungen gesammelt und in mein Album geklebt.« Ihr Blick schweifte kurz zu dem Bord, auf dem sie ihre Kochbücher aufbewahrte. Dazwischen stand auch ein hübsches Sammelalbum. Auf dem rot eingebundenen Rücken hatte sie liebevoll mit Schreibschrift den Namen *Tante Dottis Bistro* angebracht.

Peter lachte. »Und, machst du das immer noch?«

»Nö. Mittlerweile liegen die Artikel in dem großen Karton oben im Arbeitszimmer. Und wie oft wir mit dem Bistro im Radio waren, weiß ich gar nicht so genau. Ich glaube, dass es mindestens schon zwölf Sendungen waren, aber ganz sicher bin ich mir nicht.«

»Ist dir das nicht alles zu viel? Der Erfolg? Der ganze Rummel?«

Sophie schüttelte den Kopf und lächelte Peter an. »Nein, im Gegenteil. Ich habe immer noch das Gefühl, wenn ich hier mit dir zusammen bin, ist das alles ein einziger schöner Traum. Und wenn sie unser Bistro loben wollen, sollen sie das ruhig tun – ich kann das gar nicht oft genug hören.«

# Sophies Tagebuch – Sonntag, 27. Januar

Dotti! Es ist zum Verrücktwerden. Zum ersten Mal seit Wochen habe ich Zeit, in mein Tagebuch zu schreiben. Und was ist? Mir kommen nur trübe Gedanken in den Sinn.

Vielleicht liegt es ja daran, dass es draußen Bindfäden regnet, ich kann von meinem Ohrensessel aus nicht einmal das Ende des Gartens erkennen. Außerdem werde ich viel schneller müde. Oft springt schon Peter beim Servieren ein, ich schaff das nicht mehr.

Meine Frauenärztin sagt, das sei ganz normal, daran müsse ich mich gewöhnen. Aber ich will mich nicht gewöhnen. Kann ich nicht einfach im Bistro arbeiten wie vorher, nur ein wenig langsamer? Muss es denn gleich die Entscheidung zwischen Bistro und Ohrensessel sein?

Wie gerne würde ich jetzt mit dir, Dotti, hier sitzen und reden. Was kann man bei so einem Wetter hier draußen auf dem Land tun, wenn einem die Decke auf den Kopf fällt?

In einer Zeitschrift für werdende Mütter, die mir Peter

mitgebracht hat, habe ich gelesen, dass die Gefühle während der Schwangerschaft Achterbahn fahren. Hielt ich zunächst für Quatsch, mittlerweile sehe ich das anders. Seit ich schwanger bin, muss ich immer an meine Mama denken. Damals, kurz nach dem Abi, als ich noch mit Jörn zusammen war, hat sie mal gesagt, dass ich erst mein Studium abschließen solle, bevor es an die Kinderplanung gehe. Zum Glück konnte ich mir Jörn nicht als Vater vorstellen. Mir war das Gespräch ein bisschen peinlich, weil eine eigene Familie für mich ungefähr so weit entfernt war wie der Mond. Schwanger zu werden, das kam mir mit neunzehn wie der Super-GAU vor.

Eines aber ist mir auch in Erinnerung geblieben: ihr Satz, dass sie irgendwann einmal sehr gerne Enkel haben wolle. Tja, jetzt wird es bald so weit sein. Wie gerne hätte ich das mit meiner Familie geteilt. Stattdessen sitze ich hier ganz alleine, ohne Mama und Papa, und ohne dich, meine liebe Dotti.

Jetzt will ich mich aber zusammenreißen, sonst werde ich noch ganz rührselig.

Ihr seid immer in meinem Herzen, und wahrscheinlich freut ihr euch gerade mit mir. Ich habe gelernt, dass traurig zu sein keine Schande ist. Man muss nicht einmal verbergen, dass man traurig ist. Das gehört zum Leben dazu. Ohne die dunklen Tage in meinem Leben wäre ich heute nicht die, dich ich geworden bin. Ich werde mich von meinem Kummer nicht unterkriegen lassen. Jawohl!

Jetzt, wo es schwarz auf weiß dasteht, fühle ich mich schon ein bisschen besser.

Ich habe in einer Zeitschrift einen tollen Spruch gelesen: *Es sind nicht die Jahre deines Lebens, die zählen. Was zählt, ist das Leben innerhalb der Jahre.* Abraham Lincoln soll das gesagt haben. Ist das nicht schön? Gerade in den letzten Monaten habe ich das Gefühl, dass ich ein ganz besonderes Leben führen darf. Und das, weil es Mama und Papa und dich, Dotti, gegeben hat.

# Irgendwo in der Nähe von Frankfurt

»Liebste Constanze, du weißt gar nicht, wie viel mir das bedeutet. Dass du dies alles für mich auf dich nimmst, ist das größte Geschenk, das du mir machen kannst.«

Constanze Beierbach winkte bescheiden ab. »Ich bitte dich, Alexander, das ist doch nur eine Kleinigkeit, und ich weiß, wie schlimm es für dich sein muss, in dieser schwierigen Zeit einen klaren Kopf zu bewahren.«

Alexander Graf von Sandhausen seufzte, bevor er Constanze einen sanften Kuss auf die Wange hauchte. »Wie recht du hast. Und wie gut du mich schon verstehst. Du machst mich zu einem sehr glücklichen Mann, geliebte Constanze.«

Er steckte den Umschlag in die Innentasche seines Jacketts und stand auf. Beiläufig strich er sich eine widerspenstige Haarsträhne aus der Stirn und prüfte noch einmal mit einem schnellen Blick in den Spiegel hinter der Bar den tadellosen Sitz seines Anzugs.

»Constanze, ich verspreche dir, es wird nicht lange dauern. Der Notar meines verstorbenen Onkels wartet bereits mit allen Urkunden. Deine bescheidene Summe wird die Gebühren begleichen. Und bereits morgen früh werden wir gemeinsam zum Comer See fahren, um die Villa meines Großonkels anzusehen. Ich hoffe doch, dass meine Bank mir bald Ersatz für die verlorenen Bankkarten schickt. Wie ärgerlich, dass ausgerechnet gestern dieser Dieb zuschlagen musste.«

Constanze himmelte ihren Alexander verliebt an. »Ich bitte dich, Alexander, sei froh, dass der Dieb nur deine Brieftasche mit dem Geld und den Kreditkarten gestohlen hat. Nicht auszudenken, was hätte passieren können. Stell dir vor, er wäre handgreiflich geworden und dir, Liebster, wäre etwas zugestoßen. Gesundheit ist durch Geld nicht zu ersetzen.«

Graf Alexander schaute auf seine TAG-Heuer-Armbanduhr, ein Geschenk von Constanze zu seinem Geburtstag. »Gott, ich werde mich noch verspäten, wenn ich weiter mit dir plaudere. Warte nicht mit dem Abendessen, geh bitte hier ins Restaurant. Ich werde dann später in unsere Suite kommen. Dort darfst du aber gern auf mich warten.« Graf Alexander zwinkerte Constanze zu und erntete dafür ein unterdrücktes Kichern.

Draußen vor dem Hotel Kaiserhof stieg Graf Alexander in seinen Porsche. Das heißt, eigentlich war es gar nicht sein Auto, sondern lediglich ein Mietwagen, den er recht günstig für zwei Tage bekommen hatte. Aber der Wagen war perfekt für diesen Auftritt, genauso wie sein teurer Anzug – übrigens der einzige Anzug, den er besaß. Nun, das konnte er jetzt ja ändern. Die zwanzigtausend Euro, die in großen Scheinen in der Innentasche seines Jacketts raschelten, waren doch kein schlechter Lohn für gerade mal drei Wochen Arbeit. Zwanzigtausend, plus die Uhr an seinem Handgelenk, die sicher auch noch drei Mille gekostet hatte.

Vielleicht werde ich die Uhr sogar erst einmal behalten, dachte er, während er den Wagen stadtauswärts steuerte. Etwas zu protzig, aber er hatte sich an sie gewöhnt. Die Erbin der Beierbach-Werke würde – natürlich auf ihre eigenen Kosten – einen netten Abend in einem guten Restaurant verbringen, danach allerdings vergeblich auf ihren Grafen warten. Graf Alexander von Sandhausen würde noch heute Nacht aufhören zu existieren. Ihn hatte es ohnehin nur drei Wochen lang gegeben. Er schaltete das Autoradio ein und pfiff zufrieden einen alten Hit der Hollies mit. Der Moderator sprach in die letzten Takte der Musik hinein: »Es ist 17 Uhr 20. Heute früh haben die Kollegen in der Morgensendung die aktuelle Ausgabe von *Ziele in meiner Region* präsentiert. Seitdem stehen die Telefone hier im Sender nicht mehr still. Deswegen, auf vielfachen Wunsch von Ihnen, liebe Hörerinnen und Hörer, wiederholen wir hier noch einmal unseren Tipp. Also: Wir möchten Ihnen das schöne Wümmerscheid-Sollensbach ans Herz legen. Dieser kleine Ort oberhalb der Mosel hat eine ganz besondere Attraktion: das ehemalige Mühlencafé, das heute *Tante Dottis Bistro* heißt.«

Der Mann, der sich vorhin noch Graf Alexander genannt hatte, hörte interessiert zu.

»Inhaberin dieses Bistros ist Sophie von Metten, die seit mehr als anderthalb Jahren den Betrieb leitet. Frau von Metten, wie kamen Sie auf die Idee zu Ihrem Bistro?«

»Tatsächlich kam das Bistro zu mir, wenn man das so sagen kann. Meine verstorbene Tante Dorothee von Metten hat mir dieses Haus vererbt. Sie selbst hat hier früher ein Café betrieben, war damit aber nicht besonders erfolgreich. Ich habe dann ein neues Bistrokonzept entwickelt, und meine regionale deutsch-französische Küche ist von Anfang an richtig gut angekommen.

»So weit Sophie von Metten. Der Erfolg gibt ihr recht. Restaurantkritiker loben die Landhausatmosphäre im Bistro, die liebevolle Dekoration und die hervorragende Küche. *Tante Dottis Bistro* ist einen Besuch wert. Weitere Informationen und einen Link zur Webseite des Bistros finden Sie auf unserer Homepage www.swr.de. Und jetzt weiter mit Musik.«

*Money, money, money* von ABBA erfüllte den Innenraum des Autos. Der Mann stellte das Radio aus. Das Lied der schwedischen Gruppe hätte zwar großartig zu dem gepasst, was ihm gerade durch den Kopf geschossen war, aber zum Nachdenken brauchte er Ruhe. Dorothee von Metten, wer hätte gedacht, dass er diesen Namen einmal im Radio hören würde. Gute alte Dorothee, er hatte gar nicht gewusst, dass ihre Freunde sie Dotti genannt hatten. Nun, er war ja auch nie ein Freund gewesen, aber das brauchte niemand zu erfahren. Schade, dass Dotti schon tot war. Aber ihre Nichte hatte auch eine süße Stimme gehabt. Er ließ das Seitenfenster herunter und genoss den kalten, frischen Fahrtwind. Money, money, money – war das Leben nicht wundervoll?

# Hochzeitsfieber

Früher hatte Sophie manchmal darüber nachgedacht, wie sie sich wohl am Morgen ihrer eigenen Hochzeit fühlen würde. Hätte sie jemand danach gefragt, ihre Antwort wäre gewesen: Aufgeregt, nervös, glücklich, zufrieden, vor allem aber: verliebt! Niemals wäre sie auf die Idee gekommen, dass ihre Reaktion tatsächlich sein würde: »Entsetzlich. Mir ist speiübel.« Aber genau so fühlte sie sich gerade. Sie kniete vor der Toilettenschüssel und würgte. Mit einem Stück Toilettenpapier wischte sie sich den Mund ab. Himmel, hörte das denn gar nicht auf?

»Sophie, Liebling, ist alles in Ordnung?« Peters besorgte Stimme klang durch die Badezimmertür. Nichts war in Ordnung! Das heißt – so stimmte das nun auch nicht. Sie war glücklich, unendlich glücklich und verliebt. Nur gehörte sie offensichtlich zu den Schwangeren, die nicht nur in den ersten Wochen von morgendlichem Brechreiz heimgesucht wurden. Hochzeit hin oder her, ihr Magen fuhr Achterbahn, und heute hatte er ein paar besonders spektakuläre Loopings im Programm.

Jetzt klopfte Peter an die Badezimmertür. »Sophie, bitte, sag doch was. Sophie!«

Mit einem Seufzen stemmte sich Sophie hoch. Auch darüber schwiegen sich die meisten Schwangerschaftsratgeber aus. Wer hatte eigentlich entschieden, dass man das Deckmäntelchen des Schweigens darüberbreiten musste, dass man schon in der achtzehnten Schwangerschaftswoche die Leichtfüßigkeit einer Galapagosschildkröte hatte? Wie sollte es erst werden, wenn der Babybauch so richtig groß wurde?

»Sophie ...«

»Augenblick! Sekunde!« Sie putzte sich rasch die Zähne und spülte sich den Mund aus, dann öffnete sie die Badezimmertür.

»Alles in Ordnung, Peter, unser Baby hat nur dafür gesorgt, dass ich mich kurz von meinem Brötchen und dem Milchkaffee verabschieden musste.«

Peter nahm Sophie zärtlich in den Arm und küsste sie. »Du Arme, soll ich dir die Magentropfen holen, die Frau Dr. Schwolle verschrieben hat?«

Sophie schmiegte sich an Peter. In seinen alten Bademantel hinein murmelte sie. »Niemand hat mir gesagt, dass mir während der gesamten Schwangerschaft morgens schlecht sein würde. Immer. Sogar heute, wo wir doch heiraten. Außerdem finde ich es ungerecht, dass du in deinem besten Anzug vor den Standesbeamten treten kannst, während ich mein Kostüm schon umarbeiten lassen musste.«

»Also, für mich bist du die Schönste weit und breit.«

Sophie schluckte. »Ach, das sagst du nur, weil du schon im Hochzeitsfieber bist. In Wirklichkeit sehe ich aus wie eine fette Kuh.« Tränen stiegen ihr in die Augen.

»Ach, Liebste. Das ist nicht wahr. Und wenn es dich tröstet: Der Termin auf dem Standesamt heute ist doch nur der erste Teil der Hochzeit. Wenn wir dann im Sommer in der

Kirche heiraten, sind wir schon Eltern, und du bist wieder rank und schlank. Du wirst schon sehen.«

Unter Tränen lächelte Sophie. »Aber vorher werde ich erst mal jeden Tag dicker. Ich kann es gar nicht abwarten, bis ich aussehe, als hätte ich einen Medizinball verschluckt. Wahrscheinlich kann ich demnächst nur noch ausgeleierte Umstandshosen und alte Oberhemden von dir anziehen.«

Peter lachte und hielt Sophie mit ausgestreckten Armen von sich, um sie vom Scheitel bis zur Sohle zu mustern. »Du bist wunderschön. Deine Augen strahlen, dein Haar glänzt magisch, und du hast den verführerischsten Babybauch, den ich mir vorstellen kann.«

»Du bist ganz klar verblendet.«

Er trat einen Schritt zurück und zuckte mit den Schultern. »Na prima, da kann man ja sagen, was man will, es wird einem nicht geglaubt.« Er kniete sich vor Sophie auf den Boden. »Sophie von Metten, wollen Sie heute meine Frau werden? Wenn ja, dann könnte ich es einrichten, Sie zum Standesamt zu bringen.«

»Das hast du aber schön gesagt.« Sophie strahlte. »Ich hab zwar deinen Antrag schon vor Weihnachten angenommen, aber bei dir sage ich immer wieder Ja. Doch wenn ich mich jetzt nicht beeile, wird das mit dem Standesamt nichts mehr, und wir verpassen noch unseren Termin.«

Peter sprang wieder auf die Beine und küsste Sophie stürmisch. »Du machst mich zum glücklichsten Menschen in Wümmerscheid-Sollensbach.«

»Na, darauf kann ich mir was einbilden.« Lachend schloss sie die Tür, um sich in Ruhe anziehen zu können.

Fünf Minuten später war ihr das Lachen vergangen. Sie bekam den Kostümrock, den sie vor zwei Wochen vom Schneider in Cochem abgeholt hatte, nicht mehr zu. Bauch einziehen, tief ausatmen – auf diese Art bekam sie den Verschluss so gerade eben eingehakt, den Reißverschluss aber konnte sie vergessen. Die Nähte knirschten bedrohlich. Sophie öffnete schnell den Verschluss wieder, damit der Stoff nicht einriss. Unmöglich. Sie konnte nicht zwei Stunden lang die Luft anhalten. So ein Mist! Also improvisieren. Sophie kramte in der Kommodenschublade, wo sie ihr Nähzeug aufbewahrte. Ja, da waren sie: Große Sicherheitsnadeln. Sie fummelte eine der Nadeln auf und ...

»Autsch!«, quietschte sie und steckte den Zeigefinger in den Mund, auf dem sich im Null Komma nichts ein kleiner Blutstropfen gebildet hatte. So ein Dreck! Klappte denn heute gar nichts?

»Sophie? Brauchst du Hilfe?« Ein zaghaftes Klopfen an der Tür.

»Augenblick, Miri.« Sophie öffnete die Tür. Ihre alte Freundin, noch aus Studienzeiten, trat ins Zimmer. Sie war schon gestern aus Hamburg angereist, und als ihre Trauzeugin würde sie während der Trauung und den ganzen restlichen Tag für Sophie da sein.

Miri legte den Brautstrauß, den sie mitgebracht hatte, zur Seite und musterte Sophie besorgt. »Was ist los? Hast du dich verletzt?«

»Nein, eigentlich ist es nur ein kleiner Pikser«, nuschelte Sophie mit dem Finger im Mund, »ich will nur nicht, dass ein Blutfleck auf das Kostüm kommt.«

»Warte«, Miri drehte sich um, verschwand im Badezimmer und kam wenige Augenblicke später mit einem schmalen Pflaster zurück. »So, das kleben wir jetzt auf den Finger, und in einer halben Stunde können wir es wieder abnehmen, dann sieht man nichts mehr.«

Vor der Frisierkommode stand ein kleiner weißer Polsterstuhl. Missmutig ließ sich Sophie auf den hellblau gestreiften Sitz sinken und starrte in den Spiegel. Ihre Blicke trafen sich.

»Nichts geht, Miri. So hatte ich mir das nicht vorgestellt.«

»Was hast du denn für ein Problem?«

»Der Kostümrock geht nicht mehr zu.«

Jetzt verstand Miri, warum das Nähkästchen geöffnet vor Sophie stand. »Na, die Idee mit den Sicherheitsnadeln war doch nicht so übel, aber besser, du überlässt das mal mir.«

Geschickt kettete Miri zwei Nadeln zusammen und half Sophie dann, den Rock zu verschließen.

»Erledigt, du siehst wunderschön aus.«

Sophie warf einen prüfenden Blick in den Spiegel. Ihren Plan, die Bluse in den Rock zu stecken, konnte sie vergessen. Also umdisponieren. Offen über dem Rock getragen, verdeckte das gute Stück den provisorischen Verschluss und spannte auch nicht über dem Babybauch. »Na ja, so wird es wohl gehen.«

Miri unterdrückte ein Lächeln und versicherte ihrer Freundin: »Du kannst ganz beruhigt sein, es sieht super aus. Wer steckt denn heute noch die Bluse in den Rock?«

»Zum Glück ist sie ziemlich weit geschnitten, da wird es mit dem Bauch keine Probleme geben.«

»Und wenn es welche geben sollte, werden wir sie gemeinsam lösen. Welchen Schmuck willst du denn im Standesamt tragen?«

Aus ihrem Schmuckkästchen nahm Sophie eine Perlenkette und passende Ohrstecker. »Diese Kette hat mir Tante Dotti zum achtzehnten Geburtstag geschenkt, und die Ohrstecker waren ihr Geschenk zum Studienabschluss.«

Miri nickte anerkennend. »Eine gute Wahl!«

Ich liebe diesen Schmuck, Dotti, dachte Sophie, während sie die Kette anlegte. Gefällt es dir, dass ich ihn zu meiner Hochzeit trage? Für einen Moment schloss Sophie die Augen. Tief in ihrem Innersten spürte sie, dass ihre Tante irgendwie immer bei ihr war.

Noch einmal strich sie sich kurz mit der Bürste durch die Haare. Peter hatte recht: Seit sie schwanger war, hatten ihre braunen Haare einen fast unnatürlichen Glanz. Mit einem herrlichen Schwung fielen sie ihr offen über die Schultern. Wenigstens ein kleiner Ausgleich für die Morgenübelkeit!

»Komm, steh auf, ich helfe dir in die Jacke.« Miri nahm die Kostümjacke vom Bügel. »Probier erst gar nicht aus, ob du sie zuknöpfen kannst. Die Jacke sieht auch so gut aus. Und kombiniert mit deinen neuen Pumps wirst du sehr elegant vor den Standesbeamten schweben.«

Sophie kicherte. »Ach, Miri, ich fühle mich Lichtjahre vom Schweben entfernt. Aber ich bin froh, dass ich auf dich gehört habe, als du mir zu diesen Schuhen geraten hast. Und dass wir unsere Einkaufstour für die Hochzeit schon im Januar gemacht haben. Ehrlich, ich weiß nicht, ob ich jetzt noch die Energie dafür aufbringen würde.«

Miri hatte auf den extravaganten Pumps bestanden, Sophie dagegen hatte sich anfangs noch gesträubt. Seit sie in Wümmerscheid-Sollensbach wohnte, trug sie nur noch ganz selten hochhackige Schuhe. Im Bistro waren die einfach zu unbequem, und auf den mit Kopfsteinpflaster belegten Straßen im Dorf völlig fehl am Platz.

»Ich muss nur aufpassen, wenn ich mich setze. Hoffentlich halten die Sicherheitsnadeln.«

»Das wird schon klappen. Die werden doch nur Augen für die strahlende Braut und für den Brautstrauß haben. Hier, nimm ihn mal.« Miri trat einen Schritt zurück und musterte zufrieden ihre Freundin. »So wie du aussiehst, wirst du jedenfalls allen Männern den Kopf verdrehen.«

»Ja, sicher«, Sophie lächelte. »Wümmerscheid-Sollensbach ist schließlich weit über seine Grenzen hinaus für seinen Junggesellenverein bekannt. Nicht zu vergessen die Sollensbacher Jagdbläser, die Freiwillige Feuerwehr und die Wümmerscheider Goldkehlen 1903. Die gut aussehenden Männer sind überall!«

»Uhh, die Aufzählung macht mir Angst«, kurz verzog Miri

das Gesicht in gespielter Abscheu, »aber beschwer dich nicht, deinen Peter hast du schließlich auch hier kennengelernt. Du kannst froh sein, dass ich ihm damals beim Renovieren des Mühlenhofes nicht auch schöne Augen gemacht habe.«

»Wofür ich dir ewig dankbar sein werde, deswegen darfst du heute auch unsere Trauzeugin sein«, gab Sophie zurück. Sie hatte ganz vergessen, wie schön es war, mit Miri herumzualbern. Die Entfernung zwischen Wümmerscheid-Sollensbach und Hamburg war einfach zu groß, um mal schnell übers Wochenende vorbeizuschauen. Aber Miri ist trotzdem immer da, wenn man sie braucht, dachte Sophie dankbar.

Sophie hakte sich bei ihrer Freundin unter. »Die Blumen sind wirklich wunderschön.«

»Ja, und schau mal hier: Zu den roten Rosen habe ich noch drei weiße hineinbinden lassen. Zum Gedenken an deine Mutter, deinen Vater und an Tante Dotti. Eine für jeden.«

Sophie schluckte und blinzelte eine Träne weg.

»Gut, dass es dich gibt, Miri«, flüsterte Sophie, während sie die Treppe hinunterstiegen.

\*\*\*

Unten im Gastraum des Bistros war schon alles für das gemeinsame Mittagessen gedeckt. Sophie fragte sich einmal mehr, ob es eine kluge Idee gewesen war, die standesamtliche Trauung in den Februar vorzuverlegen. Für ihre Hochzeit hatte sie sich immer ein großes Gartenfest vorgestellt, mit allen Freunden, gutem Essen, vielen Kerzen, Musik und einer lauen Sommernacht.

»Wünschst du dir, dass schon Sommer wäre?«, fragte Peter sanft, während er ihre Hand ergriff.

»Mhmmm. Bin ich so leicht zu durchschauen?«

»Du hast verträumt aus dem Fenster geschaut und danach bedauernd das Gesicht verzogen. War gar nicht so schwer zu erraten, woran du denkst. Pass auf, wir tun heute das Vernünftige und heiraten vor dem Standesbeamten. Unser Baby soll auf die Welt kommen und auf jeden Fall Eltern haben, die miteinander verheiratet sind. Selbst wenn es zu früh kommt. Und im August heiraten wir kirchlich, und dann bekommst du dein Gartenfest. Wir werden zu unserer Hochzeit die größte und schönste Gartenparty geben, die der Mühlenhof je gesehen hat – versprochen!«

»Versprochen?« Sophie drehte sich zu Peter und schaute ihm tief in die Augen.

»Versprochen, mein Schatz.«

»*Mon dieu*, da stehen sie und turteln, als wäre es nicht an die Zeit zu fahren in die Standesamt.«

Sophie und Peter lösten sich voneinander. Die Stimme war aus dem Flur gekommen. Jean-Pierre Garbon, seines Zeichens einer der bekanntesten Köche Frankreichs und ein guter Freund von Sophie, seit er mit ihr zusammen *Tante Dottis Bistro* zu einem Erfolg gemacht hatte, grinste unter seinem mächtigen Walross-Schnauzbart von einem Ohr zum anderen. Fast hätte Sophie ihren Freund nicht erkannt. Der elegante dunkelgraue Anzug, die Weste und die rote Fliege standen ihm zwar perfekt, aber Sophie kannte Jean-Pierre eben vor allem in Jeans und gestreiftem T-Shirt oder natürlich in seiner Kochjacke und mit der Kochmütze auf dem Kopf.

»Du siehst großartig aus, Jean-Pierre«, lobte Peter.

»Ja, ja, red du nur. Isch fühl misch, als würde isch die Präsident besuchen. Und diese Ding 'ier an meine 'als nimmt mir noch die Luft. Wahrscheinlisch werde isch nur erleben noch die erste Ja-Wort von deine strahlende Braut. Ach, Sophie, du siehst ... *magnifique* aus.«

»Lieben Dank, aber du machst auch eine gute Figur. Was sagt denn Heidi zu deinem Anzug?«

»'eidi ist zufrieden, weil sie die Dinge 'at ausgesucht. Und wenn meine 'eidi zufrieden ist, bin isch es auch. 'eidi wartet übrigens draußen in die Auto. Sie 'at misch nur geschickt, um zu sagen, dass wir bereit sind. Sie will nischt über die ganze 'of mit die neuen Schuhe laufen.«

Tante Dotti hatte in Wümmerscheid-Sollensbach drei Freundinnen gehabt, die dann zu Sophies Freundinnen geworden waren. Heidi Schwarzbeck, die berühmte Sterneköchin, war eine von ihnen. Und Heidi wiederum hatte ihren alten Freund Jean-Pierre angerufen, um Sophie beim Start des Bistros zu unterstützen. Niemand hatte damals geahnt, dass der kleine Franzose sich einmal in seine alte Freundin Heidi verlieben würde. Aber Liebe hat eben ihre eigenen Regeln, dachte Sophie.

»Wir müssen wirklich los, Peter.« Sophie wollte schon zur Haustür gehen, als Peter sie am Arm zurückhielt.

»Augenblick, Liebling. Wegen deiner Traumhochzeit. Weißt du noch, dass du nicht nur ein Gartenfest wolltest? Da war noch mehr.«

Sophie blieb stehen und schaute ihren künftigen Ehemann fragend an. »Natürlich weiß ich das. Ich wollte ein Gartenfest mit allen meinen Freunden, und ich wollte gerne mit einem großen weißen Auto zur Kirche fahren. So wie in *Pretty Woman*.«

Draußen ertönte ein lautes Hupen. Peter schaute auf seine Armbanduhr und lächelte zufrieden. »Auf die Minute pünktlich, das muss man ihm lassen.«

Sophie runzelte die Stirn. »Wer ist pünktlich?«

Statt einer Antwort öffnete Peter schwungvoll die Tür. Eine weiße amerikanische Stretchlimousine fuhr den Zufahrtsweg hoch. Erstaunlich, dass die überhaupt durch die schmale Einfahrt in der Bruchsteinmauer gepasst hatte.

»Das ist meine Überraschung für dich, Sophie. Vorerst zwar keine Party, dafür wäre es im Februar draußen auch noch zu ungemütlich, aber immerhin dein Traumauto. Jan hat mir den Tipp gegeben, dass es in Koblenz einen Verleih für solche Fahrzeuge gibt. Ja, es hat viele Vorteile, wenn der eigene Trauzeuge eine Autowerkstatt hat. Allein schon für diesen Tipp.«

Sophie legte ihre Arme um Peter und küsste ihn zärtlich. Ihre Augen schwammen. Mit zitternder Stimme hauchte sie: »Dass du daran gedacht hast ...«

Das große Auto bremste direkt vor der Haustür. Während der Fahrer ausstieg und die hintere Tür schwungvoll öffnete, half Peter Sophie in ihren Mantel.

»Na, das nenn ich mal ein standesgemäßes Gefährt«, staunte Miri, die eben noch schnell aus dem Gästezimmer ihre Handtasche geholt hatte.

»Natürlich ist unsere Trauzeugin herzlich eingeladen, mit uns zu fahren«, antwortete Peter mit einer leichten Verbeugung.

»Das lass ich mir nicht zweimal sagen. In so ein Auto wollte ich schon immer mal einsteigen. Ob die auch eine Bar an Bord haben? – Ich meine, für später, nach dem Standesamt.«

Peter zwinkerte Miri zu. »Ich habe extra Prosecco für die Trauzeugin und weißen Traubensaft vom Winzer für die werdende Mutter bestellt.«

»Das gibt reihenweise Pluspunkte auf dem Ehemann-Konto«, lobte Miri. »So, komm, Sophie, dann wollen wir uns doch mal das gute Stück von innen ansehen.«

Sophie folgte ihrer Freundin. Aus dem Augenwinkel sah sie noch, wie Peter seinen kleinen schwarzen Rucksack aus dem Flur holte.

Ein Rucksack? Fürs Standesamt? Was sollte denn das?

Als Sophie aber neben Peter in den bequemen hellgrauen Ledersitzen versank und die Beine in dem großzügigen Fußraum ausstreckte, vergaß sie für einen Moment alle Fragen.

»Oh, das ist wunderbar. Wie viel Platz hier drinnen ist. Miri, hast du das gesehen? Stoffservietten! Champagner im

Kühler, und Kristallgläser!« Dankbar drückte sie Peters Hand. »Das ist noch schöner, als ich es mir vorgestellt hatte.«

Langsam setzte sich die Limousine in Bewegung, es war, als würde man hier im Innenraum den Motor gar nicht hören, das große Auto rollte lautlos …

»Warum fährt der denn nicht?« Peters erstaunte Frage riss Sophie aus ihren Gedanken.

»Was?«

»Wir rollen bloß, den Motor sollte er aber schon anlassen, sonst kommen wir auf keinen Fall zum Standesamt.«

Surrend fuhr die Scheibe herunter, die den Fahrer vom Fond trennte.

»Es tut mir schrecklich leid, aber mein Wagen springt nicht an.« Der Fahrer verzog bedauernd das Gesicht. »Das ist mir noch nie passiert.«

»Uns auch nicht«, erklärte Miri empört. »Meine Freundin will heute heiraten, und es gibt nicht sehr viele Herzenswünsche, die sie dafür hatte. Aber einer davon war ein großes weißes Auto, mit dem sie zu ihrer Hochzeit fährt. Und Sie erklären jetzt, dass Sie zwar mit Ihrer Riesenkarre auf den Hof gekommen sind, aber aus irgendwelchen Gründen nicht wieder losfahren können?«

Bei Miris Wutausbruch wurde der Fahrer vor Verlegenheit ganz rot. »Ich verstehe ja, dass Sie aufgebracht sind. Vielleicht ist es nur eine Kleinigkeit, der Anlasser oder so. Ich werde sofort nachsehen.«

Sophie hatte die ganze Zeit über stumm dagesessen. Langsam rollte eine Träne aus ihrem rechten Auge, die sie möglichst unauffällig mit der Hand wegwischte, doch zu spät – Peter hatte sie schon bemerkt.

»Okay, das reicht jetzt. Ich rufe Jan an.«

»Das hat doch keinen Sinn«, schluchzte Sophie. »Er wartet bestimmt schon vor dem Standesamt auf uns. Ja, er hat eine Autowerkstatt, aber das nutzt uns gar nichts.«

»Soll euer Trauzeuge jetzt den Motor reparieren?«, fragte Miri.

»Nein, natürlich nicht. Aber Jan kann einen Mitarbeiter herschicken, der sich um den Wagen kümmert.« Peter zog sein Handy hervor und machte Anstalten auszusteigen. »Ich bin in spätestens zehn Minuten wieder da.«

»Aber wo willst du denn hin?« Sophie hatte ihre Sprache wiedergefunden. »Wir müssen in einer halben Stunde auf dem Standesamt sein. Louis ist mit meinem Wagen schon losgefahren, also nehmen wir einfach dein Auto, oder wir rufen ein Taxi.«

Peter stieg aus und steckte den Kopf noch einmal durch die geöffnete Tür zu den beiden herein. »Erstens ist mein Auto auch nicht hier. Das habe ich Leonie geliehen, weil ich ja wusste, dass wir hier abgeholt werden. Zweitens hat der Standesbeamte mit Sicherheit schon längst Mittagspause, bis ein Taxi aus Cochem hier ist. Und drittens werde ich nicht kampflos aufgeben, wenn es um deinen Herzenswunsch geht, Sophie. Bleibt einfach hier drin sitzen, trinkt einen Schluck, und ich bin gleich wieder zurück.« Bevor Sophie noch etwas sagen konnte, sprintete Peter los.

Miri ließ sich in die Polster zurücksinken. »Ich möchte nicht wissen, wie seine guten Lederschuhe und die Hose nach dem Spurt aussehen. Aber sportlich ist er, das muss man ihm lassen. Er ist gleich wieder da, und dann wird alles gut.« Tröstend legte sie die Hand auf Sophies Knie. »Komm, darauf trinken wir, wie in alten Zeiten, das wird dich aufheitern.« Miri rutschte zu der großzügig bemessenen Bar hinüber und schenkte zuerst ein kleines Glas Traubensaft für Sophie ein, dann ein randvolles Glas Sekt für sich selbst.

»Das haben wir lange nicht gemacht! Weißt du noch unseren Trinkspruch, den wir in Hamburg immer hatten?«

Unter Tränen musste Sophie nun doch kurz lächeln. »Daran habe ich schon ewig nicht mehr gedacht. Immer, wenn mal wieder irgendwas gründlich schiefgegangen ist ...«

Miri fiel ein: »Dann haben wir uns in unserer Lieblingsweinbar getroffen, einen Sekt bestellt und ...«

Sophie schaute hoch, hob ihr Glas und sagte feierlich: »Nicht lang schnacken ...«

»... Kopp inn Nacken!«, rief Miri, und kichernd ließen sie die Gläser aneinanderklingen und leerten sie in einem Zug.

Sophie schaute hoch und bemerkte, dass der Fahrer inzwischen neben dem Fahrzeug stand und offenbar wartete, bis ihn jemand bemerkte.

Sie ließ die Seitenscheibe herunter. »Ja, bitte?«

»Sieht nicht gut aus, gar nicht gut.«

»Wie meinen Sie das denn?«

»Na ja, ich kann auf den ersten Blick nichts finden, und ich bin nicht wirklich dafür angezogen, jetzt noch genauer nachzusehen.« Er wies auf seine festliche hellgraue Chauffeur-Uniform. »Ich würde jetzt lieber eine Werkstatt anrufen.« Sophie schluckte und schwieg.

Für Miri dagegen war das Maß voll. Sie lehnte sich zum geöffneten Fenster hinüber und rief: »Verstehen Sie denn etwas von Motoren, wissen Sie, was man noch tun könnte?«

»Ja, schon, aber ...«

»Worauf warten Sie denn dann noch? Nun stehen Sie nicht so herum, sondern erledigen Sie Ihren Job. Bringen Sie Ihre Luxuskarosse endlich ans Laufen.« Miri hatte noch nie ein Problem damit gehabt, laut auszusprechen, was ihr gerade durch den Kopf ging. Manchmal beneidete Sophie sie um diese Fähigkeit.

Während sich der Fahrer wieder draußen an der Motorhaube zu schaffen machte, schaute Sophie ihre Freundin fragend an. »Hast du eine Idee, was Peter vorhat?«

»Ich habe nicht den blassesten Schimmer.«

***

Tatsächlich dauerte es weniger als zehn Minuten, bis mit einem lauten Hupen ein großer weißer Kastenwagen auf den Hof fuhr. Der Wagen bremste, und Peter sprang aus dem Fahrerhaus.

»Das ist jetzt nicht sein Ernst, oder?«, murmelte Miri.

Aber Sophie strahlte. Sie hatte sofort verstanden, dass Peter einen Weg gefunden hatte, ihren Wunsch zu erfüllen. »Tja, ich wollte in einem großen weißen Wagen zu meiner Hochzeit fahren – ich denke, der Rest ist Auslegungssache.« Sophie stieg aus und fiel Peter um den Hals. »Du bist der verrückteste Kerl, der mir je begegnet ist, und ich liebe dich dafür. Woher hast du nur diesen Wagen?«

»Johannes Braubart war so nett und hat mir sein Auto geliehen. Jan ist bereits informiert, er hat schon einen Mitarbeiter in seiner Werkstatt angerufen, der sich um das Riesenmonster da vorne kümmern wird. Ole aus der Werkstatt müsste jeden Moment hier sein, darum müssen wir uns keine Gedanken mehr machen. Wenn alles klappt, dann kann uns der Fahrer später mit der Stretchlimousine am Rathaus abholen. Aber jetzt sollten wir einsteigen und losfahren.«

Miri war inzwischen auch ausgestiegen und ging um das eben angekommene Auto herum. Sie quietschte: »Sophie, hast du gesehen, was da auf der Seite von dem Kastenwagen steht? Hör mir mal gut zu: ›Die Spatzen pfeifen's von den Ästen, Braubarts Schnitzel sind die besten‹«, las sie laut vor. »Ist das etwa der Lieferwagen von eurem Dorfmetzger?«

»Korrekt«, antwortete Peter, »und der Wagen ist noch keine vier Wochen alt. Du hast die Wahl, Miri, einsteigen oder laufen. Wobei es mir lieber wäre, wenn meine Lieblingstrauzeugin bei meiner Hochzeit dabei wäre, anstatt hier stehen zu bleiben und über die Gestaltungsdetails von Fahrzeugen zu diskutieren.«

»Das mit der Lieblingstrauzeugin kannst du heute noch öfter sagen, damit kriegst du mich«, sagte Miri und stieg in den Kastenwagen. Leise und mehr zu sich selber brummelte sie: »Hoffentlich hat Meister Braubart auch die Schweinehälften aus dem Laderaum entfernt.« Sie rutschte auf der durchgehenden Sitzbank in die Mitte, um Sophie Platz zu machen.

»Keine Sorge, die Schweinehälften und die drei großen Kisten mit den Innereien habe ich eigenhändig ausgeladen«, lachte Peter, der Miris Bemerkung sehr wohl gehört hatte, und startete den Motor.

»Haha, wie witzig.«

»Im Grunde schon, und wir haben immer eine Anekdote zu erzählen, wenn wir später die Hochzeitsfotos herumzeigen.« Peter sagte das mit einem dermaßen feierlichen Gesichtsausdruck, dass Miri ihn fassungslos musterte. Allerdings konnte er nur wenige Sekunden die todernste Miene aufrechterhalten, bevor das breite Grinsen zurückkehrte. Miri boxte ihn gegen den Oberarm.

»Mensch, Peter, für einen Augenblick hab ich dir das wirklich geglaubt.« Neben ihr kicherte Sophie. Abwechselnd blickte Miri zwischen Peter zu ihrer Linken und Sophie zu ihrer Rechten hin und her. Schließlich schüttelte sie mit einem leisen »Ihr seid beide verrückt« den Kopf.

»Warte mal, wir können noch nicht fahren«, rief Miri plötzlich. Gehorsam stellte Peter den Motor wieder ab. Miri krabbelte an Sophie vorbei aus dem Auto und lief zur Stretchlimousine zurück. Mit zwei geschickten Handgriffen nahm sie das weiße Blumenbukett ab, das die Motorhaube des Wagens schmückte. Ebenso schnell war es vorne am Kastenwagen wieder befestigt. Leicht außer Atem stieg Miri wieder ein und verkündete triumphierend: »Das habe ich mal im Fernsehen gesehen! Unter dem Blumenstrauß ist meistens ein Halter, so ähnlich wie ein großer Saugnapf, den kann man ganz leicht lösen und wieder anbringen. Ich finde, wenn schon Auto, dann richtig.« Sie schnallte sich an und befahl: »Los, gib Gas! Ihr könnt jetzt heiraten!«

Der Kastenwagen legte sich bedenklich in die Kurven und rumpelte die Landstraße entlang. Die drei Passagiere wurden bei jedem Schlagloch ordentlich durchgeschüttelt.

»Fahr bloß vorsichtig, Peter«, sagte Miri, »ich möchte nicht, dass ihr euch in der Notaufnahme das Jawort vor dem Krankenhausseelsorger geben müsst.«

\*\*\*

»Ich darf Sie alle bitten, aufzustehen zum Jawort.«

Unter Rascheln und Stühlerücken erhoben sich alle.

»Ich frage Sie, Peter Langen, ist es Ihr freier Wille, mit der hier anwesenden Sophie von Metten die Ehe einzugehen, so beantworten Sie meine Frage mit Ja.«

»Ja!«

»Ich frage Sie, Sophie von Metten, ist es Ihr freier Wille, mit dem hier anwesenden Peter Langen die Ehe einzugeben, so beantworten Sie meine Frage mit Ja.«

»Ja!«

»Nachdem Sie beide meine Frage mit Ja beantwortet haben, erkläre ich Sie nunmehr kraft Gesetzes zu rechtmäßig verbundenen Eheleuten.«

»Oh, *mon dieu*, isch glaub, isch muss weinen.«

»Schscht, Jean-Pierre.«

»Aber wenn isch doch bin so gerührt.«

Sophie schloss die Augen. Sie spürte Peter neben sich, sie hörte ihre Freunde hinter sich im Trauzimmer, und in ihr glühte eine unsagbare Freude. Ein Glücksgefühl, von dem sie sich wünschte, dass es nie enden würde.

»Ähm, Frau von Metten?« Der Standesbeamte räusperte sich leise.

Sophie öffnete die Augen.

»Ich sagte, sie dürfen sich jetzt küssen.«

Und während Peter sie in die Arme nahm und ihr strahlendes Lächeln mit einem sanften Kuss krönte, brandete in dem Trauzimmer Applaus auf.

***

Vor dem Rathaus war leider immer noch kein meterlanges Traumauto mit Bar im Fond zu sehen. Die Hochzeitsgäste standen fröhlich plaudernd in kleinen Gruppen zusammen und unterhielten sich, während Sophie mit Peter an den Stufen des Ratshauses wartete und leise seufzte. Ein ganz winziges Seufzen, nur so für sich, und eigentlich mehr ein Glücksseufzen. Denn es war ihr völlig egal, wie sie nach Hause kamen. Selbst wenn Peter sie in einer Schubkarre fahren würde, wäre dieser Tag vollkommen. Ein Handy klingelte irgendwo hinter ihnen, ein Telefonat wurde leise geführt, dann trat Jan Köllner, ihr zweiter Trauzeuge, neben sie.

»Sorry, ihr beiden, ich habe schlechte Nachrichten. Das war gerade Ole. Die Stretchlimousine werden wir nicht so schnell ans Laufen kriegen.«

»Das ist schon okay, Jan. Allein, dass Peter daran gedacht hat ... weißt du, was ich meine?«

»Ja, der Einfall war super. Ich fühle mich allerdings ein bisschen schuldig, weil ich ihm die Adresse in Koblenz vermittelt habe. Ich konnte ja nicht ahnen, dass die solche Gurken im Verleih haben.«

»Blödsinn, du kannst doch nichts dafür, dass der Wagen nicht mehr anspringt.« Peter konnte wirklich nichts erschüttern. »Ich laufe schnell zum Parkplatz und hole wieder den Transporter. Ist ja nur um die Ecke. Bin gleich wieder da!

Und – Jan, du weißt Bescheid.« Ein kurzes Flüstern, und dann setzte Peter zum zweiten Mal an diesem Tag zum Sprint an.

Sophie machte einen Schritt auf Jan zu und zog scharf den Atem ein. »Autsch!«

»Was ist los?«, fragte der besorgt.

»Ach, nichts. Ich fürchte, dass ich mir in den neuen Schuhen eine Blase gelaufen habe.« Ärgerlich rieb sich Sophie die Ferse.

Statt einer Antwort lächelte Jan breit und öffnete einen Rucksack, den er lässig über einer Schulter getragen hatte. Es war derselbe kleine schwarze Rucksack, den Peter heute Morgen noch rasch geholt hatte, erkannte Sophie.

»Liebe Grüße von deinem frisch angetrauten Ehemann. Peter hat schon gestern ein Standesamt-Überlebenspaket zusammengestellt, das sollte ich für dich bereithalten. Warte mal, dir kann geholfen werden.« Er kramte im Rucksack. »Wie wäre es mit einem Paar bequemer Ballerinas?« Jan zog Sophies Lieblingsschuhe aus dem Rucksack. »Ach ja, und es ist schon fast Mittag. Peter hat mir eben aufgetragen, dass ich, während er den Wagen holt, darauf zu achten habe, dass dir nicht schwindelig wird.«

Sophie lachte. »Was soll das denn heißen?«

Wieder griff Jan in den Rucksack und holte eine kleine Dose heraus. »Apfelstücke und ein paar Nougat-Pralinen von Louis – für den Notfall.«

Sophie hielt sich an Jans Arm fest, um das Gleichgewicht zu halten, und tauschte rasch ihre Pumps gegen die wunderbar bequemen Ballerinas aus. Gott, tat das gut.

Dann griff sie zu und steckte sich ein Apfelstück und eine Praline gleichzeitig in den Mund. Während sie genüsslich kaute, stellte sie überrascht fest, dass sie wirklich Hunger gehabt hatte.

»Was ist denn noch ... mhhm, lecker ... in dem Rucksack?«

Jan grinste und zählte auf: »Eine Flasche Wasser, ein Seidenschal, Heftpflaster, Haarbürste, Taschentücher, dein Handy und ein Regenschirm.«

Sophie küsste ihren Trauzeugen auf die Wange. »Ihr seid großartig, du und Peter natürlich. Danke!«

# Leonie soll nicht allein bleiben

»Sophie! Du sitzt hier so alleine, ist das Absicht oder Zufall? Ich kann gerne weggehen und mich wieder zu den anderen setzen.«

Sophie schaute zu ihrer Freundin Leonie hoch und klopfte mit der flachen Hand auf den leeren Stuhl neben sich. »Setz dich ruhig. Ich wollte nur mal kurz durchatmen. Ich mag die Ecke hier hinten auf der Galerie, da kann man den ganzen Gastraum überblicken.«

Mit einem erleichterten Seufzen ließ sich Leonie auf den Stuhl fallen. »Was für eine wundervolle Familienfeier. Nur du, die Trauzeugen, Peters Familie und ein paar gute Freunde. Ich beneide dich, Sophie. Bei mir und Michel war alles anders, so richtig steif und förmlich, weißt du? Erst zum Standesamt, dann ein großes Essen im Ballsaal des besten Hotels am Platz. Da waren mehr Geschäftspartner als Freunde auf der Gästeliste. Mein Mann hatte vor allem diejenigen eingeladen, die ihm für den Aufbau seiner Zahnarztpraxis nützlich erschienen. Wie gerne hätte ich einfach mit ein paar Freunden in einem kleinen Landgasthof gefeiert.«

Für Sophie klang es so, als wäre Leonies Ehe von Anfang an zum Scheitern verurteilt gewesen. Offenbar ahnte Leonie, was Sophie durch den Kopf ging.

»So schlimm war es nicht, Sophie. Sich über Geld keine Sorgen machen zu müssen, war auch sehr entspannend.«

»Kannst du Gedanken lesen? Ich habe wirklich gerade daran gedacht, dass eure Ehe unter keinem guten Stern gestartet hat. Ich kenne deinen Exmann nicht, also kann ich mir kein Urteil darüber erlauben. Trotzdem ...«

»Auf jeden Fall hast du es mit Peter besser gemacht, so viel steht fest.«

Sophie lachte leise. »Wenn du die Anfahrt in einem Metzgereitransporter anstelle einer Stretchlimousine als gutes Omen werten willst, okay.«

»Aber mal im Ernst, der Rest ist top«, sagte Leonie. »Es ist eine wunderschöne Feier.«

»Das liegt unter anderem auch an deiner Mutter«, erwiderte Sophie mit leuchtenden Augen. »Ihre Kochkünste in Kombination mit Jean-Pierres und Louis‹ – dabei kann ja nur ein fantastisches Essen herauskommen.«

Leonies Mutter, Heidi Schwarzbeck, war eine alte Freundin von Tante Dotti gewesen und hatte diese Freundschaft auf Sophie übertragen. Anfangs hatte Sophie gar nicht glauben können, dass eine der wenigen Sterneköchinnen Deutschlands ihr, einer blutigen Anfängerin im Restaurantgeschäft, hatte helfen wollen. Doch Heidi hatte zusammen mit ihren Freundinnen Rita von Fahrensbeck und Karin Mahler tatkräftig angepackt. Rita, offiziell Gräfin Marita von Fahrensbeck, hatte ihre zahlreichen Beziehungen spielen lassen. Karin, Bankerin in Cochem, hatte Sophie bei der Erstellung des Businessplans geholfen. Alle drei waren in den letzten beiden Jahren, die Sophie hier nun schon oberhalb der Mosel lebte, ein verlässlicher Anker gewesen, um in stürmischen Zeiten nicht abzutreiben.

»Die Speisenfolge von heute könnte kulinarische Geschichte schreiben«, sagte Sophie. »Ich bin so satt. Wenn ich noch einen Bissen mehr von dieser köstlichen Tarte und dem selbst gemachten Eis gegessen hätte, wäre ich geplatzt.«

Heidi hat zwar der Sterneküche den Rücken gekehrt, das heißt aber nicht, dass sie das Kochen verlernt hat, dachte Sophie.

Leonie lächelte. »Mir geht es genauso. Ich habe mir vorgenommen, nächste Woche nichts mehr zu essen und nur noch Wasser zu trinken. Sonst passt mir nämlich bald nichts mehr außer meiner Jogginghose mit dem ausgeleierten Bund. – Mama und Jean-Pierre. Ich hätte nie gedacht, dass die beiden mal mehr als nur Freunde und Kollegen sein könnten. Ich habe immer noch Probleme zu begreifen, dass die beiden jetzt ein Paar sind.«

»Gewöhn dich besser daran, schließlich wollen sie ja auch bald heiraten.«

»Ja, wir werden aus dem Feiern gar nicht mehr herauskommen. Ich beneide sie.«

Den letzten Satz sagte ihre Freundin mit einem so sehnsüchtigen Tonfall, dass Sophie aufhorchte. »Alles okay bei dir?«

»Bei mir? Sicher.« Leonie schaute auf ihre Hände herunter. Sie rieb ohne nachzudenken über die Stelle an ihrem linken Ringfinger, die Stelle, an der sie seit letztem Jahr keinen Trauring mehr trug. »Im Grunde schon. Wir haben uns in Peters Haus gut eingelebt, ich habe erste Aufträge, das muss sich ja alles noch entwickeln. Da mache ich mir nichts vor. Jedenfalls bin ich froh, dass Marie glücklich ist.«

Ja, das kann man sogar aus der Entfernung sehen, dachte Sophie. Die kleine Marie, Leonies fast sechsjährige Tochter, saß friedlich da und blätterte in einem Bilderbuch. Sophies Blick schweifte wieder zurück zu Leonies Händen. Unaufhörlich, völlig unbewusst, aber ach so deutlich, kehrte Leonies rechte Hand immer wieder zum linken Ringfinger zurück, so, als müsste sie sich vergewissern, dass da wirklich nichts mehr war.

»Also, wo drückt der Schuh?«

»Das klingt so dramatisch. Ich möchte gar nicht jammern. Aber wenn ich dich und Peter sehe, oder Mama und Jean-Pierre ...«

Leonie verstummte, aber Sophie wusste auch so, was ihre Freundin sagen wollte. Leonie hatte sich scheiden lassen. Nichts von dem, was sie sich für ihre Ehe erhofft hatte, war eingetreten. Stattdessen hatte ihr Mann sie mit einer jüngeren Frau betrogen, und nun war sie mit ihrer kleinen Tochter allein.

Obwohl wir uns doch noch gar nicht so lange kennen, ist sie eine ebenso gute Freundin wie Miri geworden, dachte Sophie. Mit dem Unterschied, dass Miri im fernen Hamburg wohnte, während Leonie sich in Peters altem Haus, keine fünfhundert Meter vom Mühlenhof entfernt, eingemietet hatte.

Sie wandte sich Leonie zu und umarmte sie. »Ich bin so froh, dass es dich gibt. Und weißt du was, wir suchen einfach einen netten neuen Mann für dich.«

»Haha, die gibt es ja hier in Wümmerscheid-Sollensbach auch wie Sand am Meer.«

»Wart nur ab. Das Projekt ›Leonie soll nicht allein bleiben‹ startet ab sofort.« Sophie kicherte zufrieden. »Fangen wir doch gleich mal an.«

Sophie schaute sich um, und mit gespielt ernster Miene runzelte sie nachdenklich die Stirn. »Zum Beispiel unser Nachbar unten an der Straße: Erwin Körten-Buschmeier ist ein Mann in den besten Jahren, der – das beweist schon seine Liebe zu seinem Cordhut – an Altbewährtem festhält.« Sophie warf einen Seitenblick zu Leonie.

»Zu alt?«

Leonie ging auf Sophies Spiel ein und nickte, wobei sie sich bemühte, trotz des Lächelns in ihren Augen eine bekümmerte Miene aufzusetzen. »Auch wenn sein großes Haus verlockend wäre, doch ja, der Altersunterschied ...«

»Kein weiteres Wort, es war ja nur ein erster Vorschlag. Johannes Braubart fällt natürlich aus, er hat seine Hetti. Ebenso Klaus Weibold, unser junger Tischlermeister, der hat erst im vorletzten Jahr Jennifer, geborene Braubart, geheiratet. Da werden wir nichts machen können. Ich habe außerdem gehört, dass der kleine Christopher, der demnächst getauft wird, bei dem Paar für schlaflose Nächte sorgt. Ich denke, unserem lieben Klaus gönnen wir sein Glück, er braucht keine Affäre, der braucht neun Stunden ungestörten Schlaf.«

»Ich glaube, du musst aufgeben, Sophie. Wenn das so weitergeht, schlägst du mir gleich noch Pastor Kernmann vor. Oder die beiden Alten, deren Namen ich nicht kenne, die aber immer auf der Holzbank in Sollensbach in der Sonne dösen.«

»Aufgeben kommt gar nicht infrage. Ich habe mich erst mal warm gemacht, um deine persönlichen Vorlieben zu ermitteln. Aber im Ernst«, Sophie zwinkerte Leonie zu, »wenn du dich in Wümmerscheid-Sollensbach unter die Leute mischst, dann wirst du schnell merken, dass das alles ganz wundervolle Menschen sind. Viele habe ich durch mein Bistro kennengelernt. Und dann hatte ich auch Glück und habe dank Peter noch viele weitere neue Bekanntschaften gemacht.«

Lautes, fröhliches Männerlachen lenkte Sophies Aufmerksamkeit in den hinteren Teil des Gastraums, wo die Festtafel für das Hochzeitsessen aufgebaut worden war. Peter stand dort mit ihrem Trauzeugen Jan, und die beiden prosteten einander lachend zu.

»Natürlich. Peters Freund Jan ist so ein Beispiel. Ich habe bei ihm, in seiner Werkstatt, mein Auto gekauft, da wusste ich noch gar nicht, dass er ein enger Freund von Peter ist. Nie hätte ich mir träumen lassen, dass Jan einmal mein Trauzeuge sein ...« Sophie brach ab, weil sie merkte, dass Leonie ihr gar nicht mehr zuhörte. Sie saß einfach nur da und beobachtete mit leicht schräg gelegtem Kopf die beiden Männer. Dabei hatte sie ein kleines verträumtes Lächeln im Gesicht.

Sieh mal an, dachte Sophie, wer hätte gedacht, dass Leonie auf Männer wie Jan steht? Aber warum nicht? Jan war zurzeit Single, sportlich und durchaus ansehnlich. Wie so oft trug er seine langen Haare zu einem Man Bun hochgebunden. Männer mit Dutt fand Sophie normalerweise eher albern, aber bei Jan sah es richtig gut aus. In dem schmal geschnittenen dunkelgrauen Anzug und mit dem offenen weißen Hemd machte er eine wirklich tolle Figur.

Ist mir noch gar nicht in den Sinn gekommen. Jan ist für mich eben nur ein guter Freund von Peter, den habe ich als Single und attraktiven Mann nicht auf dem Radar gehabt, dachte Sophie amüsiert.

»Was hast du gesagt?« Leonie schien aus ihrem Tagtraum erwacht zu sein.

»Ich? Ach, nichts Besonderes. Ich meinte gerade nur, dass wir nicht so schnell die Flinte ins Korn werfen sollten«, erwiderte Sophie lächelnd, und dann nahm sie ihr Glas mit Traubensaft und prostete Leonie zu.

# Jawort mit Kick

Sophie war wie elektrisiert. Natürlich wusste sie, dass das Verkuppeln von zwei Menschen in der Realität nur ganz selten funktionierte. Aber das hieß nicht, dass man dem Glück nicht einen kleinen Stoß in die richtige Richtung geben konnte. So was schadete ja nie. Langsam schlenderte sie zu Peter hinüber. Der strahlte sie verliebt an, als er sie bemerkte.

»Was sagst du, mein Schatz, haben wir alles richtig gemacht?«, fragte er.

Sophie stellte sich auf die Zehenspitzen und gab ihm einen ausgiebigen, leidenschaftlichen Kuss. »Ist das für dich Antwort genug?«

Peter lächelte breit. »Für so einen Kuss wären wir noch vor zwanzig Jahren wegen Erregung öffentlichen Ärgernisses angezeigt worden. Doch, ich würde sagen, dass der einiges beantwortet.«

»Sag mal, Peter, Jan hat doch im Moment keine feste Freundin, oder?«

»Oho, meine Gattin interessiert sich noch während der Hochzeitsfeier für ledige Männer?«

Sophie ersparte sich eine Antwort und versetzte ihm stattdessen einen spielerischen Klaps auf den Arm.

»Aua. Okay – die Antwort heißt nein. Er hat zurzeit keine Freundin. Die letzte Frau, von der ich weiß, hatte keine Lust, in Wümmerscheid-Sollensbach zu bleiben. Tatsächlich war sie der Überzeugung, dass Köln die einzig wahre Stadt sei. Das hat Jan leider anders gesehen. Nicht, dass er Großstädte nicht schätzen würde, aber Tina – ich glaube, sie hieß Tina – hätte nicht mal im Traum daran gedacht, Köln zu verlassen. Im Gegenteil, ihr festes Ziel war es gewesen, Jan von der Domstadt zu überzeugen. Nur, Jan lebt gerne außerhalb der Großstadthektik, hier hat er seinen Betrieb aufgebaut, was sollte er also in Köln? Wenn ich mich richtig erinnere, hat sie am Ende in einer kurzen WhatsApp-Nachricht mit ihm Schluss gemacht, auch nicht gerade die feine englische Art.« Er schüttelte kurz den Kopf. »Jetzt würde mich aber trotzdem interessieren, warum du mich nach Jans Beziehungsstatus fragst. Fühlt sich Miri einsam?«

»Miri? Nee«, Sophie lachte leise, »du weißt doch, dass die seit dem letzten Jahr im siebten Himmel schwebt. Nur schade, dass ihr neuer Traummann keine Zeit hatte, zu unserer Feier zu kommen. Ich dachte eher an Leonie.«

»Warum denn Leonie?«

»Weil sie vorhin beim Anblick von Jan einen ganz verträumten Gesichtsausdruck bekommen hat. Und da hab ich mir überlegt, ich frag besser mal.«

Peter nahm sein Sektglas vom Tisch, trank einen Schluck und dachte nach. Das Nachdenken dauerte nicht sehr lange, wie Sophie erkannte, denn nach wenigen Augenblicken grinste er von einem Ohr zum anderen.

»Frau von Metten, das ist keine üble Idee. Nein, wirklich nicht. Die beiden könnte ich mir gut als Paar vorstellen. Allerdings ...«

»Was?«

»Allerdings bleibt das Problem, dass sie sich noch gar nicht richtig kennen.«

»Um solche Details kann ich mich dann ja nach unserer Hochzeitsreise kümmern.«

»Hör ich da gerade das Wort Hochzeitsreise? Junge, ihr wollt doch wohl nicht die Feier frühzeitig verlassen?«. Klaus Langen, Peters Vater, trat zu dem Brautpaar. Im kommenden Jahr würde er seinen sechzigsten Geburtstag feiern, aber das sah man ihm wirklich nicht an. Sophie fand, dass es zwischen Vater und Sohn eine erstaunliche Ähnlichkeit gab. Die gleichen schwarzen Haare, wobei sich bei ihrem Schwiegervater feine graue Strähnchen dazumischten, die gleiche schlanke Figur und eine Vorliebe für einen Dreitagebart. Allerdings trug Klaus, anders als Peter, eine schwarze Hornbrille.

»Du weißt ganz genau, dass wir erst morgen Vormittag in aller Ruhe abfahren werden«, sagte Peter.

»Dann bin ich ja beruhigt, denn ich hatte mir fest vorgenommen, mich noch ausführlich mit meiner neuen Schwiegertochter zu unterhalten. Allerdings muss ich mich vorher noch mit etwas Süßem stärken.«

Heidi und Jean-Pierre hatten nach dem Hauptgang auf einem Seitentischchen eine Auswahl an kleinen Dessertportionen aufgebaut.

Klaus Langen griff an Peter vorbei und nahm sich ein schlankes hohes Glas vom Buffet. »Das Eis war schon göttlich, und diese Mousse sieht himmlisch aus. Wahrscheinlich werde ich nach dem heutigen Abend wieder wochenlang mit dem Fahrrad zur Arbeit fahren müssen, um die Kalorien abzutrainieren. Aber dieses Essen ist wirklich jede Anstrengung auf dem Rad wert.«

Er nahm einen Löffel, probierte und schloss genießerisch die Augen. »Mhhhm, das habe ich befürchtet. Diese Mousse schmeckt ja noch viel besser, als sie aussieht. Herrlich.«

»Nimm dir ruhig zwei Gläser, ich werde Mama sicher nichts verraten«, sagte Peter mit einem Augenzwinkern.

»Mal sehen, der Nachmittag ist ja noch lang.« Sie setzten sich zu dritt an den Tisch.

Sophie hatte sich noch einmal beim Eis bedient. »Ich habe beschlossen, dass ich heute auch einmal über die Stränge schlagen darf. Eigentlich versuche ich, mich bei den Süßigkeiten zurückzuhalten, sonst sehe ich bald aus wie ein Walross. Außerdem ...« Sie hielt inne und schnappte nach Luft.

»Liebes, was ist los?« Besorgt legte Peter seine Hand auf ihr Knie und schaute ihr forschend ins Gesicht.

»Oh, Peter ...«, hauchte Sophie.

»Jetzt sag schon, was hast du?«

Strahlend wandte sie sich zu ihrem frisch angetrauten Mann. »Oh, gerade habe ich es gespürt! Unser Baby! Es hat sich bewegt. Fühl mal ...« Sie nahm Peters Hand, legte sie vorsichtig flach auf ihren Bauch und flüsterte: »Da, schon wieder. Spürst du es auch? Es hat sich gerührt. Genau heute, an unserem Hochzeitstag.«

Mit geschlossenen Augen konzentrierte er sich vollkommen auf Sophie, um einen Moment später mit verdächtig glänzenden Augen zu wiederholen: »Ja, es hat sich gerührt.«

Die beiden nahmen gar nicht wahr, dass sich Peters Vater leise vom Tisch entfernte. So vollkommen war ihr Glück, dass sie alles um sich herum vergaßen.

»An unserem Hochzeitstag«, sagte Sophie träumerisch, »stell dir das mal vor. Das war heute nicht nur unser Jawort.«

»Nein«, ergänzte Peter, »das war ein Jawort mit Kick.«

# Spaziergang am Meer

Das Wasser war bleigrau, helle weiße Schaumkronen tanzten auf jeder Welle, die in Richtung Strand rollte. Der Wind war kalt, aber gleichzeitig belebend frisch. Der Sand vor ihren Füßen war dunkel und feucht vom Regen in der Nacht. Sophie stand am Ende der langen Holztreppe, die vom Deich hinunter zum Strand führte. Neben ihr, auf hohen Stelzen, sah man ein lang gestrecktes Holzhaus mit einer großen Terrasse: ein Strandcafé. Im Sommer war hier sicher viel los. Sie konnte es sich gut vorstellen. Vor Sophies innerem Auge spielten Kinder Ball, bauten Sandburgen, rannten kreischend ins kalte Wasser, überall lagen bunte Handtücher, und es wimmelte von Menschen, die einen sonnigen Sommertag genossen.

Jetzt aber war dieser Strandabschnitt zwischen den senkrecht aufgestellten Holzstämmen, die als Wellenbrecher dienten, menschenleer. In der Ferne sah Sophie zwei Menschen Arm in Arm am Strand spazieren gehen. Sie atmete einmal tief ein und dann wieder ganz langsam aus. Was für ein wundervoller Morgen.

Ein freudiges Bellen erklang hinter ihr, und Augenblicke

später tollte Herr Württemberg um ihre Beine herum. Der hellbraun gelockte Labradoodle genoss genau wie sie die Weite des leeren Strandes. Sophie griff in ihre Jackentasche und holte einen kleinen roten Ball heraus.

»Los, Herr Württemberg, hol den Ball.«

Sie warf den Ball in einem hohen Bogen Richtung Meer, und der Hund rannte fröhlich bellend los.

»Und – gefällt dir unsere Hochzeitsreise?« Peter stieg mit zwei Bechern in der Hand die Treppe vom Strandcafé herunter. Er küsste sie zärtlich, bevor er ihr einen Becher reichte. »Hier ist dein Kaffee, mit Milch und einem Stück Zucker. Aber sei vorsichtig, er ist noch sehr heiß.«

Sophie nahm den Becher, pustete vorsichtig auf die Flüssigkeit und nahm einen Schluck. Herrlich!

»Wie hast du das nur geschafft? Die öffnen doch um diese Jahreszeit frühestens am Nachmittag, wenn überhaupt.«

»Hier in Westkapelle habe ich mit meinen Eltern unzählige Urlaube verbracht. Albert vom Strandcafé kenne ich, seit ich denken kann. Vor ein paar Jahren habe ich ihm mal bei einigen Marketingfragen geholfen. Seitdem bekomme ich Kaffee, wann immer ich will, vorausgesetzt, irgendeine Bedienung ist vor Ort – das war der Deal. Übrigens kein schlechter, finde ich.«

Vorsichtig trank Sophie, bevor sie antwortete: »Um diese Jahreszeit hier am Meer zu sein ist traumhaft. Der Kaffee ist dabei das Sahnehäubchen.«

»Dann bereust du es also nicht, dass wir nach Holland an die Küste gefahren sind, anstatt irgendwo in den sonnigen Süden zu fliegen?«

Herr Württemberg kam zurück, legte den Ball vor Sophie auf den Boden und schaute sie hechelnd an. Sie kraulte kurz sein lockiges Fell, nahm den Ball und warf ihn erneut.

»Eine Hochzeitsreise ohne Herrn Württemberg, das wäre doch nicht das Richtige gewesen. Nein, die Tage hier am Meer sind unglaublich entspannend. Ich weiß gar nicht, wann ich das letzte Mal darüber nachgedacht habe, ob zu Hause alles in Ordnung ist.«

»Was soll denn nicht in Ordnung sein, Liebling? Noch ist ja Nebensaison. Melanie serviert zusammen mit der neuen Aushilfe, die die Zeitarbeitsfirma vermittelt hat, im Bistro, Louis hat die Küche fest im Griff, und den Bürokram von einer Woche können wir leicht nachholen. Hauptsache, dir und dem Baby geht es gut.« Sanft streichelte Peter mit der flachen Hand über Sophies Bauch.

»Du hast ja recht, aber ein paar Sachen werden wir uns nach dem Urlaub ernsthaft überlegen müssen. Wie wollen wir weitermachen, wenn ich nicht mehr so viel arbeiten kann? Wir müssen das Kinderzimmer noch einrichten. Und Melanie will studieren, sie wird nicht ewig als Bedienung aushelfen können.«

»Schscht«, Peter legte seinen Zeigefinger an die Lippen, »das sind alles Fragen, über die wir uns nach unserer Rückkehr Gedanken machen können. Jetzt werden wir erst einmal die letzten zwei Tage am Meer genießen.« Er griff in seine Jackentasche und holte eine Postkarte heraus. »Die habe ich gerade im Café an der Kasse gesehen. Ich finde, sie passt gut.«

Sophie nahm die Karte, die ein paar Wellen mit Schaumkrone vor einem Abendhimmel zeigte. Darauf stand: *Meer ist nicht die Antwort. Aber man vergisst dort jede Frage.* Vorsichtig verstaute Sophie die Karte in ihrer Tasche und schmiegte sich dann in Peters Umarmung.

»Du hast recht, ich sollte mir nicht zu sehr den Kopf zerbrechen. Danke für alles.«

Arm in Arm schlenderten sie über den feuchten Sand, tranken Kaffee und genossen den Wind im Gesicht. Die Luft schmeckte feucht und salzig.

Sophie freute sich schon auf einen zärtlichen Nachmittag

und Abend am offenen Kaminfeuer. Sie nahm sich fest vor, erst wieder in Wümmerscheid-Sollensbach zu grübeln.

Meer ist nicht die Antwort. Aber man vergisst dort jede Frage.

# Die Überraschung

Als Peter seinen Geländewagen über die Einfahrt zum Mühlenhof lenkte, bemerkte Sophie sofort, dass etwas nicht stimmte.

»O nein, guck mal, da steht der Wagen von Elektro Baumann. Irgendwas ist im Bistro kaputtgegangen, bestimmt wollten Melanie und Louis mich nicht anrufen, damit ich mir keine Sorgen mache. Aber wenn Rainer Baumann hier bei uns ist …«

»Sophie, alles ist in Ordnung«, versuchte Peter sie zu beruhigen.

»Du hast gut reden, wie soll denn etwas in Ordnung sein, wenn …« Sophie stockte, neben dem Haus stand in der Durchfahrt zu dem dahinterliegenden Garten ein großer Baucontainer. Mit Schrecken erkannte Sophie, dass sich darin Steine und Bauschutt auftürmten.

»Da drüben, der Baucontainer! Himmel, was ist denn hier passiert? Vielleicht hatten wir einen Wasserschaden und sie mussten eine Wand aufstemmen.« Sophies Stimme überschlug sich beinah vor Aufregung. Peter bremste den Wagen mitten auf dem Hof ab, anstatt weiter zur Garage zu fahren. Er beugte sich zu Sophie hinüber, legte seine Hand an ihre Wange und schaute ihr tief in die Augen.

»Liebste Sophie, du musst dir überhaupt keine Sorgen machen. Dass dieser Baucontainer dort noch steht, liegt nur daran, dass ich entschieden habe, dass wir die Reste auch in der kommenden Woche entsorgen können. Hauptsache, alle werden fertig.«

Sophie verstand kein Wort von dem, was Peter da gerade sagte. Sie schwieg, ohne zu begreifen. Nach Worten suchend runzelte sie die Stirn. »Wovon redest du?«

Liebevoll lächelte Peter sie an, dann griff er nach ihrer Hand, zog sie an seine Lippen und drückte einen sanften Kuss darauf.

»Es ist eine Überraschung. Komm mit, ich zeig es dir.«

Er stieg aus, lief um das Auto herum und öffnete Sophie die Tür, um ihr beim Aussteigen zu helfen. Dann nahm er sie bei der Hand und zog sie mit sich. Sophie wollte schon die Haustür ansteuern, aber Peter schüttelte den Kopf.

»Lass uns außenherum gehen.«

Hand in Hand gingen sie um das alte Gebäude herum in den Garten, der hinter dem Café lag. Im Sommer gab es hier draußen Tische und Stühle für die Gäste. Peter blieb abrupt mitten im Cafégarten stehen.

»Da schau, Sophie. Alles Gute zur Hochzeit.« Mit dem ausgestreckten Arm wies er nach vorn.

Sie befanden sich auf der Rückseite des Mühlenhofs. Nun blickte sie in dieselbe Richtung wie Peter, und im ersten Moment realisierte sie nicht, was sie dort sah. Denn der Anblick war völlig anders, als sie ihn in Erinnerung hatte. Am rückwärtigen Ende des Mühlenhofs befand sich der alte Anbau, in dem bis vor vierzig Jahren die eigentliche Mühle untergebracht gewesen war. Das hölzerne Wasserrad, das Mahlwerk und die gesamte Mühlentechnik waren schon vor Jahrzehnten ausgebaut worden. Zurückgeblieben war nur ein fensterloser Anbau.

Sophie stand regungslos, und ihr Verstand versuchte zu begreifen, was sie da vor Augen hatte. Das bisher so triste Gemäuer besaß jetzt große Sprossenfenster, die von der tief stehenden Nachmittagssonne angestrahlt wurden. Im Erdgeschoss schloss sich ein Wintergarten an die alte Bruchsteinmauer an. Bodentiefe Glasscheiben glänzten zwischen dunkelgrünen Metallstützen, die mit ihren geschwungenen Verzierungen elegant und filigran wirkten. Der viktorianische Stil des Wintergartens passte perfekt zu den alten Mauern des Mühlenhofes.

»Was ... was in aller Welt ist das?«, stammelte Sophie schließlich, überwältigt von dem Anblick.

Peter legte ihr den Arm um die Schultern und zeigte auf das Gebäude. »Das, Sophie, ist mein Hochzeitsgeschenk. Im Erdgeschoss haben wir unser eigenes Wohnzimmer mit einem angrenzenden Wintergarten, den du dir immer gewünscht hast. Hinter dem Wintergarten ist noch genug Platz für einen privaten Garten, sodass unser Kind nicht draußen zwischen den Bistrotischen spielen muss. Innen führt eine Wendeltreppe nach oben. Dort gibt es einen Durchbruch zu unseren bisherigen Räumen und drei weitere Zimmer. Wenn ich eines gelernt habe, dann, dass man lieber ein Zimmer zu viel als eines zu wenig hat.«

Stumm bewegte Sophie die Lippen. Sie suchte nach Worten und fand doch keine.

»Ich sehe es dir an, was dir durch den Kopf geht. Da sind zwei große Fragen. Die eine heißt: Wie können wir uns das leisten? Und die andere: Ist es genau so, wie ich es möchte?«

Beklommen nickte Sophie. »Sei mir nicht böse, aber ich fühle mich gerade ein bisschen überrumpelt.«

»Das kann ich mir vorstellen. Dann lass mich doch mit der ersten Frage anfangen. Es ist so: Meine Eltern haben für mich und für meine Schwester jeweils kurz nach der Geburt einen großzügigen Bausparvertrag abgeschlossen. Davon wusste ich bis vor Kurzem nichts.«

»Ehrlich? Das haben sie dir nicht gesagt?«

»Erst im Januar, als unsere Hochzeitspläne konkret wurden. Und dann konnte ich nicht widerstehen, du kennst mich ja – ich wollte einfach, dass es eine Riesenüberraschung für dich wird.«

»Was macht dich so sicher, dass es das ist, was ich möchte?«

»Ach Liebes, das war sehr einfach. Seit Monaten hast du nur noch Wohnzeitschriften gelesen, Prospekte mit Wintergärten im englischen Stil liegen überall herum, und wenn im Fernsehen etwas zum Thema ›Kleine Wohnungen clever ausbauen‹ kommt, bist du für alles andere taub.«

»Aber was ist mit den Möbeln und den Tapeten und allem?«

»Tja«, grinste Peter. »Jetzt kommt die schlechte Nachricht: Das musst du selber aussuchen. So weit wollte ich dann doch nicht gehen, dass ich dir die Inneneinrichtung fertig hinstelle. Ich weiß doch, wie sehr du es liebst, Räume zu gestalten.«

Sophie fiel Peter um den Hals. »Das ist unglaublich. Wie hast du das alles nur hinbekommen?«

»Na ja, ich musste ziemlich viele Gefallen einfordern.«

Zweifelnd zog Sophie eine Augenbraue hoch. »Aber selbst dann. Baugenehmigungen einholen, alles ausmessen, die Statik berechnen, das dauert doch normalerweise Wochen, nein, Monate.«

»Es ist erstaunlich, wie schnell der Papierkram erledigt ist, wenn sich die Ortsvorsteher persönlich dahinterklemmen.«

»Trotzdem. In einer Woche?«

»Nein, wir haben schon den ganzen Januar daran gearbeitet. Immer, wenn du nicht zu Hause warst. Kannst du dich an den Tag erinnern, als du mit Miri unterwegs warst, um das

Kleid fürs Standesamt zu kaufen? Da wurde das komplette Aufmaß genommen.«

Sophie stemmte die Arme in die Hüften und sagte lachend: »Peter, du hast ja das Zeug zum Betrüger! Wie konntest du es nur so lange geheim halten!«

»Weißt du, so ganz geheim war es nicht. Eigentlich wussten es alle im Ort außer dir. Die Bauteile für den Wintergarten waren zum Beispiel im Holzlager der Tischlerei Weibold. Und dass unser Freund Henry einen Kaminofen in wenigen Tagen beschaffen kann, weißt du ja.«

»Aber wie …«

»In den letzten zehn Tagen ging es hier wahrscheinlich wie in einer dieser TV-Dokumentationen zu. Ich wurde regelmäßig per WhatsApp über den aktuellen Stand der Bauarbeiten informiert. Fast alle Handwerker, die hier gearbeitet haben, kommen aus Wümmerscheid-Sollensbach. Jeder einzelne hatte den Ehrgeiz, es zu schaffen. Hier ist jeden Tag bis spät in die Nacht gearbeitet worden. Alle, die mitgemacht haben, wollten dir eine Überraschung bereiten. Ich glaube, du weißt gar nicht, welchen Eindruck du in den letzten zwei Jahren hier im Ort hinterlassen hast. Jedenfalls hat jeder, mit dem ich im Vorfeld verhandelt habe, zugesagt, sein Bestes zu geben. Wollen wir uns drinnen umschauen?«

Sophie wischte sich mit der Hand ein paar Freudentränen von der Wange und nickte strahlend.

\*\*\*

»Was für ein wundervoller Raum«, schwärmte Sophie, als sie vom ersten Stock zurück über die Wendeltreppe in ihr neues Wohnzimmer gingen. Der Fußboden war mit rustikalem Eichenparkett ausgelegt, das nur noch versiegelt werden musste. Noch lagen überall in den Durchgängen dicke Papierbahnen, um das unbehandelte Holz zu schützen. Selbst die Werkzeugkästen, Säcke mit Verpackungsmaterial und Eimer voller Schutt konnten eins nicht verbergen: Hier entstand ein wunderbarer Raum.

Sophie seufzte glücklich. Endlich habe ich wieder ein Wohnzimmer, dachte sie. Am liebsten hätte sie sich gleich hingesetzt und in den Musterbüchern geblättert, die auf einem unbenutzten Tapeziertisch bereitlagen.

So sehr sie den Gastraum ihres Bistros liebte, er blieb eben doch ein Gastraum. Er war öffentlich, nicht privat. Dotti hatte sich mit ihrem Arbeitszimmer und einem Schlafzimmer begnügt. Aber Sophie konnte sich schließlich nicht mit ihren Freundinnen immer nur im Bistro treffen. Das Arbeitszimmer oder gar das Schlafzimmer kamen dafür überhaupt nicht infrage. Hier, in ihrem neuen Wohnzimmer aber, hätte sie endlich Privatsphäre und Ruhe. In Gedanken sah sie sich schon bei Henry, ihrem liebsten Trödelhändler, in seiner riesigen Scheune das eine oder andere Möbelstück aussuchen. Bei einem ihrer letzten Besuche hatte sie sich in ein großes viktorianisches Bücherregal verliebt, aber voller Bedauern erkannt, dass es unmöglich in ihr winziges Arbeitszimmer passen würde. Hier unten aber wäre das alles gar kein Problem. Und im vorderen Teil des großen, lichtdurchfluteten Raumes könnte man Peters alten Esstisch hinstellen. Vielleicht sogar direkt in den Wintergarten. Ein Essplatz mit Blick in ihren Garten – einfach himmlisch. Und selbst an dunklen, trüben Wintertagen würde der verglaste Wintergarten ein herrlicher Ort zum Wohnen sein.

»Gefällt es dir, Sophie?«, fragte Peter und schaute sie erwartungsvoll, aber auch ein bisschen bange an. »Ich hatte mich natürlich gefragt, ob du nicht lieber dabei sein möchtest, wenn alles umgebaut wird. Aber dann hatte ich gehofft, dass dir meine Überraschung gefallen wird. Im Wintergarten ist übrigens noch ein Kaminofen, damit wir dort ebenfalls mit Holz heizen können.«

»Ob es mir gefällt? Natürlich gefällt es mir! Das ist so herrlich geworden, dass ich ganz verliebt in diesen Raum bin.«

Peter öffnete im hinteren Teil des Wohnzimmers eine schmale Tür, die Sophie bisher noch gar nicht aufgefallen war.

»Leider konnten wir keine breitere Tür einbauen, weil dieser Durchgang neben der Haupttreppe entlangführt. Aber man kommt von hier aus in die Küche und in den Gastraum des Bistros. Komm, wir gehen zu Melanie und Louis. Ich muss mich noch bei den beiden bedanken, denn sie haben hier die Stellung gehalten. Ohne ihre Mithilfe wäre der Umbau nicht fertig geworden.«

# Eine Wohnung in Frankfurt

Er drückte auf die Fernbedienung, um das Interview ein weiteres Mal anzusehen. Der Tonfall dieses Moderators ging ihm zunehmend auf die Nerven, aber es war ihm wichtig, jedes Detail über *Tante Dottis Bistro* genau zu verstehen.

»Aber sagen Sie, Frau von Metten, wir haben schon in der Redaktion darüber gerätselt: Alle reden über den ›Mühlenhof‹ und das ›Mühlencafé‹, aber eigentlich heißt das Ganze doch *Tante Dottis Bistro*? Das kleine Café an der Mühle, Bistro, Mühlencafé – welches ist denn jetzt der richtige Name? Wir sind ein bisschen verwirrt.«

»Ach, das ist schnell erklärt«, sagte Sophie von Metten. Sie schien sich vor der Kamera richtig wohlzufühlen, und die Antworten kamen ihr ganz flüssig über die Lippen. »Das Anwesen hieß früher Mühlenhof, auch wenn die eigentliche Wassermühle schon seit mehr als vierzig Jahren nicht mehr existiert. Nebenan, in dem hinteren Gebäude, das an dieses Haus anschließt, war die Mühle untergebracht. Meine Tante Dotti hat das Grundstück, dieses Haus und die Nebengebäude gekauft und hier im Haupthaus ein Café betrieben. Es war aber mehr ein Hobby für sie. Wirklich erfolgreich war das Café nie. Zuerst habe ich wie meine Tante den Namen Mühlencafé benutzt. Ich habe alles renoviert, und es war richtig schön geworden, aber die Gäste blieben aus.«

Der Moderator nickte und fuhr fort: »Jetzt verstehe ich. Das Café war kein großer Erfolg. Sie haben sich dann ein neues Konzept ausgedacht und gleichzeitig einen neuen Namen eingeführt.«

»Genau! Ich wollte allen zeigen, dass ich etwas Neues vorhabe. Aber wahrscheinlich wird *Tante Dottis Bistro* in den Köpfen der Leute aus dem Dorf immer der Mühlenhof bleiben, und es wird weiter Menschen geben, die Mühlencafé sagen.«

Er drückte auf die Pausentaste der Fernbedienung, und Sophie von Mettens Gesicht blieb als Standbild auf dem Bildschirm. Freundlich und offen lächelnd blickte sie direkt in die Kamera.

Auf seinem Notizblock füllten die Informationen schon mehrere Seiten. Er hatte genügend Artikel im Internet gefunden, um sich die ganze Geschichte zusammenreimen zu können. Die gute Sophie hatte eine richtige Erfolgsstory erlebt.

Es war weit nach Mitternacht, als er schwungvoll die Unterschrift unter das Dokument setzte. Nicht ohne Stolz verglich er sie mit der Unterschrift, die in einer Festschrift abgedruckt worden war, die er ebenfalls online gefunden hatte. Dorothee von Metten – die damalige Kuratorin des Museums – hatte es sich nicht nehmen lassen, ihr Vorwort zu einer Ausstellung eigenhändig zu unterzeichnen.

Herzlichen Dank, Dotti, das hat mir eine Menge Arbeit erspart, dachte er. Sorgfältig las er das Schreiben durch – perfekt!

*Tante Dottis Bistro* wurde von vielen Kritikern als neuer Stern am Gastronomiehimmel gesehen. Ein Stern, der in wenigen Tagen ihm gehören würde. Er verstaute die Unterlagen in einer Mappe. Es wurde Zeit. Er würde ein paar Gespräche führen, bevor er an die Mosel fuhr.

Sophie tat ihm fast ein wenig leid, sie sah in den Videos immer sehr sympathisch aus, aber er musste auch an sich denken. Für ein gut gehendes Bistro gab es sicher jede Menge Interessenten. Seine Arbeit der letzten Tage würde sich auf jeden Fall auszahlen.

# Vereine

»Sophie, die Herren vom Dorfverein sind schon da.« Melanie war durch die schmale Zwischentür in das neue, inzwischen fast fertige Wohnzimmer getreten. »Entschuldige, dass ich einfach reinkomme, aber ich klopfe schon seit fünf Minuten an die Tür. Hast du denn gar nichts gehört? Ich habe sogar gerufen.«

Sophie, die sich für eine halbe Stunde zurückgezogen hatte, schreckte hoch. Sie war tatsächlich in dem großen Ohrensessel vor dem Kaminofen eingeschlafen. Sie gähnte herzhaft. Diese Müdigkeitsanfälle kamen manchmal mitten am Tag, vielleicht hatte das mit der Schwangerschaft zu tun. Oder es war einfach nur das frühe Aufstehen in Kombination mit der wohligen Wärme des Feuers gewesen. Herr Württemberg lag zufrieden auf dem Boden neben ihrem Sessel. Melanies Eintreten sorgte bei ihm nur für ein kurzes Heben des Kopfes und ein prüfendes Schnüffeln. Sofort registrierte das Tier, dass es den Eindringling gut kannte. Beruhigt zuckte der Hund noch kurz mit einem Ohr, bevor er sich wieder zusammenrollte und weiterschlief.

»Entschuldige, ich wollte dich nicht stören. Fühlst du dich nicht gut? Es ist nur so – du hattest ja gesagt, ich soll dich holen, wenn es so weit ist. Aber wenn du nicht kannst, dann würde ich mich um den Dorfverein kümmern. Ich schaff das auch alleine.«

»Nein, ist schon gut. Ich war nur kurz eingenickt. Mach dir keine Sorgen, Melanie.« Sorgen musste sie sich nur machen, dachte Sophie, weil ihr gerade eben wieder bewusst wurde, wie sehr sie sich auf Melanie als Servicekraft im Bistro verließ. Was mache ich bloß, wenn sie anfängt zu studieren?, überlegte Sophie.

»Chefin, hast du noch eine Minute?« Melanie schloss die Tür hinter sich und blieb unschlüssig im Wohnzimmer stehen, strich sich mit der Hand fahrig durch die blonde Wuschelmähne.

»Ja, sicher, was gibt es denn?«

»Es geht um mein Studium«, begann Melanie.

Sophie seufzte. »Oje, ist es schon so weit? Ich dachte, du würdest mit dem Medizinstudium erst im Herbst beginnen.«

»Ja, ich meine, nein. Also, ich hab doch im letzten Monat das Praktikum im Krankenhaus gemacht ...«

Sophie rieb sich mit der Hand über die Augen. Sie war so müde, aber sie musste sich konzentrieren. Ihr wurde klar, dass Melanie schon seit einer ganzen Weile weitergeredet hatte. Mist, Sophie hatte völlig den Faden verloren. Worum ging es noch gleich? Ach ja, Melanies Medizinstudium.

»... und mir ist klar geworden, dass ich lieber Essen klein schneide als Leute.«

»Wovon redest du? Leute klein schneiden?« Jetzt hatte Melanie Sophies volle Aufmerksamkeit. Schwerfällig hievte sich Sophie aus ihrem Sessel hoch, um auf Augenhöhe mit Melanie zu sein. »Kannst du mal ein bisschen deutlicher werden?«

Melanie schluckte. »Das hat mir echt total zu schaffen gemacht. Das Operieren und Schneiden. Ich hab das gesehen. Ich kann das nicht. Das ist nicht das, was ich tun will. Ich habe ganz lange nachgedacht.«

In Sophie keimte eine vage Hoffnung auf. »Soll das etwa heißen, dass du im Herbst nicht Medizin studieren wirst?«

»Ja, ich habe es mir anders überlegt. Und da wollte ich fragen, ob ich womöglich hier im Bistro ... also ... ob ich hier eine Ausbildung zur Köchin machen könnte. Louis wäre einverstanden, und er hat auch die nötigen Voraussetzungen dafür. Außerdem könnte ich mit Sicherheit eine Menge von Frau Schwarzbeck und von Jean-Pierre lernen. Wer hat schon die Chance, in der Kochausbildung gleich drei Spitzenköche um sich zu haben? Und ich könnte natürlich auch im Bistro weiterhelfen.« Mit einem verlegenen Lächeln schob Melanie nach: »Und: Als Nächstes wirst du sagen, das ist ja alles ganz gut und schön, aber du kannst nicht als meine wichtigste Kraft wie bisher im Service arbeiten und gleichzeitig die Ausbildung, die Berufsschule und alles unter einen Hut bringen. Deswegen habe ich hier ...«, sie kramte in ihrer Jackentasche, »eine Liste von Freundinnen, die alle schon mal in der Gastronomie gejobbt haben. Die Telefonnummern stehen alle da drauf. Hier.« Mit vor Aufregung zitternden Händen hielt sie Sophie einen zusammengefalteten Zettel hin.

»Äh ...«, setzte diese zum Sprechen an, doch Melanie kam ihr zuvor. »Warte, du weißt ja noch nicht alles. Es gibt einen dualen Studiengang, der heißt Gastronomiemanagement, das Ganze findet in der Nähe von Frankfurt statt. Ich könnte studieren und hier arbeiten, aber wie gesagt, zunächst würde ich gerne eine Ausbildung zur Köchin absolvieren«, sprudelte es aus Melanie hervor.

Sophie setzte sich sprachlos auf die Sessellehne.

»Du sagst ja gar nichts, Sophie.« Sonst war Melanie nicht gerade scheu, aber heute wirkte sie fast ängstlich. Unablässig zwirbelten die Finger ihrer rechten Hand an einer Haarsträhne. »Wahrscheinlich hast du längst andere Pläne. Hätte ich mir denken können. Ich habe ja auch lange Zeit gesagt, dass ich bald gehen werde. Es –«

»Melanie!« Sophie stand wieder auf und ging zu ihrer Angestellten. »Das ist die wunderbarste Nachricht, die ich in den letzten Tagen gehört habe. Du glaubst gar nicht, wie groß der Stein ist, der mir gerade vom Herzen fällt. Ich würde mich riesig freuen, wenn du bei uns bleiben würdest. Natürlich kannst du hier weitermachen, das ist überhaupt kein Problem. Louis kann dir alles beibringen. Wir können dir auf jeden Fall eine Praktikantenstelle anbieten. Und währenddessen kläre ich mit der Industrie- und Handelskammer, welche Formalitäten nötig sind, damit wir ein offizieller Ausbildungsbetrieb werden. Studiere danach, du musst unbedingt deinen Weg gehen – aber ich muss gestehen, vor allem wäre ich wirklich froh, wenn du in den nächsten Monaten hier sein könntest, denn ich merke jetzt schon, wie anstrengend alles für mich ist.« Sophie hielt den Zettel mit Namen hoch. »Und der hier ist Gold wert. So richtig glücklich war ich mit der Wahl der Zeitarbeitsfirma während unserer Hochzeitsreise nicht. Wenn also deine Freundinnen das besser können, wäre es mir nur recht. Wir werden zusätzliche Hände dringend nötig haben.«

Melanie zögerte kurz, dann machte sie einen Schritt auf Sophie zu und umarmte sie unbeholfen. »Danke, Sophie, ich freu mich so. Ich muss das gleich Louis erzählen.«

»Macht das, und ich gehe inzwischen rüber zum Gastraum und kümmere mich um unseren Dorfverein.«

\*\*\*

Beschwingt und plötzlich wieder voller Energie ging Sophie durch den Garten zu dem Gastraum, den sie in dem alten Stallgebäude eingerichtet hatte. Zuerst war dieses Zimmer nur als Provisorium gedacht gewesen, doch der urige Raum mit seinen Holztischen, dem Kaminofen und den rustikalen Bruchsteinwänden hatte sich zu einem wahren Renner entwickelt, weil Gruppen hier in geschlossener Gesellschaft völlig ungestört zusammensitzen konnten. Verschiedene Vereine aus Wümmerscheid und Sollensbach buchten den Raum regelmäßig. Heute Abend hatte sich der Wümmerscheider Dorfverein mit sechs Personen angemeldet. Die Wahren Freunde Wümmerscheids – so der Name des Vereins – unter der Leitung von Johannes Braubart hatten in den letzten Jahren eine Menge für die Dorfverschönerung getan. Doch so sehr Sophie das Engagement bewunderte, verstand sie doch nicht die Konkurrenz zu dem Sollensbacher Dorfverein Mein Herz für Sollensbach. Was könnten die Mitglieder alles auf die Beine stellen, wenn sie die ewigen Vorbehalte und alten Feindschaften überwinden und zusammenarbeiten würden, dachte Sophie.

Als sie die schwere Holztür zum Gastraum öffnete, erlebte sie eine Überraschung. Lautes Stimmengewirr und Gelächter schallte ihr entgegen. Wie ein Tisch für sechs Personen klang das nicht. Tatsächlich hatte jemand mehrere Tische zusammengeschoben, sodass über ein Dutzend Männer an einer langen Tafel zusammensaßen. Sophie erkannte sofort, dass auch die Mitglieder des Sollensbacher Dorfvereins anwesend waren.

»Oh, Frau von Metten, immer herein, wir hatten schon befürchtet, wir müssten verdursten«, tönte Johannes Braubart quer durch den Raum.

»Nicht zu vergessen, wir haben auch Hunger«, ergänzte Hermann Weibold, Tischlermeister und Vorsitzender des Sollensbacher Dorfvereins. Die übrigen Männer klopften mit den Fingerknöcheln zustimmend auf die Tischplatten.

»Das ist eine Überraschung. Ich wusste gar nicht, dass heute beide Vereine bei mir zu Gast sind«, sagte Sophie.

»Na ja, ich hab dem alten Hobelkasper gesagt, er soll mal

mit seinen Leuten vorbeischauen«, erklärte Johannes Braubart und schlug dem neben ihm sitzenden Tischlermeister auf die Schulter.

»Und so einen Wunsch kann ich unserem Johannes, dem alten Wurstkocher, doch nicht abschlagen«, gab Weibold zurück und grinste breit.

»Wenn das so ist: Dann herzlich willkommen in *Tante Dottis Bistro*. Schön, dass endlich beide Vereine bei mir an einem Tisch zusammensitzen, das wurde auch mal Zeit«, sagte Sophie.

»Sie werden sich noch wundern, Frau von Metten. Aber erst mal bringen Sie uns doch bitte etwas, um die trockenen Kehlen zu schmieren. Es wird nämlich noch ein langer Abend«, erwiderte Johannes Braubart.

Zwei Minuten später lief Sophie in die Küche, um die Getränkebestellung und die Essenswünsche weiterzugeben.

»Ganz schön viele Flammkuchen für sechs Personen«, wunderte sich Louis.

»Von wegen sechs Gäste. Drüben sitzen beide Vereine zusammen, Louis, ich glaube, da wird gerade Dorfgeschichte geschrieben.«

\*\*\*

»Dann hätten wir noch einen Flammkuchen mit Spinat und Lachs.« Sophie schaute in die Herrenrunde.

»Der ist für mich.« Elektromeister Rainer Baumann hob die Hand.«

»Ach, Herr Baumann, ich hatte Sie gerade gar nicht bemerkt.« Sophie wechselte zum Kopfende des Tisches, um den Flammkuchen zu servieren. Sie klopfte leicht mit den Fingerknöcheln auf den Tisch. »Meine Herren. Ich möchte noch schnell ein paar Worte sagen und mich bei allen bedanken, die bei dem Umbau mitgeholfen haben. Ich weiß leider nicht ganz genau, wer von Ihnen dabei tätig war, Sie, Herr Baumann, auf jeden Fall. Also an diejenigen, die es betrifft: ganz, ganz herzlichen Dank. Sie ahnen gar nicht, welche Freude Sie mir mit Ihrer Arbeit gemacht haben.«

»Ich könnte Ihnen jetzt ein paar Namen aufzählen«, sagte Johannes Braubart, »aber das haben wir alles schon mit Ihrem Gatten geklärt. Es war kein normaler Bauauftrag. Jeder von uns hat seinen Teil dazu beigetragen. Sagen wir einfach, es war ein Gemeinschaftsprojekt. Schwamm drüber.«

Sophie blinzelte gerührt. Sie würde sich nicht schon wieder von Tränen überwältigen lassen. Schnell nahm sie das Tablett. »Jetzt sollten Sie erst einmal essen, bevor alles kalt wird. Ich komm dann in ungefähr zwanzig Minuten wieder. Wenn Sie vorher noch Getränkewünsche haben, können Sie auch die Funkklingel da vorne benutzen, dann weiß ich, dass ich herüberkommen soll.«

»Nicht so schnell, Frau von Metten. Auch wenn wir jetzt erst einmal alle essen wollen, würde ich doch gerne sofort mit dem ersten Tagesordnungspunkt beginnen. Jungs, ihr könnt ja einfach weiterkauen und zuhören.« Johannes Braubart schaute in die Runde und erntete gemurmelte Zustimmung. Deutlicher wurde es nicht, weil die meisten gerade die ersten Bissen in den Mund geschoben hatten.

»Dann ist es abgemacht. Liebe Frau von Metten, bitte nehmen Sie hier neben mir am Tisch Platz.«

Sophie war einigermaßen überrascht, aber sie folgte der Aufforderung und setzte sich.

»Hermann, fang du an«, brummte Braubart.

»Wie Sie schon richtig bemerkt haben, sitzen heute beide Dorfvereine zusammen. Für uns ist das eine Premiere.« Hermann Weibold schaute nach rechts und links, und die meisten am Tisch nickten kauend. »Sie, Frau von Metten, haben uns im letzten Jahr die Augen geöffnet. Wir durften hier bei Ihnen zusammenkommen. Und wir haben erkannt, dass wir gemeinsam eine Menge auf die Beine stellen können. Deshalb werden beide Dorfvereine künftig zusammenarbeiten. Unser Projekt trägt den Namen *Wümmerscheid-Sollensbach voran.*«

»Das sind ja gute Nachrichten«, staunte Sophie. »Ich freue mich darüber, weil ich auch denke, dass man zusammen viel mehr erreichen kann.«

»Schön, dass Sie das so sehen. Unser erster Tagesordnungspunkt betrifft übrigens Sie persönlich.«

»Mich?«

»Jawohl. Stefan, würdest du bitte den ersten Antrag verlesen?«

Ein kleiner, gedrungener Mittvierziger schlug eine Mappe auf und rückte seine Brille zurecht. Sophie kannte den Mann vom Sehen und wusste, dass er im Rathaus arbeitete.

»Stefan Winter ist Schriftführer bei den Sollensbachern«, raunte Johannes Braubart ihr zu, »und das Amt wird er auch bei unseren gemeinsamen Projekten übernehmen.«

»Ja, also Tagesordnungspunkt eins: Die Projektgruppe *Wümmerscheid-Sollensbach voran* ernennt Frau Sophie von Metten zum Ehrenmitglied. Frau von Metten erwirbt ihre Mitgliedschaft damit sowohl im Dorfverein *Die Wahren Freunde Wümmerscheids* als auch im Verein *Mein Herz für Sollensbach*. Die Ehrenmitgliedschaft ist mit Stimmrecht verbunden, Frau von Metten muss keine Mitgliedsbeiträge bezahlen.« Stefan Winter schaute hoch. »Wer ist dagegen? Wer enthält sich? Keiner? Dann ist dieser Antrag einstimmig angenommen. Liebe Frau von Metten, ich darf Sie ganz herzlich als Mitglied unserer Dorfvereine begrüßen. Sie sind übrigens die allererste Frau in unserer Runde.«

Die anwesenden Männer klatschten begeistert Beifall. Johannes Braubart erhob sein Bier, Hermann Weibold schob Sophie ein Glas mit Mineralwasser hinüber.

»Darauf ein dreifaches Wümmerscheid-Sollensbach voran, voran, voran.«

Erstaunlich, welche Lautstärke ein Dutzend Männer mit dem Ruf »Voran« erreichen konnten. Das alte Stallgebäude erzitterte förmlich in seinen Grundfesten. Sophie klingelten die Ohren.

»Ich hoffe doch, dass Sie nichts gegen eine Ehrenmitgliedschaft einzuwenden haben«, sagte Braubart, als es wieder still wurde.

Und Hermann Weibold ergänzte: »Wir würden uns wirklich freuen.«

Sophie nahm das Wasserglas und prostete allen zu. »Ich fühle mich geehrt und nehme natürlich die Mitgliedschaft an.«

»Na prima. So, und um das mal klarzustellen: Ich bin der Johannes, wir duzen uns ja alle untereinander.« Johannes Braubart stieß mit Sophie an, und dann folgten noch elf weitere Herren, die Sophie in ihrer Mitte begrüßten.

»Sophie, du musst ja heute noch arbeiten, aber vielleicht hast du Lust, bei unserem nächsten Treffen länger dabei zu sein?«, sagte Hermann Weibold.

»Ihr habt recht, heute Abend ist viel zu tun. Das heißt, so sehr ich mich über euren Einfall freue, kann ich leider nicht hierbleiben. Aber beim nächsten Mal bleibe ich bei der ganzen Sitzung dabei, versprochen.«

\*\*\*

»Du bist *was*?« Peter drehte sich auf seiner Bettseite zu Sophie herum, um sie in den Arm zu nehmen. Sophie kuschelte sich an seine Seite und legte ihren Kopf auf seine Schulter.

»Ich bin Ehrenmitglied in beiden Dorfvereinen geworden, und zwar als erste Frau überhaupt.«

»Das wird Hetti Braubart und Else Weibold aber gar nicht passen«, erwiderte Peter. »Aber ich finde es klasse, dass die Vereine künftig nicht mehr gegeneinander arbeiten wollen.

Ich habe das Gefühl, du bist wirklich hier angekommen, Schatz.«

Peter stutzte einen Moment, weil Sophie nicht sofort antwortete. Tiefe, gleichmäßige Atemzüge zeigten ihm, dass sie dabei war einzuschlafen. Er küsste vorsichtig ihr Haar. »Schlaf gut, mein Schatz.«

»Wümmerscheid-Sollensbach voran, voran, voran«, murmelte Sophie im Halbschlaf.

Grinsend schaltete Peter das Licht aus.

# Nicht mehr sein Haus

»Mama! Sophie und Peter sind hier!« Die kleine Marie hatte die Haustür geöffnet. Jetzt strahlte sie Sophie und Peter an und präsentierte dabei eine große Zahnlücke. »Schaut mal, ich habe vorne noch einen Zahn verloren. Den habe ich für die Zahnfee aufgehoben, dann bekomme ich ein Geschenk.«

Peter ging in die Hocke, um sich die Zahnlücke genauer anzusehen. Er versuchte ernst zu bleiben. »Das ist aber eine große Lücke, und schon der zweite Zahn. Du hältst die Zahnfee ganz schön auf Trab, Marie.«

»Psst, ich muss euch was sagen.« Verschwörerisch lächelte die Kleine und legte den Zeigefinger an die Lippen. »Aber ihr dürft nicht der Mama verraten, dass ich das herausgefunden habe. Ich glaube, die Zahnfee gibt es gar nicht. Ich denke, die Geschenke kommen von Oma Heidi und von Jean-Pierre.«

»Meinst du?«

Sophie sah, dass Peter jetzt wirklich Mühe hatte, nicht zu grinsen.

»Natürlich! Ich bin schließlich schon fast sechs und komme bald in die Schule.«

In diesem Moment eilte Leonie die Treppe herunter. »Marie, ich hab dir doch schon hundertmal gesagt, dass du nicht einfach alleine die Tür aufmachen sollst.«

Marie verdrehte die Augen. »Ach, Mama, du tust so, als wäre ich noch ein kleines Baby.«

»Und wenn nicht Sophie und Peter vor der Tür gestanden hätten, sondern jemand, den ich nicht kenne, hätte ich einfach laut gerufen, und dann wärst du sofort da gewesen, oder der Onkel Erwin von nebenan.«

Noch vor wenigen Wochen hätte Sophie bei der Vorstellung, dass Erwin Körten-Buschmeier irgendjemandem freiwillig zu Hilfe kommen könnte, laut gelacht. Sie hatte den alten Mann nur als dauer-griesgrämig kennengelernt. Doch die kleine Marie hatte mit ihrem Charme sein Herz erobert. Körten-Buschmeier hatte sich verändert – oder wie Peter einmal so treffend festgestellt hatte: Unter dem alten, speckigen Cordhut steckte ein Mann mit einem großen Herzen. Aber es hatte das Lachen und die unvoreingenommene Zuneigung eines kleinen Mädchens gebraucht, um dieses große Herz ans Licht zu bringen.

Leonie schüttelte lachend den Kopf. »Ach, Marie, was soll ich nur mit dir machen?«

In kleinen Sprüngen hüpfte Marie durch den Flur. Mit jedem Hopser stieß sie ein Wort hervor: »Du – hast – mich – li-hieb!« Sie hatte das Ende des Flurs erreicht, kehrte um und hüpfte wieder zurück. Ein wenig außer Atem setzte sie hinzu: »Du – bist – froh, – dass …« Nun musste sie stehen bleiben, um sich zu konzentrieren. »… dass – ich noch nicht – in der Pu… Pu… Pubertät bin.« Sie schloss mit einem triumphierenden: »Und du bist glücklich, dass ich ganz alleine den Ofen ausgeschaltet habe, sonst wäre der Streuselkuchen verbrannt.«

Leonie schlug sich mit der flachen Hand auf die Stirn. »Himmel, der Kuchen, den habe ich ja ganz vergessen. Schätzchen, das hast du gut gemacht, danke schön.« Leise fügte sie in Richtung Sophie und Peter hinzu: »Ich weiß nicht, ob ich mich darauf freuen soll, dass sie irgendwann in die Puberlität kommt.«

»Sie ist die süßeste kleine Fast-Sechsjährige, die ich kenne«, sagte Sophie. »Im Moment kann ich mir noch gar nicht vorstellen, dass wir bald unser eigenes Kind haben und wie es sein wird, wenn es erst einmal sechs Jahre alt ist.«

»Du bist ja nicht alleine. Ich kann es gar nicht abwarten, nachts aufzustehen, um Windeln zu wechseln und Fläschchen zu wärmen«, ergänzte Peter.

»Du bist ja so ein schlechter Lügner! Nachts aufstehen! Das glaube ich erst, wenn ich es sehe. Du schläfst doch wie ein Stein, wenn du einmal eingeschlafen bist.«

Mit weit aufgerissenen unschuldigen Augen versicherte Peter: »Doch, wirklich, für dich und unser Baby werde ich mich ändern. Ich werde gerne nachts aufstehen!«

»Kommt erst mal herein, wir müssen doch hier nicht in der Haustür über Neugeborene reden. Geht durch ins Wohnzimmer, ich schau mal, was von meinem Backversuch übrig geblieben ist.«

Während Leonie in der Küche verschwand, betraten Sophie und Peter das Wohnzimmer. Peter hatte in seinem ehemaligen Haus zwar noch ein Arbeitszimmer und einen Archivraum für seine Akten, aber der Rest des Hauses war von Leonie umgestaltet und neu möbliert worden. In seinem ehemaligen Schlafzimmer, einem großen, lichtdurchfluteten Raum nach Süden hin, hatte Leonie ihr Arbeitszimmer eingerichtet. Als Grafikerin hatte sie in den letzten Wochen etliche Kunden gewinnen können. Das Wohnzimmer, das Sophie jetzt sah, hatte keine Ähnlichkeit mehr mit dem Raum, in dem Peter gewohnt hatte. Er hatte schwere alte Ledersessel, ein halbhohes Bücherregal und eine alte Vitrine mit Whiskyflaschen gehabt. Das alles war ins Wohnzimmer im Mühlenhof umgezogen und würde gut zu den Möbeln passen, die Sophie in Henrys Trödelscheune gesehen hatte und die sie kaufen wollte, sobald sie dafür Zeit fand.

Leonie dagegen war augenscheinlich ein Fan von minimalistischem, klarem Design. Eine chromblitzende Stehlampe und ein kubistisch anmutendes cremefarbenes Sofa mit passenden Sesseln waren rund um einen leuchtend roten, glänzenden Couchtisch aus Metall gruppiert. Die Wände hatte Leonie in einem hellen Cremeton streichen lassen, lediglich eine einzelne Wand mit einem antiken Sideboard war in einem lichten, frischen Grün gehalten. Das Ganze bildete eine geschmackvolle Einheit. Leonie war es gelungen, modernes Wohndesign so zu kombinieren, dass es nicht abweisend kühl wirkte. Im Gegenteil: Sophie fand, dass der Raum mit den neuen Möbeln an Weite und Licht gewonnen hatte.

»Ich kann mir gar nicht mehr vorstellen, dass hier einmal meine Möbel gestanden haben«, sagte Peter.

»Ja, bist du denn noch nicht wieder im Wohnzimmer gewesen, seit Leonie hier eingezogen ist?«

»Nein, heute ist das erste Mal. Meine beiden Büroräume sind ja nebenan im Anbau, und hier im Haupthaus hatte Leonie freie Hand bei der Gestaltung, das war so abgemacht. Und ich muss sagen, mir gefällt's.«

»Das freut mich«, sagte Leonie, die mit dem Kuchen hereinkam und Peters letzten Satz gehört hatte. »Mama und Jean-Pierre haben das Sideboard bei einem Antiquitätenhändler gefunden und letzte Woche vorbeigebracht.«

Leonie stellte die Kuchenplatte auf den Metalltisch. »Setzt euch doch bitte. Möchtet ihr eine Tasse Kaffee?« Sophie schaute auf ihre Armbanduhr. »Sehr gern, um diese Zeit kann ich noch welchen trinken. Aber ich merke mittlerweile, dass ich kaum noch einschlafen kann, wenn ich zu spät am Tag Kaffee trinke.«

»Ich kann dir auch etwas anderes bringen.«

»Nein, nein, wir haben ja erst halb vier.«

Wenige Minuten später standen gefüllte Kaffeebecher vor Sophie und Peter, und Leonie verteilte Kuchenstücke.

»Ein Glück, dass Marie auf den Kuchen aufgepasst hat. Ich war so vertieft in die Arbeit, dass ich gar nicht auf die Zeit geachtet habe.«

Marie hüpfte mit einem bunt gemusterten Teller ins Wohnzimmer, hielt ihn ihrer Mutter entgegen und fragte: »Kannst du mir bitte vier Stücke auf den Teller legen? Ich gehe rüber zu Onkel Erwin und bringen ihm was von dem Kuchen.«

»Gute Idee, Marie.« Leonie kam der Bitte ihrer Tochter nach. »Eins, zwei, drei, vier. So, fertig. Halt den Teller schön gerade.« Sie strich ihr kurz übers Haar und küsste sie auf den Scheitel. »Und bleib nicht zu lange, Schatz. Denk daran, du musst heute noch baden und dein Bild für Oma fertig malen.«

»Okay, Mama. Tschüs, Sophie, tschüs, Peter.« Marie ging jetzt sehr vorsichtig, um ja kein Kuchenstück zu verlieren, aus dem Wohnzimmer.

»Erwin hat eine unglaubliche Wandlung durchgemacht«, sagte Sophie, nachdem Marie aus dem Raum gegangen war. »Er hat Marie in sein Herz geschlossen. Als ich hierherzog, wusste man nicht einmal, ob er ein Herz hat. Seit er deine Tochter kennt, ist er gar nicht mehr so griesgrämig.«

»Genau«, stimmte Leonie ihr zu. »Erst gestern hat er mir geholfen, die Mülltonnen reinzuholen.«

Von draußen war ein leises Bellen zu hören. »Himmel, Herr Württemberg, den hab ich ja ganz vergessen«, sagte Peter. »Entschuldigt mich kurz. Als wir gerade ankamen, musste der verrückte Kerl erst mal den Garten unter die Lupe nehmen und alles beschnuppern. Schließlich ist das mal sein Revier gewesen. Ich geh schnell raus und hole ihn.«

Leise lächelnd schaute Sophie ihm nach. Während sie sich wieder zu Leonie wandte, nahm sie gerade noch aus dem Augenwinkel wahr, dass diese einen kleinen Seufzer ausstieß. Sophies Herz zog sich zusammen. Wie leicht konnte man vergessen, dass nicht jeder so viel Glück hatte wie sie.

»Ist alles in Ordnung?«

Leonie lehnte sich auf dem Sofa zurück. »Weißt du, Sophie, es gibt Tage, da schwirrt mir der Kopf, und ich kann mich kaum auf meine Arbeit konzentrieren, weil ich noch an tausend andere Dinge denke. Und dann ist da niemand, mit dem ich reden kann. Kein Erwachsener. Es ist wie ein Gedankenkarussell.«

»Ja, das kenne ich auch, vor allem abends vor dem Schlafengehen. Aber weißt du, was mir geholfen hat? Ich habe angefangen, Tagebuch zu schreiben.«

»Puh, ich weiß ja jetzt schon nicht, wo die Stunden bleiben. Jetzt auch noch seitenweise Tagebuch schreiben, das schaffe ich unmöglich«, stöhnte Leonie.

Sophie überlegte kurz. Ein warmes Lächeln blitzte in ihren grünen Augen. »Was hältst du davon: Du schreibst mir einfach ab und zu eine E-Mail. Das dauert nicht so lange, und vielleicht hilft es dir ja dabei, deine Gedanken zu sortieren. Ich würde mich auch freuen.«

»Das ist eine gute Idee, Sophie, das machen wir. Dann sind wir Brieffreundinnen. Oder, nein, wohl eher E-Mail-Freundinnen.«

»Was macht ihr?«, fragte Peter. Hinter ihm kam Herr Württemberg ins Wohnzimmer gesprungen, um sich direkt vor Leonie hinzusetzen und sie mit großen Hundeaugen anzubetteln.

»Nein, du kriegst keinen Kuchen, aber ich habe noch Hundeleckerlis in der Küche«, sagte Leonie und stand auf. Noch im Hinausgehen meinte sie zu Peter: »Was wir machen? Ach nichts, nur so eine Kleinigkeit unter Freundinnen.«

»Genau«, bestätigte Sophie und zwinkerte Leonie zu.

»Huh, Mädchengeheimnisse«, stöhnte Peter leise und erntete dafür einen Klaps von seiner Frau.

# Eine seltsame Begegnung

»Schatz, ich fahr dann jetzt. Heute Nachmittag hole ich beim Biohof die Bestellungen ab. Machen wir es wie immer?« Peter stand am Fuß der Wendeltreppe, seine Umhängetasche mit dem Laptop über der Schulter und den Kurzmantel in der Hand. Sophie, die gerade aus der Dusche gekommen war, ging im Bademantel die Stufen hinunter.

»Ja, sicher, wie immer. Falls Louis noch etwas vergessen hat, schicke ich dir eine Mail in die Agentur.« Eine Hand auf seinem Oberarm, trat sie näher zu ihm und sagte ernst: »Da ist noch was.«

Schnell waren Laptop und Mantel auf einem Sessel abgelegt. Fragend schaute Peter Sophie an.

»Was denn?«

»Du hast etwas Wichtiges vergessen.« Sophie gelang es nicht, den ernsten Tonfall noch länger beizubehalten. In ihren Augen blitzte der Schalk. »Du hast mich schon seit mindestens fünf Minuten nicht mehr richtig geküsst. So geht das nicht! Schließlich muss ich jetzt mehrere Stunden ohne dich auskommen. Also …« Mit einem zufriedenen Seufzen schmiegte sie sich in seine Umarmung. Schließlich löste sie sich aber doch von ihm. »Ich will eigentlich nicht, dass du mich loslässt, aber ich schätze, du musst jetzt los. Sonst kommst du noch zu spät.«

Er lächelte sie liebevoll an. »Du hast recht, aber ich gehe nur unter Protest.« Vorsichtig strich er mit den Fingerspitzen über ihre Stirn, fuhr die Kontur der Wange nach und drückte ihr einen weiteren Kuss auf die Lippen. »Hmm, haben wir nicht doch noch ein bisschen Zeit?«

»Nein, wirklich nicht, du musst jetzt fahren.«

»Gut, dann sehen wir uns spätestens um fünf. Pass auf dich auf, Sophie.« Peter warf ihr einen Handkuss zu, und Augenblicke später hörte Sophie, wie die Haustür ins Schloss fiel.

Sophie seufzte. Seitdem Peter an drei Tagen in der Woche im Homeoffice arbeitete, kamen ihr die Tage, an denen er in die Agentur fuhr, besonders lang vor. Als Unternehmensberater kümmerte er sich um die Marketingkonzepte großer Kunden, seine Ansprechpartner hatten ihre Standorte überall in Deutschland und Europa, denen war es egal, von welchem Büro aus er mit ihnen telefonierte.

Ihr aber war es gar nicht egal, ob Peter in seinem Büro unten an der Straße oder in der Agentur arbeitete. Schließlich hatte er sich nicht umsonst für das Arbeitsmodell mit Homeoffice-Tagen entschieden. Dadurch war er tagsüber oft in der Nähe und konnte zur Not auch schnell einmal mit im Café anfassen. Jammere nicht herum, ermahnte sie sich. Noch vor einem Jahr hatte Peter nicht nur jeden Tag neun oder zehn Stunden gearbeitet, er war auch regelmäßig auf Messen unterwegs gewesen. Zumindest in den nächsten zwei Jahren würde Peter auf keine Messe fahren müssen, so sah der Deal mit dem Agenturchef aus. Peter hatte aufgrund seines Erfolgs einen Platz in der Geschäftsleitung in Aussicht gehabt, aber er hatte darauf verzichtet und lieber ein Modell gewählt, das ihm mehr Zeit mit Sophie und später auch mit seinem Kind ermöglichte. Auch dafür liebte sie ihn.

Die alte Wanduhr im Bistro schlug acht. Die tiefen Gongschläge waren selbst hier, im hinteren Teil des Hauses, auf der Wendeltreppe zu hören. Rasch ging Sophie zurück ins Schlafzimmer, um sich anzuziehen. Gegen halb neun wollte Louis mit ihr die anstehenden Lebensmittelbestellungen besprechen. Noch vor wenigen Wochen hätte sie sich in der Bistroküche einen Milchkaffee zubereitet, schnell ein Marmeladenbrot geschmiert und im Stehen gefrühstückt. Seit sie aber den neuen Wintergarten besaß, liebte sie es, dort am Esstisch in aller Ruhe zu frühstücken.

\*\*\*

Sophie schob den Teller zur Seite und nahm die große Kaffeetasse in beide Hände. Voller Behagen lehnte sie sich zurück. Die Wettervorhersage hatte zwar einen grauen Februartag angekündigt, aber in ihren Augen hatte dieser Morgen seine ganz eigene Schönheit. Nebelfetzen wehten über die Wiese, die Bäume und Büsche am Rande des Grundstücks waren im Moment nur ein paar schemenhafte Schatten. Draußen wollte sich das trübe Tageslicht nicht recht durchsetzen, nur das Gras schimmerte regenfeucht. Im Grunde sah alles ziemlich ungemütlich aus, aber hier im Wintergarten, mit dem hell flackernden Kaminofen, der eine wohlige Wärme verströmte, und der Kerze auf dem Tisch, konnte Sophie gar nicht anders, als zufrieden zu sein. Es war wie beim Zelten. Damals, als kleines Mädchen, war sie die Einzige in der Familie gewesen, die es genossen hatte, wenn es nachts regnete. Das leise Trommeln der Regentropfen auf dem Zeltdach hatte sie in den Schlaf begleitet. Die Gewissheit, trotz des Regens warm und trocken im Schlafsack zu liegen, hatte für Gemütlichkeit gesorgt. Der neue Wintergarten war so ähnlich. Hier konnte sie selbst einen nasskalten Morgen genießen. Draußen war nichts als Stille, Nieselregen und Nebel.

Doch was war das? Eine Bewegung draußen im Garten. Etwas war anders als sonst. Plötzlich trat eine Gestalt zwischen den Büschen hervor. Sophie schrak zusammen, fast hätte sie ihren Kaffee verschüttet. Ein fremder Mann in ihrem Garten! Mit klopfendem Herzen spähte sie nach draußen und versuchte, im trüben Tageslicht mehr zu erkennen. Wer war das? Diesen Mann hatte sie noch nie gesehen. Er trug eine gelbe Regenhose, grüne Gummistiefel, dazu eine schwarze Funktionsjacke mit einem zotteligen feuchten Rand aus Webpelz an der Kapuze – früher hätte man Anorak dazu gesagt. Obwohl seine Regenkleidung optisch eine Mischung aus Polarforscher und Hochseefischer war, wirkte er doch seltsam ungelenk, eher wie ein zu groß geratener Grundschüler als wie eine Bedrohung. Interessiert verfolgte Sophie sein Tun in ihrem Garten. Er nahm überhaupt nicht wahr, dass er beobachtet wurde, war vollkommen vertieft in – was auch immer er da vorhatte. Seltsam. Jetzt machte der Mann zwei lange Schritte, so als wollte er grob eine Entfernung abmessen, und ließ sich dann auf die Knie fallen. Auf Händen und Knien rutschte er über die Wiese hinter dem Wintergarten. Das Gesicht dicht über der Erde, betrachtete er jeden Zentimeter des Bodens. So etwas hatte Sophie bisher nur einmal erlebt: Damals in Hamburg hatte eine Freundin bei einer Feier eine ihrer Kontaktlinsen verloren, die hatte beim Suchen genauso ausgesehen.

Immer noch kein Hinweis, dass der Mann Sophie wahrgenommen hatte. Jetzt war es genug.

Sie stand auf und öffnete die Glastür, die zum Garten hinausführte. »Entschuldigen Sie bitte, kann ich Ihnen helfen?«

Bei ihrer Frage sprang der Fremde hektisch auf die Füße. »Hah, haben Sie mich erschreckt.« Die Kapuze rutschte vom

Kopf und gab den Blick auf ein blasses, freundliches Gesicht und den schlechtesten Haarschnitt aller Zeiten frei.

Sophie holte tief Luft und stemmte die Arme in die Seiten. »Das Gleiche könnte ich von Ihnen behaupten. Es ist ja nicht selbstverständlich, dass man am frühen Morgen beim Kaffeetrinken aus dem Fenster schaut und einen wildfremden Mann sieht, der auf Knien über die eigene Wiese rutscht.«

»Was? Ja, äh, natürlich.« Ein liebenswertes, entschuldigendes Lächeln breitete sich über sein Gesicht aus. »Wie unachtsam von mir. Eine Wiese, natürlich, da kann er ja gar nicht sein, ich Dummkopf. Gestatten Sie mir eine Frage: Ist das dort der Sollensbach?«

Sophie beschloss für sich, den Fremden in die Rubrik verschroben, aber harmlos einzustufen. Vorsorglich griff sie nach der Türklinke, bereit, jederzeit dem Mann die Tür vor der Nase zuzuschlagen

»Ja, das ist der Sollensbach, der hat früher das Mühlenrad angetrieben. Weiter oberhalb ist der Sollensbacher Bruch, ein Feuchtgebiet, das aus dem Zusammenfluss des Sollensbachs und der Wümmer entstanden ist.«

»Sollensbacher Bruch – das ist ja hochinteressant. Ich danke Ihnen und wünsche noch einen schönen Morgen.«

Ehe Sophie antworten konnte, drehte sich der Mann um und war mit wenigen schnellen Schritten zwischen den Büschen verschwunden. Im schemenhaft sichtbaren Gehölz leuchtete noch kurz die knallgelbe Regenhose hervor. Ein bunter Fleck im trüben Grau des Morgens. Kopfschüttelnd verriegelte Sophie die Glastür. Wären da nicht die Kriechspuren im zerdrückten, taufeuchten Gras gewesen, sie hätte geglaubt, dass sie sich alles nur eingebildet hatte. Was für eine seltsame Begegnung.

# Taufe à la Wümmerscheid

Das Erste, was sich Sophie nie nehmen ließ, wenn sie aus ihren privaten Räumen ins Bistro herüberging, war ein kurzer Rundgang durch den Gastraum. Sie liebte die Stille, wenn noch keine Gäste da waren. Der große, hohe Raum strahlte eine ungeheure Ruhe aus. Ein fast schon kindischer Stolz erfüllte sie jedes Mal bei dem Gedanken, dass sie das alles hier ganz alleine auf die Beine gestellt hatte.

Sie wusste natürlich, dass alle Tische perfekt vorbereitet waren, schließlich hatte sie höchstpersönlich das schon am Vorabend erledigt. Und selbst wenn sie es ausnahmsweise einmal nicht selber gemacht hatte, dann hätte sich Melanie darum gekümmert – und auf die war hundertprozentig Verlass. Auch wenn sich im Laufe der Nacht hier nichts verändert haben konnte, empfand sie den kurzen Rundgang durch den Gastraum als beruhigend. Ja, sie war vorbereitet. Unliebsame Überraschungen konnte es immer geben, aber fürs Erste hatte sie alles getan, damit auch dieser Tag wieder ein voller Erfolg werden würde.

Behutsam strich sie im Vorbeigehen mit den Fingerspitzen

über die Holzplatten der Tische. Bei einem der Tische am Fenster würde sie im Frühjahr ein paar Macken herausschleifen müssen. Sophie setzte diesen Punkt auf ihre innere To-do-Liste.

Draußen war es jetzt schon wieder früher hell. Die ersten Kraniche waren gestern gegen Abend über den Mühlenhof geflogen. Ihre Rufe hatte die Stille der Dämmerung durchschnitten.

In Hamburg hatte sie nie Kraniche gesehen. Hier aber, zwischen Mosel und Eifel, waren die Zugvögel deutlich zu hören und zu sehen. So wie ihr Ruf im November Sophie einen kleinen Stich versetzt hatte, weil er den Winter ankündigte, waren die Rufe der Kraniche gestern das Zeichen dafür, dass es Frühling wurde. Sophie schaute auf die alte Wanduhr. Peter war bereits zu Fuß zusammen mit Herrn Württemberg aufgebrochen, um in seinem Homeoffice bis mittags zu arbeiten. Mit Louis, der in einer guten Stunde da sein würde, gab es noch ein paar Kleinigkeiten zu besprechen. Es versprach, ein ruhiger Morgen zu werden, und das war gut so. Denn heute wollte sich Sophie endlich Gedanken über die Frühlingsspeisekarte machen. Sie würde das Ganze später natürlich mit Louis abstimmen, hatte aber auch selbst schon ein paar Ideen.

Im letzten Jahr war beispielsweise ein spezieller Ziegenkäse mit Walnüssen und Honig bei den Gästen enorm gut angekommen. Sophie wollte den unbedingt wieder auf die Speisekarte nehmen, allerdings musste sie vorher noch mit dem Biohof sprechen, bei dem sie ihren Käse einkaufte.

Sie ging in die Küche und schäumte Milch für einen großen Milchkaffee auf. Im Kühlschrank stand eine Mascarpone-Torte. Beim Anblick der Torte lief Sophie das Wasser im Mund zusammen. Aber sie blieb standhaft. Seit sie schwanger war, hatte sie einen ungeheuren Heißhunger auf Torte – und zwar zu jeder nur erdenklichen Tageszeit. Wenn sie diesem Verlangen jedes Mal nachgäbe, würde sie bald mehr Kilos auf die Waage bringen, als ihr lieb war. Nein, wenn überhaupt, dann gab es ein, zwei Mal in der Woche ein schmales Stück Torte am Nachmittag. Sophie dachte mit einem leichten Schaudern an die weite, unförmige Umstandshose, die schon in ihrem Schrank hing. Es musste doch möglich sein, schwanger zu sein und trotzdem nicht völlig aus dem Leim zu gehen! Nie im Leben würde sie diesen riesigen Hosenbund ausfüllen. Das war bestimmt nur eine Frage der Disziplin.

Sie setzte sich an den Küchentisch, trank einen Schluck Kaffee und schlug dann ihre Kladde auf, in der sie während der letzten Wochen Ideen für die Frühlingsspeisekarte festgehalten hatte. Mit schwungvoller Handschrift begann sie, ihre Notizen zusammenzufassen. In diesem Moment schellte es an der Haustür. Sophie seufzte leise. Sie erwartete niemanden, aber vielleicht war es ja ein Kurierfahrer. Sie hatte vor zwei Tagen etwas bestellt: Kochjacken für Louis und neue Kellnerschürzen, beides mit dem gestickten Schriftzug *Tante Dottis Bistro*.

Die große breite Gestalt, die Sophie durch das Fenster der Haustür schemenhaft sah, war aber kein Kurierfahrer.

Mit diesem Besuch hatte Sophie schon seit Tagen gerechnet, dass sich Metzgermeister Johannes Braubart dafür aber ausgerechnet den heutigen Vormittag ausgesucht hatte, war Pech. Es half nichts, die Frühlingsspeisekarte würde warten müssen. Sophie öffnete die Haustür.

»Johannes, guten Morgen, du bist aber früh dran.«

»Na ja, Frau von Metten, ich meine, Sophie, das ist alles eine Frage der Sichtweise. Ich bin heute früh bereits um vier aufgestanden, um rechtzeitig zum Großmarkt zu kommen. Meine Hetti behauptet ja immer, dass ich einen Schlaf wie ein Bär hätte, aber wenn es darauf ankommt, kann der Bär auch früh auf den Beinen sein, höhö! Passt es dir denn gerade? Hetti ist bei dem Gedanken an die Tauffeier nur noch ein

Nervenbündel«, Braubart senkte verschwörerisch die Stimme, »aber das kennst du ja schon.«

Ja, das kenne ich schon, dachte Sophie. Jennifer Braubart hatte zusammen mit ihrem frisch angetrauten Ehemann Klaus Weibold im Bistro ihre Hochzeit gefeiert. Es war damals die erste große Veranstaltung gewesen, die Sophie ausgerichtet hatte, und sie bekam noch heute eine Gänsehaut bei dem Gedanken an die Katastrophen, die diese Feier ins Chaos gestürzt hatten.

Merkwürdig, wie schnell die Zeit vergeht. Heute würde ich vieles anders machen, überlegte Sophie. Laut sagte sie: »Ich bin zwar erst seit zwei Stunden auf den Beinen, aber trotzdem wach. Du störst überhaupt nicht, Johannes, komm doch bitte herein.«

»Hab aber die schweren Gummistiefel an«, entschuldigte sich der Metzgermeister.

»Das macht doch nichts.«

»Da solltest du mal die Hetti hören. ›Geh mit den Stiefeln ins Wohnzimmer und dein letztes Stündlein hat geschlagen.‹«

»Hier bist du sicher, Johannes«, lachte Sophie. »Komm, wir setzen uns in den Gastraum. Darf ich dir etwas zu trinken anbieten?«

»Gegen einen Espresso hätte ich nichts einzuwenden«, sagte Braubart, während er schweren Schrittes auf den Gastraum zusteuerte.

\*\*\*

»Also, das Essen ist so weit klar.« Sophie überflog noch einmal ihre Notizen, die sie sich während der letzten Viertelstunde gemacht hatte.

»Ihr wollt ein Buffet, wir haben Salate und eine Suppe als Vorspeise, du lieferst den Braten, Louis kümmert sich um die Beilagen. Zum Nachtisch wird es Eis und Kuchen geben.«

»Else und Hetti werden wahrscheinlich wieder um die Wette backen, da brauchst du dir keine Gedanken zu machen.«

»Und habt ihr Vegetarier oder Veganer in der Familie?«

Braubart verzog das Gesicht, ganz so, als wäre ihm gerade ein besonders abstoßender Geruch in die Nase gestiegen. »Vegetarier? Lass mich mal nachdenken. Hermann Weibold, der alte Hobelkasper, und seine Sippe kommen ja aus Sollensbach, aber Schwamm drüber, wir sind jetzt eine Familie. Wenn der aber einen von diesen Möhrenfressern anschleppt, ist es vorbei mit dem Hausfrieden. Ich hab mal im Fernsehen den Jürgen von der Lippe gesehen. Mir hat gut gefallen, was er sagt: Den Tieren ist es egal, ob wir sie töten oder ihnen das Futter wegessen, höhö.« Er pausierte für einen Moment, um sicherzugehen, dass auch Sophie den Scherz verstanden hatte. »Nee, im Ernst, Sophie, ein Vegetarier in einer Metzgersfamilie, das geht gar nicht. Die Braubarts schlachten schon in der vierten Generation. Gut, in meine feine Leberwurst dürfen auch Kräuter rein, das war's dann aber auch mit Pflanzen.«

»Ich habe ja nur gefragt«, sagte Sophie, »schließlich kommen an die vierzig Gäste …«

»Ich will keinem davon raten, plötzlich die Fraktion zu wechseln und nur noch am Salat zu knabbern, wenn ich meinen Rinderbraten mit Wacholdersahne auf den Tisch bringe.«

»Na gut, dann ist das ja geklärt.« Prüfend fuhr Sophie mit dem Finger die einzelnen Punkte auf ihrer Liste entlang. »Die Taufe ist um halb elf Uhr in der Kirche. Anschließend machen wir den Sektempfang hier bei mir und bauen währenddessen im Hintergrund das Buffet auf.«

Energisch zog Sophie mit dem Bleistift einen schwungvollen Strich unter ihre Liste. »So. Fertig.« Ihr Gegenüber rutschte unruhig auf seinem Stuhl hin und her. Als sie hochschaute, wich er ihrem Blick aus. »Oder gibt es da noch irgendwelche Programmpunkte, von denen ich noch nichts weiß?«

Johannes Braubart räusperte sich ausgiebig. »Ich weiß, bei der Hochzeit von unserer Jennifer gab es ja die eine oder andere ... ähm, Überraschung.«

Sophie lachte trocken. »Überraschung? Du meinst die Wümmerscheider Traditionen, die meine komplette Planung über den Haufen geworfen haben?«

»Genau. Also, außer dem Sektempfang wird es ...«, er suchte nach Worten, »wie soll ich das jetzt sagen?«

Nun wurde Sophie doch ungeduldig. »Johannes, raus mit der Sprache – was kommt da noch?«

Sie hatte schon lange geahnt, dass ein Ereignis wie eine Taufe nicht ohne spezielle Dorftraditionen daherkommen würde.

Johannes Braubart war die Entwicklung des Gesprächs sichtlich unangenehm. Mit einem Finger fuhr er unter den Hemdkragen und versuchte, ihn zu lockern.

»Weißt du also noch gar nichts?«

»Nein, aber sprich ganz offen mit mir. Solange ich es nur früh genug weiß, ist praktisch alles machbar.« Sie bemühte sich, einen heiteren und gleichzeitig professionellen Tonfall beizubehalten. »Warte, ich hole nur schnell das Reservierungsbuch.«

Kaum saß sie wieder am Tisch, als Johannes Braubart auch schon begann, an den Fingern der linken Hand aufzuzählen.

»Mhmm, da wäre zuerst einmal das Einüben des Taufliedes. Dafür treffen wir uns so drei oder vier Mal. Wobei wir das wohl bei uns zu Hause erledigen werden und nicht hier im Bistro. Sonst ist das neue Tauflied ja keine Überraschung mehr.«

Sophie atmete auf. Mehrere Abende Gesangsproben hätte sie nur schwer in ihrem normalen Bistrobetrieb unterbringen können, schließlich waren sie an vielen Abenden komplett ausgebucht.

»Dann der Patenabend.«

»Der was?«

»Der Patenabend, ein kleines, formloses Essen.«

Sophie schloss kurz die Augen. »Okay, den Patenabend kann ich einplanen, sagen wir, am Freitag vor der Taufe, drüben im Stall? Mit wie vielen Personen rechnest du?«

»Prima, Sophie. Wir werden ungefähr zwölf sein. Das ist wirklich nett, dass das klappt. Der Rest ist dagegen eher Kleinkram. Und die Frauen werden ja nicht so viel Platz brauchen.«

»Die Frauen?« In Sophies Kopf hämmerte ein kleines Männchen auf eine sehr große Alarmglocke.

»Das weißt du doch sicher. Else, Hetti, Käthe, Claudia und Irmchen besticken das Taufkleid. Am Donnerstag. Äh-hm, also, sozusagen morgen, weil doch in der nächsten Woche wenig Zeit ist. Hat die Hetti dir denn nicht Bescheid gesagt?«

Nein, hat sie nicht, dachte Sophie. »Die Frauen müssen doch das Taufkleid nicht bei mir besticken. Denk daran, ab morgen ist hier närrischer Frohsinn angesagt. Ich habe das ganze Bistro voller Möhnen, lauter angeheiterte Frauen, die Karneval feiern.« Sie wusste, dass überall in der Region von Donnerstag an karnevalistischer Ausnahmezustand herrschen würde, bis dann die Feierei mit dem Aschermittwoch ein Ende fand.

»Au weia, daran habe ich ja gar nicht gedacht. Die Hetti ist doch auch bei den Möhnen, wie wollen die denn bloß an demselben Tag das Taufkleid besticken?« Johannes Braubart kratzte sich nachdenklich am Kopf. »Ich schätze, sie wollten das morgens machen.«

Nicht mein Problem, überlegte Sophie. Die Reservierungen für den sogenannten Schwerdonnerstag und für das ganze Karnevalswochenende waren schon vor Monaten eingegangen. Wenn Hetti Braubart gleichzeitig Karneval feiern und handarbeiten wollte, war das ihre Sache.

»Tja, da wird sich die Hetti was einfallen lassen müssen.

Aber eine Woche später, am Donnerstag vor der Taufe, bist du doch dabei – ich meine, wenn das Taufwasser gesegnet wird?«

»Ich bin dabei? Um was zu tun?«

»Traditionell werden ein paar Schnittchen gereicht. Nicht viel, kleiner Aufwand, ich schätze, es sind nur so fünfzig bis achtzig Gäste da.«

»Schnittchen für achtzig? Und wo?« Sophie hatte sich fest vorgenommen, sich nie, aber wirklich nie wieder von einer dieser Dorftraditionen aus dem Konzept bringen zu lassen. Die Aussicht aber, an einem Abend, an dem das Bistro ausgebucht war, nebenbei auch noch Schnittchen für achtzig Gäste zu liefern, warf sie dann doch kurz aus der Bahn.

»Na, ich dachte, wir segnen das Wasser und kommen danach hierher.«

»Achtzig Personen ...« Auf Sophies Stirn bildete sich eine kleine Sorgenfalte.

«Achtzig plus die Wümmerscheider Goldkehlen, die haben es sich nicht nehmen lassen und werden bei der kleinen Zeremonie singen.«

Sophie holte tief Luft. »Sieh mal, Johannes, ich habe in den nächsten Wochen fast alle Tische reserviert. Der Gastraum im alten Stall ist unsere Reserve, da ist immer noch etwas Platz. Aber achtzig zusätzliche Gäste plus Chor gehen gar nicht.«

Der Metzgermeister zog ein Gesicht, als hätte sich Sophie gerade auf seinen Welpen gesetzt. »Ach, das wird der Hetti aber gar nicht gefallen.«

»Verstehe ich, aber könntet ihr nicht in den Gemeindesaal gehen und wir liefern die Schnittchen dorthin?«

»Mensch, super Idee, Sophie. Na klar, so machen wir das.«

Noch mal gutgegangen.

Erleichtert atmete Sophie auf, und Braubart lehnte sich zufrieden zurück. »Sophie – ich bin richtig froh, dass du hier bei uns bist.«

Sophie lächelte. »Danke, Johannes, ich bin auch gerne hier.«

# Schnittchen für achtzig

»Wir sollen Schnittchen für achtzig Personen liefern? Und das auch noch, während wir gleichzeitig das Buffet fürs Wochenende vorbereiten und Abendgäste haben? Das klappt nie, das ist so was von krass unmöglich.« Melanie stand die Fassungslosigkeit ins Gesicht geschrieben.

Sophie saß mit ihr, Louis und Peter im Gastraum zusammen. Die letzten Mittagsgäste waren gegangen. Gerade Sophie hatte die Pause bitter nötig. Sie streckte den schmerzenden Rücken durch.

»Ah, das tut gut«, stöhnte sie. »Ihr könnt euch gar nicht vorstellen, wie sich das anfühlt, den ganzen Tag lang diesen Bauch durch die Gegend zu schleppen.«

Gerade hatte sie den anderen vom Besuch des Metzgermeisters erzählt.

Peter lächelte Sophie liebevoll an. »Da wären sie also wieder, die kleinen Traditionen und Marotten«, sagte er. »Lass dich bloß nicht aus der Ruhe bringen. Taufkleid besticken und ein Lied einüben! Die können froh sein, dass die Wümmerscheider Goldkehlen 1903 nicht auftreten.«

Da hat er recht, überlegte Sophie, der Chor war bekannt dafür, dass er mit sicherer Hand bei der Auswahl der Lieder danebengriff. Sophie hatte bereits ABBAs *SOS* auf einer Hochzeit und kölsche Karnevalsklassiker im Advent gehört.

»Ich vermute mal, dass die Goldkehlen bei der Taufwassersegnung *Smoke on the water* intonieren würden«, sagte sie.

Peter brach in lautes Gelächter aus. Melanie dagegen schaute zwischen den beiden hin und her und überlegte offenbar, wer von ihnen den Verstand verloren haben könnte.

»Hallo – Erde an Chefin. Hier geht es nicht um irgendwelche Lieder oder um gewöhnungsbedürftige Dorfrituale, hier geht es um einen handfesten Engpass.«

Japsend wischte sich Sophie ein paar Lachtränen aus den Augen. »Sorry, Melanie, du hast ja recht. Ich bin heilfroh, dass Johannes Braubart schon vor der Taufe mit mir gesprochen hat. Beim letzten Event der Familien Braubart-Weibold hat es mich ja bekanntlich kalt erwischt. Irgendwie hat es dann trotzdem funktioniert. Aber wie gesagt, noch mal lassen wir uns nicht von den ganzen Sonderwünschen überrollen.«

Melanie holte schon Luft, aber Sophie hob kurz die Hand. »Nein, warte, sag jetzt nichts. Mir ist auch klar, dass wir dann nicht wie an einem normalen Tag arbeiten können.«

»Na, Gott sei Dank siehst du das ein«, brummelte Melanie, lehnte sich zurück und verschränkte die Arme vor der Brust.

Sophie überhörte die Bemerkung. »Louis, kannst du für den Tag übernehmen? Du musst dann nur die Küche machen, ich kümmere mich darum, dass für die Vorbereitung und den Service zwei oder drei von den neuen Aushilfen da sind.«

»Sicher, das kriege ich hin.«

»Gut, denn ich habe mir schon genau überlegt, was wir tun werden. Heidi und Jean-Pierre sind ja leider noch in Frankreich, aber wir holen uns Rita und Karin zu Hilfe. Wir schließen ausnahmsweise über Mittag und bereiten die Schnittchen hier im Gastraum vor. An einer Station wird Brot geschnitten, die nächsten buttern die Brote, die dritte Station ist für den Belag verantwortlich, und einer arrangiert die Platten und sorgt für die Deko.«

Peter nickte anerkennend. »Schnittchen im Akkord sozusagen, das könnte tatsächlich klappen.«

»Das wird klappen, daran habe ich keine Zweifel. Wir sollten allerdings den Käse schon im Biohof in Scheiben schneiden und entrinden lassen, das spart eine Menge Zeit. Und die Dekorationen könnten wir als Erstes vorbereiten und solange kaltstellen.«

»Und wie wollt ihr alles transportieren? Wir können die Platten nicht auf den Hänger laden. Abgesehen davon fehlen uns auch Servierplatten.«

»Die können wir uns im Seminarzentrum in Brennerbach ausleihen, ich habe schon nachgefragt. Und den Transport übernimmt Johannes Braubart mit seinem Wagen.«

Sophie spürte, dass Melanie langsam die Argumente ausgingen.

»Okay, wenn du meinst – du bist schließlich die Chefin. An mir soll's nicht scheitern. Ich mach natürlich mit, und wenn ihr alle überzeugt seid, dass das klappt, lasse ich mich gerne überzeugen. Aber krass ist das schon.«

Ja, da war etwas Wahres dran: Krass war das schon.

\*\*\*

»Was hältst du denn von den ganzen Sonderwünschen zur Taufe?«, fragte Sophie später am Abend, als sie mit Peter am Kamin alleine war. Das Feuer flackerte hell hinter der Glasscheibe und verbreitete ein wunderbar warmes Licht.

»Dasselbe, was du heute Nachmittag gesagt hast: Genau wie du bin ich heilfroh, dass wir schon im Vorfeld davon erfahren haben. Und ein paar Punkte konntest du ja sogar noch abwimmeln.«

Peter legte ein Stück Holz nach und schloss die Ofentür. Sophie saß in dem großen Ohrensessel und genoss die Wärme. Zwischen beiden Händen hielt sie eine große Tasse Kräutertee. Sie nickte gedankenverloren.

»Das stimmt, außerdem bin ich nicht mehr ohne Hilfe im Bistro wie ganz zu Anfang. Zum einen habe ich ja dich, und ich werde auch noch ein paar von meinen Freundinnen fragen.«

»Gute Idee. Wir kriegen das hin. Schnittchen für achtzig – das ist doch keine wirkliche Herausforderung mehr für dich. Da muss Johannes Braubart schon mit ein paar schwereren Geschützen um die Ecke kommen.« Er setzte sich auf die Sessellehne.

»Rutsch mal näher.« Sophie kuschelte sich an Peter, der den Arm um sie legte. Sie verlor sich für einen Moment im Duft seines After Shaves.

»Ich möchte nur sichergehen, dass du dich nicht übernimmst.« Vorsichtig legte er seine Hand auf ihren Bauch und streichelte leicht darüber. Prompt spürte er darin eine Bewegung. Überrascht schnappte er nach Luft. »Wahnsinn«, hauchte er, »ich glaube, unser Kleines spricht mit mir. Das war gerade eindeutig eine Antwort! Und was ich gerade eigentlich sagen wollte: Denk bitte an dich und das Baby. Eure Gesundheit ist wichtiger als irgendwelche Schnittchen, wichtiger als Firmenfeiern oder Möhnentreffen.«

»Verlass dich darauf, ich pass auf mich auf.« Nur mit Mühe unterdrückte Sophie ein Gähnen. »Der kleine Täufling ist ja eigentlich ein Sollensbacher«, murmelte sie in Peters Pullover hinein. »Es würde mich wundern, wenn nicht die Sollensbacher Jagdbläser bei der Feier mit ins Horn stoßen wollen.«

»Du meinst, mit solch hübschen Signalen wie *Sau tot?*«, fragte Peter.

»Ja, so was in der Art«, sagte Sophie schläfrig.

Peter küsste sie sanft. »Geh du doch schon mal ins Bad, ich mache hier unten das Licht aus und lass noch schnell Herrn Württemberg vor der Tür.«

Als Sophie die Wendeltreppe hochstieg, hielt sie auf halber Höhe kurz inne. Eigentlich, um kurz Atem zu holen. Aber dann wandte sie sich noch einmal kurz um und ließ den Blick über den gemütlichen Raum im Licht des Kaminfeuers schweifen. Endlich hatte sie mit Peter ein eigenes Heim. Still vor sich hin lächelnd machte sie sich daran, die letzten Stufen hochzusteigen.

Zehn Minuten später kam Peter ins Schlafzimmer. Auf Sophies Bettseite brannte zwar noch die Nachttischlampe, aber sie schlief bereits tief und fest, mit einem Lächeln im Gesicht.

# Die Bar im Marriott

»Nun, was denken Sie?« Die Frage war eigentlich überflüssig. Christoph Kröbel wusste, dass er die beiden am Haken hatte. Sowohl Thomas Sautler als auch sein Kollege Markus Riesbeck waren interessiert. Ach was, interessiert ... sie mussten sich Mühe geben, nicht zu begeistert auszusehen. Sie witterten das ganz große Geschäft, und er würde ihnen dazu verhelfen. Natürlich würde dabei ein beachtlicher Gewinn für ihn herausspringen, aber Sautler und Riesbeck wussten genau, was zu tun war, um selber bei der Sache ein ordentliches Plus zu machen.

»Nun, Herr Kröbel«, Thomas Sautler klappte die lederne Schutzhülle seines Tablets zu, »ich muss sagen, was Sie vorschlagen, klingt sehr ... ähm, verlockend. Natürlich haben wir schon von diesem Bistro gehört.«

»Man kommt ja praktisch nicht daran vorbei, wenn man sich mit der Gastronomie in dieser Region beschäftigt«, ergänzte Riesbeck. »*Tante Dottis Bistro* ist eine Erfolgsstory, und wir hatten schon im letzten Jahr gehört, dass eine Frankfurter

Agentur Interesse daran hatte, Investoren für ein Franchise-Modell anzusprechen.«

»Ich bitte Sie – Franchise«, Kröbel schnalzte missbilligend mit der Zunge, »das wäre allenfalls der übernächste Schritt. Nein, was ich Ihnen anbiete, ist viel lukrativer. Sie übernehmen das Bistro, expandieren, setzen neues Küchenpersonal ein und bauen die Marke weiter aus, da ist noch Musik drin. Im Moment ist das Küchenpersonal zu sehr mit der jetzigen Besitzerin verbunden, aber ich werde schon in den nächsten Tagen mit einem Spitzenmann verhandeln. Der Mann ist teuer, aber er versteht sein Geschäft. Da werden keine persönlichen Sympathien eine Rolle spielen, der puscht einen Laden nach oben. Wer in der Küche oder im Service nicht spurt, fliegt raus. Mit meinem Kandidaten könnte sogar in kürzester Zeit ein Stern möglich sein. Die Grundlage dafür ist da, glauben Sie mir. Und dann, wenn der Rubel richtig rollt, würde ich neben dem Sternerestaurant noch einen Ableger eröffnen. Da reichen uns die Marke und der Name. Wir arbeiten gewinnoptimiert, kaufen in großen Mengen billig ein und verkaufen teuer. Glauben Sie, einer Möhre sieht man an, ob sie regional gekauft wurde? Die Menschen wollen den schönen Schein, eine Illusion, an der sie festhalten können. Was sich in der Küche abspielt, interessiert die nicht. Und die Marke können wir dann, aber erst dann, auch breit als Franchise-Modell verkaufen. *Tante Dottis Bistro* in jeder Großstadt. Ein Stück heile Welt überall zwischen Berlin und München. Mit dem Thema Landleben und unserer Gründerstory schlagen wir jede Fastfoodkette. Ich sage Ihnen, meine Herren, das Potenzial ist gigantisch.«

»Und Sie, Herr Kröbel, welche Rolle werden Sie spielen?«

Ihm entging nicht der lauernde Blick, mit dem Sautler die Frage stellte.

»Ich werde für Sie die Grundlagen vorbereiten, das genügt mir«, erwiderte Kröbel mit einem leisen Lachen, »aus dem laufenden Geschäft halte ich mich heraus. Für mich zählt der Gewinn. Einen Teil des Hauses werde ich als Wochenendresidenz nutzen, aber da werden wir uns sicher einig.«

»Ja, aber die jetzige Besitzerin wird doch wohl auch noch überzeugt werden müssen«, warf Riesbeck ein.

»O nein. Wir müssen niemanden überzeugen. *Tante Dottis Bistro* wird schon bald vollständig in meiner Hand sein. Machen Sie sich über Sophie von Metten keine Gedanken, sie wird uns nicht im Wege stehen. Also, sind wir im Geschäft?«

Sautler und Riesbeck wechselten einen kurzen Seitenblick. Dann nickten beide fast gleichzeitig.

Kröbel lächelte zufrieden und hob sein Glas: »Darauf wollen wir anstoßen: Auf die neue Zukunft von *Tante Dottis Bistro*.«

# Schön bunt

Louis und Melanie stürzten sich mit Begeisterung auf die Aufgabe, den Gastraum für das närrische Treffen am Abend zu schmücken.

»Chefin, was sagst du, sollen wir hier noch ein paar Girlanden aufhängen?« Melanie stand auf einer hohen Leiter, um Haken in die Deckenbalken zu schrauben.

»Warum nicht. In der Kiste, die Peter mitgebracht hat, müssten noch mindestens drei oder vier Girlanden liegen.« Sophie kramte in einem großen braunen Karton, der auf dem Tisch stand. »Warte mal. Hier, da sind welche in Pink und Orange. Sieht zusammen irgendwie schräg aus, aber gar nicht so übel.« Sie reichte die Girlanden einzeln nach oben und bemerkte: »In Hamburg habe ich nie Karneval gefeiert, daher fehlt mir die Erfahrung. Du bist doch hier groß geworden, was würdest du denn sagen? Kann ein Raum zu viel Karnevalsdeko haben?«

»Nö, wenn du mich fragst, kann der Raum noch mehr Girlanden vertragen. Die Möhnen sind zwar noch nicht meine Altersgruppe, aber ich habe viele Jahre in einer Tanzgruppe mitgemacht. Und nach meiner Erfahrung kommt es immer gut an, wenn alles schön geschmückt ist.«

»Halt dich nicht zurück, unsere Gäste, die hier feiern, mögen es bestimmt bunt.«

»Das kriegen wir hin«, kommentierte Melanie von oben. Sie nahm eine orangene Girlande an und befestigte sie sorgfältig am Haken. Dann fuhr sie beiläufig fort: »Solange die keinen drittklassigen Striptease-Tänzer engagiert haben, ist alles gut.«

Sophie, die gerade einen Schluck getrunken hatte, verschluckte sich und hatte Mühe, ihr Wasser nicht über den Tisch zu prusten. Hustend schnappte sie nach Luft. »Hast du gerade Striptease-Tänzer gesagt?«

»Ja sicher, ich war mal bei einer Sitzung an der Mosel, da ist sogar eine ganze Gruppe aufgetreten. Wirklich ansehnliche Jungs, mit ihren Sixpacks und den engen Lederhosen, die sie natürlich nicht anbehielten.«

»*Mon dieu*, ich glaube, ich will gar keine Details hören«, sagte Louis und reichte Melanie eine weitere Girlande.

»Da hast du recht. So weit kommt es noch, dass nackte Männer in meinem Bistro tanzen, während der halbe Mütterverein herumjohlt. Zum Glück reden wir hier über den Wümmerscheider Mütterkreis und den Sollensbacher Müttertreff. Das Verwegenste, was die Damen tun werden, ist, einen doppelten Kirschlikör um drei am Nachmittag zu zischen.«

»Wenn du dich da mal nicht täuschst, Chefin«, lachte Melanie, »was mir meine Mama und meine Tanten schon alles erzählt haben, du würdest staunen. Gut aussehende Kerle in Ledertangas gehören eindeutig auf deren Wunschliste. Soll ich noch mehr erzählen?«

»Ach, lieber nicht«, wehrte Sophie ab, »ich versuche gerade das Kopfkino abzuschalten. Hetti Braubart in unmittelbarer Nähe vor einem Kerl, der gerade blankzieht, das will ich mir nicht vorstellen.«

»Wo wir gerade vom Teufel sprechen«, Melanie hatte hoch oben auf der Leiter einen idealen Blick durch die Fenster, »wir kriegen Besuch. Der Eingang ist noch abgeschlossen, oder?«

Draußen vor der Glastür zeichnete sich die bekannte füllige Silhouette der Metzgersgattin ab. Gerade hob sie die rechte Hand, um anzuklopfen, als Sophie die Tür öffnete.

Hetti ließ die Hand sinken. »Frau von Metten, wie gut, dass ich Sie antreffe.« Sie rang nach Atem. »Es ist ja so aufregend. Ich bin hergelaufen, so schnell ich konnte. Hätten Sie eine Minute Zeit für mich?«

»Hallo, Frau Braubart, natürlich, kommen Sie doch herein.« Sophie führte Hetti in den Gastraum. Die blieb stehen und stieß kleine Bewunderungsrufe aus.

»Das ist viel schöner als unten im Eichenkrug. Ich muss sagen, der Raum atmet jetzt schon närrischen Frohsinn.«

Tatsächlich, dachte Sophie, dann haben wir wohl alles richtig gemacht.

»Da drüben könnte noch eine bunte Girlande aufgehängt werden oder zwei. Ich will mich nicht einmischen, aber Sie haben mich ja nach meiner Meinung gefragt.«

Nee, habe ich nicht, dachte Sophie, antwortete allerdings: »Genau das haben wir uns auch überlegt. Noch sind wir nicht fertig. Aber sagen Sie doch, Frau Braubart, was kann ich für Sie tun? Geht es um die Tauffeier am übernächsten Wochenende?«

»Nein, nein, es geht nicht um unseren kleinen Christopher, und auch nicht die Sitzung der Möhnen. Ich wollte mich mal bei Ihnen erkundigen, ob Sie es auch schon gehört haben. Schließlich hatten Sie doch schon den einen oder anderen Fernsehauftritt, vielleicht gibt es ja Kontakte?«

»Was habe ich gehört?« Sophie deutete auf einen Ecktisch. »Setzen wir uns doch kurz dorthin, und dann erklären Sie mir erst mal, worum es geht. Möchten Sie etwas trinken?«

Hetti ließ sich auf einen Stuhl sinken und atmete hörbar

aus. »Eine einfache Tasse Kaffee wäre schön. Schwarz, ohne Zucker.«

»Klar, das haben wir gleich.« Sophie beeilte sich, den Kaffee zum Tisch zu bringen, mittlerweile war sie sehr neugierig, worum es überhaupt ging.

»Es ist so«, begann Hetti, nachdem sie einen Schluck getrunken hatte. »Die Tanja, das ist die Enkeltochter von Käthe, also die Tanja, eine gute Freundin von unserer Jennifer, arbeitet in Cochem, und zwar in der Verwaltung. Und die Tanja hat von Lena, ihrer Kollegin, gehört, dass wir hohen Besuch erwarten dürfen.«

»Und wer hat sich angemeldet?«

»Nicht wer, sondern was, Frau von Metten.« Hetti machte eine kunstvolle lange Pause, um die Wirkung des folgenden Satzes zu verstärken. »Ein Fernsehteam kommt her, mit allem Drum und Dran. Die wollen bei uns in Wümmerscheid-Sollensbach eine Serie drehen! Was sagen Sie nun?«

Sophie sagte erst einmal gar nichts, sondern dachte nach. Fernsehteams hatte sie in den letzten Monaten schon öfter zu Besuch gehabt.

»Vielleicht wollen sie ja nur einen kurzen Bericht machen, so wie das Team vom Südwestrundfunk, das schon mal hier war.«

»Nein, es geht um etwas Größeres.« Hetti senkte die Stimme. »Da bin ich ganz sicher. Weil, die Lena, also die Kollegin von der Tanja, die hat den Tobias beim Ordnungsamt getroffen, und der wusste, dass man was Großes plant.«

Bei all den Namen schwirrte Sophie der Kopf, für ihren Geschmack hatte Hetti Braubarts Geschichte eindeutig zu viele sichere Quellen. Daran, dass bei so viel Hörensagen einige Fakten auf der Strecke geblieben sein könnten, hatte die Metzgersgattin wohl noch nicht gedacht. Unbeirrt von Sophies skeptischem Gesichtsausdruck fuhr sie fort. »Mit was Großem meine ich fünfundvierzig Minuten Minimum, und damit ist noch nicht das Ende der Fahnenstange erreicht. Fünfundvierzig Minuten, das sind ja so die Probesendungen für die Erfolgsserien, diese Ploten, kennt man ja.«

»Sie meinen Piloten.«

»Nee, dass die hier bei uns eine Flughafengeschichte drehen wollen, glaube ich nicht, aber ansonsten ist da ganz viel Musik in der Kiste, das können Sie mir glauben. Wümmerscheid-Sollensbach hat Serienqualität.«

Oben auf der Leiter war es verdächtig still geworden. Das Rascheln der Papiergirlanden hatte vollständig aufgehört. Sophie warf Melanie einen warnenden Blick zu, als diese anfing, leise zu kichern.

»Und was soll das für eine Serie sein?«

»Da kommen Sie ins Spiel, Frau von Metten. Sie haben doch selber gesagt, Sie kennen da jemanden. Kann der sich nicht mal umhören? Es wäre doch schön, wenn wir uns auf die Dreharbeiten vorbereiten könnten.«

»Vorbereiten?«

»Ja, sicher. Stellen Sie sich vor, Wümmerscheid macht mobil in Sachen TV. Und Sollensbach nicht.« Sie hielt inne und überlegte kurz. »Ach was, wir wollen ja den alten Streit zwischen den Dörfern begraben. Sagen wir ruhig, die Sollensbacher sind auch tele... tele...-dingens.«

»Telegen?«

»Meinte ich doch. Ich sage Ihnen, was man nicht in Wümmerscheid-Sollensbach filmen kann, gibt es nicht, also, außer dieser Piloten-Geschichte, aber alles andere... da sind wir top. Hat auch mein Johannes gesagt.«

Die Metzgersgattin hatte sich regelrecht in Begeisterung geredet. Mit geröteten Wangen und strahlenden Augen saß sie vor Sophie, die sich krampfhaft bemühte, nicht zu Melanie oder Louis zu schauen. Wenn die jetzt grinsten, wäre es mit ihrer Selbstbeherrschung aus und vorbei.

»Ich habe oben in meinem Arbeitszimmer noch die Visitenkarte von dem Fernsehredakteur, der neulich hier war. Ich sag Ihnen, was ich machen werde«, bot Sophie an, »ich rufe ihn später an und frage ihn, ob er etwas gehört hat, und sobald ich mehr weiß, sind Sie die Erste, die es erfährt.« Hetti nickte voller Begeisterung. »Wobei es natürlich noch andere Sender gibt: n-tv, RTL, SAT 1, Vox ... oder die unabhängigen Produktionsgesellschaften«, setzte Sophie hinzu.

Hettis Augen wurden groß und rund vor Staunen. »Sie kennen sich aber aus. Meinen Sie, die kommen alle?«

»Nein, nein«, wehrte Sophie ab, »ich wollte nur andeuten, dass mein Anruf möglicherweise keine neuen Informationen bringt.«

»Ich bin davon überzeugt, dass da was ganz Großes auf uns zukommt. Größer als *Bauer sucht Frau*.«

»Ich werde mich erkundigen.«

»Toll, Frau von Metten, ganz toll. Ich wusste doch, auf Sie ist Verlass.«

Hetti stand auf und schüttelte Sophie die Hand. »Wir können ja später bei der Möhnensitzung noch einmal reden. So, und jetzt muss ich mich beeilen, so eine Metzgerei betreibt sich schließlich nicht von alleine. Werden Sie von ihrem Bistro sicher auch kennen.« Die Metzgersgattin zwinkerte Sophie zu. »Und dann muss ich mich ja auch noch umziehen und schminken für heute Abend. – Ich finde allein den Weg nach draußen, auf Wiedersehen, Frau von Metten.«

\*\*\*

»Das war unglaublich«, japste Melanie, als Hetti Braubart das Bistro verlassen hatte und draußen am Fenster vorbeiging. »Ich hätte mir fast vor Lachen in die Hosen gemacht. ›Wümmerscheid-Sollensbach hat Serienqualität‹. Ja, was soll denn das bitte schön für eine Serie sein? Vorher-Kandidat bei *Unser*

*Dorf soll schöner werden?* Oder vielleicht *Der Landarzt – Schicksale zwischen Salami und Leberwurst?*«

Sophie lächelte bei dem Gedanken an die ganze Aufregung, die dank dieser Gerüchte in den beiden Dörfern herrschen würde. Welche Ausmaße das Ganze dann aber annehmen würde, damit hätte sie im Traum nicht gerechnet.

# Die Möhnensitzung

»Schunkeln!«

Melanie konnte nicht nur bedienen, sie hatte auch ein natürliches Talent, als DJ für Stimmung zu sorgen. Sie hatte den ganzen Saal fest im Griff.

Sophie warf einen Blick durch die Durchreiche und bemerkte, dass sich an den hinteren Tischen erneut eine Polonaise formierte.

»Hättest du gedacht, dass Melanie Entertainer-Qualitäten hat?«, bemerkte Louis, während er Zwiebeln hackte. In seiner Feststellung schwang ein gehöriges Maß an Bewunderung mit.

»Drei Gläser Sekt, ein Weißwein und eine große Apfelschorle«, orderte Peter, der mit einem Tablett in die Küche kam. »Ich habe ja schon einige Karnevalssitzungen erlebt, aber …«, er schüttelte entgeistert den Kopf, »diese beiden Müttervereine toppen alles.«

»Wieso?«

»Ich wurde schon zweimal in den Po gekniffen. Und ich könnte schwören, dass die Damen in beiden Fällen mindestens fünfundsiebzig oder älter waren. Die sind nicht mehr zu halten. Gerade hat die Band angefangen zu spielen, jetzt bin ich wahrscheinlich Freiwild für alle da draußen!«

Sophie brach in lautes Gelächter aus und streichelte Peter über die Wange. »Mein armer Schatz, nicht nur, dass du heute Aushilfskellner spielen musst, jetzt machen dir schon unsere Gäste schöne Augen. Denk immer daran: Du kannst allen sagen, dass du schon vergeben bist, und zwar an die Chefin dieses Ladens.«

»Und was ist, wenn die mich gar nicht hören, weil die Karnevalslieder alle Warnungen übertönen?«

»Dann flüchtest du dich zu deiner Liebsten hierher in die Küche. Bei mir bist du in Sicherheit.«

Peter stellte die Gläser, die Sophie gefüllt hatte, auf sein Tablett, seufzte theatralisch und ging zurück in den Gastraum.

Sophie sah von ihrem Platz an der Durchreiche, wie sich Peter geschickt zwischen den einzelnen Tischen hindurchschlängelte, um die Getränkebestellungen abzuliefern.

»Frau von Metten!« Else Weibold hatte die Küche betreten, ohne dass Sophie etwas gehört hatte. Das war allerding kein Wunder, denn draußen hatten soeben zwei Frauen ihren gereimten Vortrag beendet, und nun bebte der Gastraum unter dem tosenden Applaus der Närrinnen.

»Frau von Metten, die Hetti hat mir erzählt, dass Sie in engem Kontakt mit den Fernsehmachern stehen, die bei uns die Serie drehen werden. Wissen Sie denn schon, worum es gehen wird?«

»Ich muss Sie enttäuschen, Frau Weibold, ich habe lediglich eine Visitenkarte von einem Redakteur, der hier bei mir im Bistro ein Interview aufgezeichnet hat. Den wollte ich anrufen und nachfragen, was es mit der Fernsehserie auf sich hat, aber er hat im Moment ein paar Tage Urlaub. Abgesehen davon glaube ich eigentlich nicht, dass ein Redakteur, der normalerweise die Lokalnachrichten und Talkshows betreut, viel über ein Serienprojekt weiß.«

»Ach, das ist aber schade, wo ich doch gehört habe, dass Sie höchstpersönlich eine Rolle übernehmen würden.«

»Ich? Eine Fernsehrolle? Ganz sicher nicht. Da haben Sie etwas völlig Falsches gehört, Frau Weibold.«

»Ach, wie ärgerlich. Dann haben Sie gar keinen Onkel beim Fernsehen?«

»Nein, habe ich nicht.«

Sophie wusste nicht genau, ob sie jetzt lachen oder weinen sollte, vor allem, weil Else Weibold ein so tief betrübtes Gesicht zog.

»Aber machen Sie sich keine Sorgen, sollte ich noch etwas erfahren, werde ich es Ihnen und Frau Braubart sofort mitteilen.«

»Tun Sie das, vielleicht wissen wir ja schon bei der Tauffeier mehr.« Else Weibold zwinkerte ihr zu. Offenbar glaubte sie nicht so recht an Sophies Beteuerung, keine direkte Verbindung zum Fernsehen zu haben.

Von draußen ertönte ein Tusch.

»Liebe Möhnen, die Nachricht traf mich unverhofft,
Wenn das jetzt stimmt, dann gibt es Zoff.
Das Fernsehn kommt und will hier drehn,
da könnte man ganz gut verstehen,
dass alle wieder von sich sagen,
wir sind die Schönsten hier, und klagen,
dass andere bevorzugt werden.
Doch diesmal wird es anders sein.
Wir stehen hier als ein Verein,
wir Mütter halten fest zusammen
und ohne Weh und ohne Krach
in Wümmerscheid und Sollensbach.«

Der Vortrag, von dem Sophie jedes Wort in der Küche verstehen konnte, erntete lauten Applaus.

»Da ist viel Wahres dran, auf unsere Obermöhne Elsbeth ein dreifach donnerndes ›Wümmer-Sollens Hollau!‹«

Louis zuckte erschrocken zusammen und hätte sich fast in den Finger geschnitten, als mehr als achtzig Möhnen den Narrenruf schmetterten.

»Himmel, ich glaube, im nächsten Jahr mache ich um die Zeit Urlaub«, stöhnte der Koch. »Warum schreien die überhaupt Hollau? Ich dachte, das heißt Alaaf oder Helau?«

»Nee, so viel habe ich schon gelernt. Hier an der Mosel hat jeder Ort seinen eigenen Karnevalsruf. Und abgesehen davon: Gönn ihnen doch den Spaß. Das war wirklich eine bewegende Rede auf den Zusammenhalt in den Dörfern«, erwiderte Sophie lachend. »Und komm mir bloß nicht auf die Idee zu flüchten, im nächsten Jahr brauch ich hier jeden Mann. Wenn sich erst einmal herumspricht, dass eine Karnevalssitzung bei uns im Bistro eine tolle Sache ist, werden wir noch anbauen müssen.«

Louis legte das Messer zur Seite, nahm sein Wasserglas und prostete Sophie zu. »Du hast ja recht, und der Umsatz, den wir heute machen, ist auch nicht zu verachten. Also: Auf die Möhnen. Mögen sie uns weiter gewogen bleiben. Wümmer-Sollens Hollau!«

# Der Spion

»Entschuldigen Sie bitte, meine Kollegin kommt gleich und wird Ihre Bestellung aufnehmen.« Louis lächelte den Gast entwaffnend an. Er hatte Melanie losgeschickt, um im Keller nach ein paar Vorräten zu sehen. Der neue Gast, der eben hereingekommen war, winkte lächelnd ab.

»Machen Sie sich keine Umstände, ich wollte gar nicht lange bleiben. Wenn Sie erlauben, werfe ich einen kurzen Blick auf die Speisekarte, dann kann ich meiner Frau später berichten, was sie hier erwartet. Ich bin nur zufällig vorbeigekommen und dachte, wenn ich schon einmal hier bin, kann mir ich auch persönlich ein Bild machen. Wir möchten nämlich gerne mit ein paar Freunden demnächst hier feiern.«

»Bitte, hier ist die Speisekarte, und wenn Sie noch Fragen haben, stehe ich Ihnen in der Küche zur Verfügung.« Louis war es zwar ein wenig unangenehm, den Gast ganz allein im Bistro zurückzulassen, aber er musste den Mittagstisch vorbereiten, und Melanie würde jeden Moment wieder aus dem Keller nach oben kommen. Irgendetwas an diesem Mann war merkwürdig, aber Louis nickte ihm nur höflich zu und ließ sich das unbehagliche Gefühl, das ihn beschlich, nicht anmerken.

\*\*\*

Christoph Kröbel zückte sein Handy und fotografierte den Gastraum. Danach schlich er bis zur offenen Küchentür, machte auch hier unbemerkt ein paar Fotos und ließ das Handy dann in der Tasche verschwinden, bevor er sich räusperte. Der Koch fuhr herum.

»Ich wollte Sie nicht erschrecken, junger Mann, sondern nur Bescheid sagen, dass ich jetzt wieder gehe. Ich freue mich schon darauf, zusammen mit meiner Gattin und unseren Freunden hier bei Ihnen einen schönen Abend zu verbringen.«

»Selbstverständlich, rufen Sie einfach an. Wir freuen uns auf Ihre Reservierung.«

Kröbel murmelte noch etwas Unverständliches und verließ das Bistro.

Draußen überprüfte er zufrieden seine Fotos. Kurz blieb er stehen, um noch ein paar Aufnahmen von dem Gebäude zu machen. Das war einfach gewesen. Jetzt hatte er alles, was er brauchte.

# Brieffreundinnen – Freitag, 1. März

Von: LB@GrafikbueroBernard.com
An: Sophie@Tante-Dottis-Bistro.de
Betreff: Langweilig und zu viel allein

Liebe Sophie,
du hattest doch neulich diese nette Idee, ich könnte dir einfach zwischendurch eine E-Mail schreiben, wenn mir der Kopf schwirrt vor lauter Gedanken. Genau so will ich es jetzt machen.
Ich habe hier ja niemanden zum Reden, also, keinen Erwachsenen, und das kann manchmal ganz schön einsam sein. Ich habe mich zwar ganz bewusst dazu entschieden, mein eigenes Grafikbüro zu betreiben (eigentlich habe ich viel zu tun, und das ist genau das, was ich immer tun wollte), nur ist es doch schwierig, den ganzen Tag nur ein kleines Mädchen und einen PC als Gesellschaft zu haben.
Kann man gleichzeitig zu viel und zu wenig Zeit haben?

So fühlt es sich im Moment für mich an. Zu viel Zeit, in der ich mich um den Haushalt kümmere und darum, dass es Marie gutgeht. Zeit, in der ich aber innen drin mit meinen Gedanken alleine bin. Gleichzeitig habe ich zu wenig Zeit für die Arbeit. Und für mich.

Ich habe heute einen Auftrag bekommen, bei dem es um die Gestaltung von Briefpapier, Flyern und Visitenkarten geht. Nichts Großes, aber ein schöner Auftrag, weil ich freie Hand habe.

Was sagst du, liebe Sophie? Ergibt das irgendeinen Sinn, oder bin ich nur eine egoistische Kuh, die einfach mal lernen sollte, dankbar zu sein für das, was sie hat? Mir ist langweilig, und ich bin zu viel allein mit meinen Gedanken!

Grübelnde Grüße
Leonie

Von: Sophie@Tante-Dottis-Bistro.de
An: LB@GrafikbueroBernard.com
Betreff: Re: Langweilig und zu viel allein

Liebe Leonie,
hier ist also meine erste Mail an dich. Toll, dass du meine Idee aufgegriffen hast. Jetzt antworte ich dir sofort. Ich muss mich ja dauernd hinsetzen und Pausen machen mit meinem dicken Babybauch, da kann ich ebenso gut schnell etwas schreiben!

Ich finde, du bist alles andere als eine egoistische Kuh, wie du es nennst. Vielmehr kann ich genau nachfühlen, wie es dir gerade geht. Vermutlich ganz ähnlich wie mir! Viel zu viel Zeit verbringe ich hier im Ohrensessel und lege die Füße hoch, dabei würde ich so gerne den ganzen Tag lang wie immer durchs Bistro flitzen, die Beete im Garten neu anlegen, den Gastraum drüben renovieren. Geht aber nicht. Stattdessen sitze ich hier herum und schaue in den Garten hinaus, besonders an den Tagen, an denen Peter im Büro ist. Undankbar, nicht wahr? Jetzt habe ich das schönste Wohnzimmer der Welt und meinen lieben Mann und jammere trotzdem.

Einen Vorteil habe ich allerdings: Zu mir kommen ganz viele Leute, mit denen ich mich unterhalten kann (wenn ich mich nicht gerade im Sessel ausruhe, natürlich). So ist es wohl – dein Problem mit der fehlenden Gesellschaft von Erwachsenen kann ich leider nicht lösen, aber ich kann dich unterhalten!

Ich muss dir nämlich etwas Lustiges berichten. Natürlich könnte ich es dir auch erzählen, wenn du heute Abend ins Bistro kommst, wir sind ja für später verabredet, aber dann müsste ich ja noch mehrere Stunden mit den Neuigkeiten warten.☺

Also, hier ist es: Wir werden Fernsehstars!

Hetti Braubart war gestern bei mir und hat mir brühwarm erzählt, dass sie – über ich weiß gar nicht mehr wie viele Ecken – erfahren hat, dass Wümmerscheid-Sollensbach im Fernsehen ganz groß rauskommen soll. Hier soll angeblich eine dreiviertelstündige Sendung gedreht werden, und Hetti vermutet, das wird der Auftakt zu einer größeren Fernsehserie. Was sagst du nun? Stell dir nur vor, Wümmerscheid-Sollensbach wäre der Schauplatz für so einen Erfolgsknaller wie *Mord mit Aussicht.*

Bei der Möhnensitzung am Abend stieß dann Else Weibold in das gleiche Horn. Was hat das mit mir zu tun? Irgendjemand hat das Gerücht in die Welt gesetzt, dass ich a) super Kontakte zum Fernsehen habe und b) ein Onkel von mir einen einflussreichen Posten bei den Medien hat.

Also, die Wahrheit ist: Meine Kontakte zum Fernsehen beschränken sich auf eine Visitenkarte, die mal ein Redakteur vom SWR dagelassen hat. Und zu dem zweiten Punkt kann ich nur sagen, ich habe überhaupt keinen Onkel, und schon gar keinen mit Einfluss in der Fernsehszene.

Aber das wollte mir Else Weibold nicht so recht glauben. Mich wundert, dass du noch nicht angesprochen wurdest. Wenn wir erst mal berühmt sind, brauchen wir schließlich ein eigenes Logo für unseren Ort. Und der Internetauftritt von Wümmerscheid-Sollensbach könnte auch einmal überarbeitet werden. Ich werde jedenfalls beim SWR mal nachfragen, worum es in dem Film geht. Ich denke, das erledige ich direkt nach dieser Mail. Vielleicht weiß ich ja heute Abend mehr.

Liebe Grüße
Sophie

Von: LB@GrafikbueroBernard.com
An: Sophie@Tante-Dottis-Bistro.de
Betreff: Re: Langweilig und zu viel allein

Liebe Sophie,
meine Güte, das sind ja große Neuigkeiten. Da kann ich im Moment nicht mithalten, aber demnächst kann ich dir dann alles aufschreiben, was mir so durch den Kopf schießt. Sei gewarnt, ich bin selbst manchmal von mir überrascht. ☺
Die Sache mit dem Fernsehen erklärt einiges. Der Auftrag für Briefpapier und Flyer, von dem ich eben geschrieben hatte, hängt bestimmt damit zusammen. Heute Abend erzähle ich dir mehr.
Nur so viel, es geht wohl um einen neuen Schönheitssa-

lon. Ich meine, bislang hätte ich nie geglaubt, dass in Wümmerscheid oder Sollensbach Bedarf für einen Beauty-Tempel besteht.
Jede Wette, dass sich der eine oder andere schon Gedanken über den Profit macht, der bei der Zusammenarbeit mit dem Fernsehen drin sein könnte.

Bis später
deine Leonie

# Dafür sind Freunde da

Auch wenn sich Sophie gegenüber ihren Angestellten die ganze Zeit optimistisch zeigte, hatte sie doch tief in ihrem Innersten leise Zweifel, ob alle Wünsche zur großen Tauffeier wirklich umgesetzt werden konnten. Aber ihre Sorgen waren unnötig. Pünktlich um eins standen ihre Freundinnen Rita und Karin vor der Haustür des Mühlenhofs. Die zwei bildeten ein interessantes Gespann, die kleine, etwas mollige Rita mit ihren tiefschwarz gefärbten Haaren und ihrer Vorliebe für großen, auffälligen Goldschmuck, und die hochgewachsene Karin, die es sich auch in ihrer Freizeit nicht nehmen ließ, klassische, zeitlose Hosenanzüge zu tragen. Eigentlich hätte sie so, wie sie heute gekleidet war, ohne Weiteres zu ihrem Job bei einer Bank in Cochem gehen können.

»Da sind wir, Sophie, bereit, alles zu tun, was nötig ist, damit wir den Schnittchenauftrag erfolgreich stemmen können.« Rita war wie immer die Erste, die sich auf Sophie stürzte, um sie herzlich zu umarmen. Ihre goldenen Armreifen klimperten. »Aber lass dich erst mal ordentlich drücken. Wie geht es dir und dem Baby? Ist die Morgenübelkeit immer noch so schlimm? Peter ist dir doch eine Hilfe, oder?«

Rita schoss die Fragen in einem Tempo ab, dass Sophie nicht einmal Luft holen konnte, um zu antworten. Musste sie auch gar nicht, denn jetzt mischte sich Karin ein. Die Bankerin war seit jeher die Ruhigste der drei Freundinnen, die Sophie praktisch von ihrer Tante Dotti »geerbt« hatte.

»Rita! Siehst du nicht, dass du Sophie mit deinen ganzen Fragen überforderst? Geh mal ein Stückchen beiseite und lass mich die werdende Mutter umarmen.« Karin strich sich eine Strähne ihres grauen Kurzhaarschnitts hinters Ohr, überlegte kurz und trat dann vorsichtig von der Seite an Sophie heran, damit sie sie trotz des Babybauchs an sich drücken konnte. Sie nahm Sophie herzlich in den Arm und flüsterte ihr ins Ohr: »Während der ganzen Hinfahrt war sie schon so aufgeregt, dabei geht es doch nur um Schnittchenplatten.«

Sophie löste sich aus der Umarmung und deutete auf den Gastraum des Bistros.

»Kommt doch herein, wir haben schon alles vorbereitet. Rita, du bist für die Dekoration verantwortlich, und Karin, du könntest mir beim Buttern der Brotscheiben helfen.«

Begeistert klatschte Rita in die Hände. »Dekoration kann ich, Kinder. Ihr werdet staunen.«

\*\*\*

Tatsächlich staunte Sophie am Ende, denn am frühen Abend war alles fertig und im Transporter von Johannes Braubart verstaut. Rita hatte nicht zu viel versprochen. Mit wenigen Schnitten zauberte sie beispielsweise aus einem Radieschen eine kleine Blüte. Aus den eingemachten Birnenhälften, die Louis für die Käseplatten vorgesehen hatte, entstanden unter Ritas geschickten Händen ausgesprochen niedlich aussehende

Mäuse: mit zwei Nelken als Augen, Ohren aus zwei dünnen Kohlrabischeiben und einem Halm Schnittlauch als Schwanz.

Sophie legte die Hände auf die Nieren, drückte den Rücken durch und atmete geräuschvoll aus. »Puh, geschafft. Der Rest ist leicht, das liegt nicht mehr in unserer Hand.«

»Es hat jedenfalls riesigen Spaß gemacht«, verkündete Rita. »So was müssen wir unbedingt noch mal wiederholen.«

»Besser nicht, Frau von Fahrensbeck, wir können schließlich nicht immer das Bistro komplett schließen«, sagte Melanie.

»Kindchen, erstens bin ich die Rita. Ich duze mich immer mit Menschen, mit denen ich Hunderte von Broten belegt habe. Und zweitens darfst du nicht vergessen, dass das zwei ganz wichtige Familien in den Dörfern sind. Mich würde nicht wundern, wenn in der nächsten Zeit mehr als nur eine große Feier hier in *Tante Dottis Bistro* in Auftrag gegeben wird.«

»Wenn das so ist, Rita, will ich mich gar nicht beschweren. Und jetzt entschuldigt mich bitte, ich muss in der Küche nachschauen, ob die Lasagne fertig ist.«

»Wir werden aber nicht zum Essen bleiben, nicht wahr, Rita?«, sagte Karin. »Wir wollen dir, Sophie, schließlich keine Umstände machen.«

»Blödsinn! Natürlich müsst ihr bleiben. Louis hat ein ganz neues Lasagne-Rezept ausprobiert, und zwar mit Lachs und Spinat. Er hat so viel vorbereitet, dass wir sonst noch die nächsten drei Tage davon essen müssten. Nein, nein, keine Widerrede, ihr habt so viel gearbeitet, da ist eine Einladung zum Abendessen ja wohl das Mindeste, was ich für euch tun kann. Außerdem habe ich schon Riesling kaltgestellt, du trinkst doch ein Gläschen, Karin, oder?«

»Gegen ein Glas Riesling habe ich nichts einzuwenden, vor allem, weil wir mit Ritas Auto hergekommen sind. Ich muss ja nicht mehr fahren. Ist das für dich in Ordnung, Rita?«

»Aber sicher. Ich bleibe beim Wasser. Lasagne mit Lachs und Spinat klingt köstlich, aber eine reifere Frau wie ich sollte gerade beim Abendessen auf ihre Linie achten. Es kann schließlich nicht jede mit so einer Traumfigur wie du oder Sophie gesegnet sein. In meiner Konfektionsgröße steckt harte Arbeit.«

»Traumfigur ist gut. Ich bin mal gespannt, wie lange es dauern wird, bis ich wieder meine alten Hosen anziehen kann.« Sophie legte eine Hand auf ihren Babybauch. Mittlerweile konnte sie die Bewegungen des Kindes deutlich spüren.

»Mach dir darüber keine Gedanken. Wichtiger als jede Konfektionsgröße ist doch, dass die Schwangerschaft gut verläuft. Wie weit bist du denn jetzt?«, fragte Karin.

»Ich bin in der zweiundzwanzigsten Schwangerschaftswoche, also im sechsten Monat.«

»Himmel, wie die Zeit rennt.«

»Setzt euch bitte alle an den Tisch, die Lasagne ist fertig«, rief Peter vom anderen Ende des Bistros herüber.

Als alle an den zusammengeschobenen Tischen saßen, mit Genuss aßen und das neue Rezept von Louis lobten, lächelte Sophie zufrieden. Peter, der ihr Lächeln bemerkte, ergriff ihre Hand, beugte sich zu ihr und flüsterte: »Wir haben tolle Freunde, Sophie.«

Ja, das hatten sie wirklich.

# Auf Amors Spuren

Die Tauffeier verlief bemerkenswert unspektakulär. Niemand regte sich darüber auf, als die Wümmerscheider Goldkehlen den Soul-Klassiker *Take me to the river* sangen. Schließlich war das Lied erstaunlich nah an dem, was man ein Tauflied nennen konnte. Und die Jagdbläser rissen mit ihren Hörnern lediglich Herrn Württemberg aus dem Mittagsschlummer. Nichts, worüber man sich beschweren konnte. Das Fleisch kam pünktlich, die Gäste lobten die Beilagen und klatschten begeistert, als Louis und Melanie eine große Eistorte hereintrugen, auf der zahlreiche Wunderkerzen funkensprühend brannten. Kurz, es war eine Feier wie aus dem Bilderbuch.

Sophie hatte sich im Hintergrund gehalten und die einzelnen Aufgaben koordiniert. Ihr fiel es zwar nicht leicht, vieles aus der Hand zu geben, anstatt es selber umzusetzen, aber sie hatte eingesehen, dass der Rat ihrer Ärztin sinnvoll war, sich ein wenig zurückzunehmen.

Jetzt, wo die Gäste zufrieden feierten, trat Sophie vor die Haustür und atmete die kühle Märzluft ein. Eine Luft, in der bereits eine Vorahnung von Frühling lag.

Eine Vorahnung von Frühling und, Sophie schnupperte ... hmm, das roch doch nach Rauch, genauer gesagt nach Zigarrenrauch.

Neugierig ging sie um die Ecke des Mühlenhofes. An der Hauswand standen Klaus-Jürgen Weibold und Jan Köllner und pafften Zigarren.

»Was macht ihr denn da?«

Überrascht und fast etwas schuldbewusst fuhren die beiden zusammen.

»Boah, Sophie, hast du uns erschreckt«, sagte Klaus-Jürgen, »ich dachte, du wärst Jennifer. Die hat uns nämlich schon aus dem Gastraum geworfen, als wir nur die Zigarren aus der Tasche gezogen haben.«

»Ich wusste gar nicht, dass ihr beide raucht.«

»Tun wir ja auch nicht«, gab Jan zu. »Das ist nur eine alte Abmachung. Der Erste von uns, der einen Sohn bekommt, muss die Davidoffs ausgeben, die wir dann bei der Taufe rauchen.« Jan grinste. »Klaus hat gewonnen, und die Zigarren hier kosten bestimmt ein Schweinegeld.«

»Dass ich das gerne bezahlt habe, das musst du auch dazu sagen.«

»Ja, das stimmt, du hast dich nicht beschwert. Den Geschmack hab ich mir übrigens schlimmer vorgestellt. Meinst du, es gibt Leute, die so was regelmäßig rauchen und das tatsächlich mögen?«

»Hey, jetzt sei gefälligst mal ein bisschen dankbar. Du hast ja keine Ahnung, was für eine Summe da gerade in blauem Rauch aufgeht.«

»Okay, ihr zwei. Ich habe schon verstanden und lass euch hier wieder alleine.«

»Du, Sophie, wenn ich noch was helfen soll, sag Bescheid«, bot Jan an. »So lange dauert diese Zigarre hier nämlich nicht mehr.«

»Danke für das Angebot, aber ...« Sophie stockte, ihr kam

gerade eine Idee. »Weißt du, Jan, eine Sache ist doch ziemlich schwer. Unten im Keller stehen die Kisten mit dem Wein, wenn du die gleich raufholen und in die Küche tragen könntest, wäre das klasse. Vielleicht kannst du die Flaschen sogar schon öffnen?«

»Das mach ich gern, kein Problem.«

Mit einem zufriedenen Lächeln ging Sophie beschwingt zurück zum Hauseingang, ließ sich auf die grün gestrichene Holzbank sinken und schloss kurz die Augen.

»Hier draußen bist du, ich hab mir schon Sorgen gemacht. Ist alles in Ordnung bei dir?« Peter setzte sich neben sie und legte seinen Arm um sie. Mit einem glücklichen Seufzen lehnte sich Sophie an ihn.

»In Ordnung ist gar kein Ausdruck. Der Tag war bisher ein voller Erfolg. Mich haben schon zwei Cousinen und eine Freundin von Jennifer angesprochen. Alle drei wollen hier ihre Hochzeit feiern. Zwei im Sommer, eine im Herbst.«

»Das sind tolle Nachrichten, auch, wenn man das so nicht aufrechnen sollte, haben sich doch die Anstrengungen für die Tauffeier gelohnt.«

»Unbedingt«, bestätigte Sophie, »aber sag mal, ich war ja doch erstaunt, als ich Jan unter den Gästen entdeckt habe.«

»Wusstest du nicht, dass Jan und Klaus-Jürgen seit Kindheitstagen Freunde sind?«

»Nein, natürlich nicht. Ich meine, Jan ist unser Trauzeuge, weil ihr beide euch so gut versteht, aber Jan und Klaus-Jürgen? Nee, das war eine Überraschung. Die beiden stehen übrigens hinten an der Ecke zum Garten und paffen eine Taufzigarre.«

»Ach, machen die das wirklich? Jan hatte mir mal erzählt, dass es da zwischen ihnen eine ewig alte Abmachung gibt.«

»Ja, haben sie mir auch gerade erzählt. Lassen wir sie ruhig ungestört rauchen. Jan hat gefragt, ob er noch helfen kann. Das trifft sich gut.«

»Das trifft sich gut? Wieso, ist etwas mit unseren Autos nicht in Ordnung?«

»Quatsch. Es trifft sich deshalb gut, weil Leonie gerade in der Küche aushilft.«

»Frau von Metten, mir schwant Schreckliches. Du wirst doch nicht etwa …«

Sophie hob den Kopf und lächelte ihren Mann spitzbübisch an. »Ach komm, die beiden passen doch super zueinander, und du hast nicht Leonies Gesicht gesehen.«

»Tu, was du nicht lassen kannst, aber bitte geh behutsam vor, schließlich kann man so etwas nicht erzwingen.«

»Keine Sorge, ich will Amor doch nur in die richtige Richtung schubsen.«

# Eigentlich sollte ich nur den Wein hochbringen

Leonie hatte von Louis klare Arbeitsanweisungen bekommen. Zwölf Kilogramm Zwiebeln mussten geschält und klein geschnitten werden. Als Überraschung für die Taufgesellschaft hatte Sophie sich überlegt, eine überbackene Zwiebelsuppe zu servieren.

Mit dem Handrücken wischte sie sich ein paar Tränen von der Wange. Das mit dem Schluck Wasser im Mund hatte nicht so richtig geklappt, und die Dunstabzugshaube konnte sie nicht einschalten, weil Louis auf dem Herd eine Schokomousse im Wasserbad zubereitet.

»Geht es denn, Leonie?«, fragte der Koch besorgt, weil er sah, wie seine Helferin vor sich hinschniefte.

»Ja, das ist schon okay. Das kriege ich hin.«

Entschlossen schob Louis den Topf von der Herdplatte. »Wenn du mit den Zwiebeln fertig bist, könntest du noch drei oder vier Knoblauchzehen in feine Scheibchen schneiden. Ich hole schnell aus dem Keller den Käse, den ich noch reiben muss.«

Leonie nickte und schälte tapfer weiter.

Als Augenblicke später hinter ihr wieder jemand in die Küche kam, sagte sie laut. »Was denn, hast du was vergessen?«

»Oh nö, ich bringe den Wein.«

Sie drehte sich zu der Stimme um.

»Ach, hallo Jan, sorry, ich dachte, es wäre Louis.«

»Gott, was ist mit dir passiert? Du weinst ja.«

Bei Jans erschrockenem Gesicht musste Leonie laut auflachen.

»Ja, ich weine, und zwar schon seit zehn Minuten. Zwölf Kilo Zwiebeln schälen und schneiden ist keine Kleinigkeit.«

Jan stimmte in das Lachen mit ein. »Ich habe im ersten Moment gedacht, etwas Schreckliches wäre passiert – womöglich mit deiner Mutter oder mit Marie.«

»Nee, Marie vergnügt sich drüben im Gastraum, und Mama erwarte ich in der kommenden Woche zurück. Was gut ist, denn sie hat angeboten, Marie zwischendurch für ein paar Tage zu sich zu nehmen. Das trifft sich gut, weil ich einen ziemlich haarigen Auftrag erledigen muss, und da kann ich ein paar zusätzliche Stunden Stille im Haus ganz gut gebrauchen.«

Jan stellte die beiden Weinkisten auf den Boden, schaute sich um und nahm dann eine Schürze von einem Haken.

»Weißt du was, ich helfe dir schnell. Dann hat das Rumgeheule ein Ende.«

»Lass mal, du bist doch hier Gast und machst dir nur deinen Anzug schmutzig.«

»Einer holden Maid, die weint, beizustehen – die Chance lass ich mir nicht entgehen.«

»Holla, nicht nur Werkstattbesitzer, Trauzeuge und Tauffeiergast, sondern auch ein Poet.« Leonie lächelte durch die Tränen. »Bitte, ich sag da nicht Nein.«

Keine drei Minuten später weinten die beiden zusammen über den Zwiebeln.

»Meine Fresse, das brennt ja wirklich. Die sind aber auch besonders scharf, oder bilde ich mir das nur ein?«, stöhnte Jan und fügte dann hinzu: »Du hast übrigens noch was in deiner Aufzählung vergessen, ich bin auch Musiker.«

Leonie warf ihm einen prüfenden Blick zu. »Im Ernst jetzt? Was spielst du denn für ein Instrument?«

»Wie wäre es, wenn du das selber rausfindest? Nächsten Sonntag, im Lustschlösschen der Abtei Brennerbach. Das ist ein kleiner Barockbau, den der Trierer Kurfürst sich bauen ließ, um seinen Spaß zu haben. Hast du ein hübsches Kleid?«

»Ein Kleid? Ja, sicher.«

»Dann ist es abgemacht, ich lass dir eine Karte an der Kasse hinterlegen, du bist mein Gast. Du müsstest um vier Uhr da sein. Und mach jetzt keinen Rückzieher, den würde ich nicht akzeptieren von einer Frau, mit der ich gerade zusammen weine.«

Jan wischte sich die Tränen aus dem Gesicht.

»Nächsten Sonntag um vier also.«

»Was ist am nächsten Sonntag?«, fragte Sophie, die in die Küche kam.

»Jan ist Musiker, er spielt oben in Brennerbach.«

»Wenn du möchtest, können Peter und ich auf Marie aufpassen.«

»Das wäre furchtbar nett von euch«, erwiderte Leonie und sagte dann zu Jan: »Abgemacht, du kannst die Karte hinterlegen.«

Als Sophie später neben Peter in der Küche saß und die Zwiebelsuppe löffelte, beugte der sich zu ihr herüber und flüsterte. »Ich habe gerade mit Jan gesprochen, der hat so ein Dauergrinsen im Gesicht. Stell dir vor, Leonie und er haben hier in der Küche Zwiebeln geschnitten, und dabei hat Jan Leonie zu einem Konzert eingeladen.«

»Warum war Jan in der Küche?«

Sophie zuckte die Achseln und bemühte sich um einen neutralen Gesichtsausdruck. »Einer musste doch den Wein aus dem Keller hochbringen.«

# Brieffreundinnen – Dienstag, 12. März

Von: LB@GrafikbueroBernard.com
Betreff: Wozu brauche ich ein hübsches Kleid?
An: Sophie@Tante-Dottis-Bistro.de

Liebe Sophie,
du musst mir helfen! Du weißt doch, dass ich mich während der Tauffeier mit Jan verabredet habe. Ich weiß nur, dass er in einem Konzert auftritt und dass es im Lustschlösschen der Abtei Brennerbach stattfindet. Als er mich am Sonntag gefragt hat, ob ich ein hübsches Kleid besitzen würde, habe ich spontan Ja gesagt, aber was für ein Kleid soll es denn sein? Ich habe meinen Schrank durchgesehen und, ja, ich habe ein paar schöne Kleider, aber die meisten davon sind doch eher etwas für einen Geschäftstermin. Ich weiß nicht, ob das wirklich das Richtige ist.
Kannst du mir nicht einen Tipp geben, was mich bei einem Konzert in diesem Lustschlösschen erwartet? Ich habe im Internet nichts gefunden. Bitte!

Oder, wenn dir auch nichts einfällt, kannst du vielleicht Peter fragen? Er kennt Jan so gut, möglicherweise kann er noch etwas über das Konzert erfahren.

Grüße von einer arg verzweifelten Leonie

Von: Sophie@Tante-Dottis-Bistro.de
An: LB@GrafikbueroBernard.com
Betreff: RE: Wozu brauche ich ein hübsches Kleid?

Hi Leonie,
ich kann gerne mal in meinem Kleiderschrank stöbern, wir haben ja in etwa die gleiche Größe, und bis ich meine normalen Kleider wieder anziehen kann, wird noch einige Zeit vergehen – schnief.
Mach dir keine Sorgen, deine Verabredung am Sonntag wird bestimmt schön, da bin ich mir sicher. Ehrlich gesagt wusste ich auch nicht, dass Jan ein Instrument spielt.
Soll ich tatsächlich Peter fragen? Ich meine, Jan hat dir nichts Genaueres verraten, vielleicht will er dich überraschen. Gönn ihm doch den Spaß. Ich schlage vor, dass ich dir morgen einfach mal drei Kleider vorbeibringe – kein Grund zum Verzweifeln.
Bis morgen!

Liebe Grüße
Sophie

# Einkaufstour

Sophie hatte beschlossen, zu Fuß ins Dorf zu gehen. Es war, als hätte jemand über Nacht einen Schalter umgelegt: von nassgrauem Spätwinterwetter auf Frühling. Als Sophie aus der Haustür trat, stellte sie überrascht fest, dass sie die warme Jacke gar nicht mehr brauchte. Die Luft war mild, selbst der Wind hatte jede Schärfe verloren. In den Bäumen und Büschen rundherum zwitscherten die Vögel um die Wette. Übermütig sprang Herr Württemberg an ihr vorbei ins Freie, bellte einmal kurz und schaute sie erwartungsvoll an.

»Ja, sicher, gleich gehen wir los. Aber erst muss ich noch die dicke Daunenjacke ausziehen. Bleib!« Es brauchte nur eine kleine Geste mit dem Zeigefinger und das leise, deutlich gesprochene Kommando, und der Hund setzte sich gehorsam wartend neben den Eingang. Sophie ging zurück ins Haus und entschied sich für eine Jeansjacke, die, aus welchen Gründen auch immer, hier an der Garderobe überwintert hatte. Schließen ließ sich die Jacke nicht mehr, aber draußen war es so mild, dass man sie auch gut offen lassen konnte.

Sie schulterte ihren Rucksack, nahm den Kleidersack über

den Arm und machte sich auf den Weg. »Komm!« Der Labradoodle lief an ihrer Seite. Herr Württemberg wusste genau, dass er auf einer Straße nicht herumtollen konnte. Als sie an der großen Weide vorbeikamen, deutete Sophie auf das Gras.

»Na los, lauf!«

Das ließ sich der Hund nicht zweimal sagen. Mit einem Satz war er auf der Weide, sauste los und rollte sich ausgiebig im Gras.

Unten an der Weggabelung bei dem alten Holzkreuz stieß Sophie einen Pfiff aus, und kurze Zeit später war Herr Württemberg wieder bei ihr. Sie streichelte ihm über den Kopf und lobte: »Gut gemacht. Braver Hund!«

Sophie öffnete das Gartentor, ging zu Leonies Haus und schellte.

»Augenblick! Ich komme gleich!«, rief eine Stimme aus dem geöffneten Fenster im ersten Stock. Es dauerte nicht lange, da erschien Leonies Gestalt hinter der Glasscheibe der Haustür. »Hallo, Sophie, das ist aber eine Überraschung. Ich hab erst am Nachmittag mit dir gerechnet, weil du doch morgens einkaufen gehen wolltest. Komm herein.«

»Guten Morgen, Leonie. Ja, ich werde auch gleich einkaufen gehen, aber ich dachte, ich bringe dir vorher drei von meinen Lieblingskleidern vorbei. Du kannst sie in aller Ruhe anprobieren.«

Sophie überreichte Leonie den Kleidersack.

»Das ist furchtbar nett von dir. Ich hatte es dir ja schon gestern geschrieben: Ich habe Kleider für Geschäftstermine – viel zu formell. Abendkleider – völlig unpassend. Und dann noch ein paar Strandkleider – dazu muss ich wohl gar nichts sagen. Ich fürchte, keines von denen eignet sich gut für einen Sonntagnachmittag in einem barocken Lustschlösschen.«

»Wie sieht es denn mit Schuhen aus?«

»Schuhe sind kein Problem. Ich habe Pumps in allen denkbaren Farben.«

»Dann bist du ja gut gerüstet. Ich hoffe, eines der Kleider passt dir. Das cremefarbene mit den kleinen Rosen war letztes Jahr mein Lieblingskleid.«

»Ich bin schon ganz gespannt. Leider kann ich sie nicht sofort anprobieren, ich bin gerade dabei, Entwürfe auszudrucken. Heute Mittag habe ich einen Präsentationstermin bei einem Kunden.«

»Ich will dich auch gar nicht lange aufhalten«, versicherte Sophie, »ich wollte dir nur auf dem Weg ins Dorf die Kleider vorbeibringen. Und am Sonntagmittag bist du mit Marie zum Essen eingeladen, danach kannst du die Kleine bei uns lassen und dich später in Ruhe zu Hause umziehen. Peter hat Marie bereits versprochen, so viele Runden Memory zu spielen, wie sie nur möchte. Außerdem will sie mit Louis Brötchen backen. Sollte es bei dir später werden, ist das auch kein Problem, wir haben ja noch das schmale Gästebett, das können wir in Maries ehemaligem Zimmer aufbauen.«

Leonie umarmte Sophie. »Das ist so lieb von euch. Ich denke doch, dass eine Verabredung, die um vier Uhr nachmittags beginnt, nicht bis spät in die Nacht dauern wird. Aber zu wissen, dass ich nicht auf die Uhrzeit achten muss, ist ein großer Luxus.«

»Der Luxus sei dir gegönnt«, antwortete Sophie und dachte bei sich: Wer weiß, was Jan für dieses Date geplant hat.

\*\*\*

Als Sophie die Metzgerei Braubart betrat, bemerkte sie gleich die aufgeregte Stimmung, die im Laden herrschte. Normalerweise führte Hetti Braubart jeweils ein kurzes Gespräch mit der Kundin, die gerade an der Reihe war, während die Wartenden mehr oder weniger stumm danebenstanden. Heute aber summte der ganze Laden von leise geführten Unterhaltungen.

»Guten Morgen zusammen«, begrüßte Sophie die Anwesenden und erhielt ein vielstimmiges »Guten Morgen, Frau von Metten« zurück.

Streng genommen wäre es für Sophie nicht nötig gewesen, Fleisch in der kleinen örtlichen Metzgerei einzukaufen. Das meiste besorgte Louis im Großmarkt. Aber Sophie war es wichtig, die Einzelhändler im Dorf zu unterstützen. Und was viel wichtiger war: Sie mochte diese kleinen Einkaufstouren und wie sie dabei mit den Leuten ins Gespräch kam. Das konnte kein Einkauf im Großmarkt ersetzen, und darauf wollte sie auf keinen Fall verzichten.

Sophie hatte das Fleisch, das sie für den Abend brauchte, vorbestellt. Da sie allerdings nichts anderes vorhatte, stellte sie sich zu den übrigen wartenden Kunden.

»Wenn die hier eine Krimiserie drehen wollen, sollten sie sich an mich wenden. Wie man mit einem Messer umgeht, weiß ich nämlich ganz genau.« Hetti Braubart fuchtelte mit einer fast vierzig Zentimeter langen Klinge herum. Die Kundin vor der Theke, Renate, war für Sophie fast so etwas wie eine alte Bekannte. Sie hatte in den letzten zwei Jahren unzählige Gespräche zwischen Hetti und »dat Renate« mit angehört.

»Ja, aber Hetti, was willst du denn mit dem Messer bei den Fernsehfritzen?«

»Ich könnte mir gut vorstellen, in einer Folge die Mörderin zu spielen«, verkündete die Angesprochene hinter der Theke, um dann mit düsterer Stimme fortzufahren: »Nebel wallt durch die Gassen Wümmerscheids. Niemand ist mehr sicher. Nicht, wenn diese Klinge nach Blut dürstet. Zielsicher findet sie ihren Weg. Und dann – zack, zack und zack.«

Die Metzgersgattin hob den Arm und stieß bei jedem »Zack« das Fleischermesser in ein großes Stück Schweinebraten, und zwar so heftig, dass Sophie bei jedem Stich zusammenzuckte.

Renate wich erschrocken einen Schritt von der Theke zurück. »Hetti, ich sag dir, da kann man es ja mit der Angst zu tun kriegen. Und wie du mit dem Messer umgehen kannst, das ist ja unheimlich.«

»Na ja, gelernt ist gelernt«, winkte Hetti bescheiden ab. »Ich meine, wer mit einem Schnitt ein Stück feine Leberwurst mit Kräutern abtrennen kann, der kann im Film mit jedem Stuhntmänn mithalten, wenn du verstehst.«

»Die werden sich noch umgucken. Ich glaub ja, du kommst da ganz groß raus.«

Sophie hatte Mühe, bei Renates grenzenloser Bewunderung für die Fähigkeit, mit dem Fleischermesser zwei Pfund Schweinenacken ins Jenseits zu befördern, nicht laut loszuprusten.

»Bei uns sind die Fernsehleute jedenfalls an der richtigen Adresse. Mit Blut können wir gut, das habe ich auch schon meinem Johannes gesagt, aber der will ja in die Werbung.«

Das ist ja mal was ganz Neues, dachte Sophie. Sie konnte sich allerdings nur schwer vorstellen, was genau Hetti Braubart da im Sinn hatte. In diesem Moment kam der Metzgermeister aus dem Kühlraum.

»So, Käthe, hier habe ich die drei Schweinefilets, die sehen doch aus wie gemalt. Darf es denn sonst noch etwas sein?«

»Ich habe der Renate gerade mal vorgeführt, wie man mit dem Messer umgehen kann, in einem Krimi oder so«, rief Hetti, noch bevor die Kundin antworten konnte.

»Ja, Hettilein, mit dem Messer macht dir keiner was vor. Ich selber sehe mich ja mehr bei der Zusammenarbeit mit den Werbeleuten.«

Sämtliche Gespräche in der Metzgerei waren mittlerweile verstummt. Johannes Braubart hatte nach seiner Ankündigung die ungeteilte Aufmerksamkeit der gesamten Kundschaft.

»Herrschaften, das ist doch klar. Den Werbespruch auf unserem Transporter habe ich schließlich auch selber getextet.

Die Jungs von Plakate Rösler in Cochem haben Bauklötze gestaunt. Die haben damals schon gesagt, Herr Braubart, haben die gesagt, das muss Ihnen erst mal einer nachmachen.«

Die Spatzen pfeifen's von den Ästen, Braubarts Schnitzel sind die besten, schoss es Sophie durch den Kopf. Da hat er recht, das ist nur schwer zu toppen, dachte sie und wurde Sekunden später eines Besseren belehrt.

»Ich hatte ja einige Vorschläge in der Pipeline. Zum Beispiel: Schnitzel, Wurst und Rinderbraten, lass dir das von Braubart raten. Oder der hier: Braten in der Röhre – von Braubart er, ich schwöre. War ein bisschen sperrig, hätte trotzdem gut auf den Transporter gepasst. Aber die Hetti meinte, dass viele nicht wissen, was ich mit Röhre meine. Ist doch so, Hetti.«

»Genau, Schatzilein«, flötete Hetti zurück. »Du musst ihnen unbedingt noch meinen Lieblingsspruch sagen, du weißt schon, den kurzen.«

»Ist gut. Also, alle bitte zuhören. Hier kommt Hettis Lieblingsspruch: Braubart – alles andere ist Wurst. Ja, den muss man sacken lassen, der hat Tiefe, nicht wahr?«

Sophie überlegte ernsthaft, ob sie nicht schnell nach draußen rennen sollte, weil sich das Lachen kaum noch unterdrücken ließ.

»Ah, Sophie«, der Metzger hatte sie nun auch entdeckt, »was sagst du denn zu meinen Spruchkreationen?«

Sophie wischte sich ein paar Lachtränen aus den Augen und machte dann ein bemüht ernsthaftes Gesicht. »Ich glaube, dass Plakate Rösler ganz recht hatte. Das, Johannes, muss dir erst einmal einer nachmachen.«

\*\*\*

Draußen vor der Metzgerei lehnte sich Sophie an die Hauswand und holte tief Luft. Sie wollte weder Hetti noch Johannes vor den Kopf stoßen, aber sie hatte Schwierigkeiten, sich ein Filmteam vorzustellen, das auf Hettis Fähigkeiten mit dem Fleischermesser oder auf Johannes' Reimkünste zurückgreifen würde.

Sophie bückte sich, löste die Hundeleine vom Haken der Hauswand und gab Herrn Württemberg eine dünne Scheibe Fleischwurst.

»Hier, mein Lieber, mit den besten Grüßen von deinem Lieblingsmetzger.«

Die Wurst verschwand mit einem Bissen. Der Labradoodle schaute Sophie erwartungsvoll an.

»Nein, mehr als eine Scheibe gibt es nicht«, sagte sie mit strenger Miene, »und jetzt werden wir noch ein kleines Stückchen spazieren gehen.«

Sophie schulterte den Rucksack, in dem sie das Fleisch verstaut hatte, und machte sich auf den Weg zum Supermarkt. Bis vor Kurzem hatte hier noch ein großes geschnitztes Holzschild mit der Aufschrift *Willkommen in Sollensbach* gestanden. Das war jetzt abmontiert worden. Beide Dorfvereine hatten sich entschieden, an den jeweiligen Dorfeingängen neue, größere Schilder aufzustellen. *Willkommen in Wümmerscheid-Sollensbach. Preisträger der Goldenen Weihnachtskerze*, sollte dort stehen. Klaus-Jürgen Weibold, der als Tischler für die Ausführung verantwortlich war, hatte ihr und Peter das neue Schild auf der Tauffeier beschrieben. Nicht nur für Sophie war das eine gute Nachricht. Dieses neue Schild würde ein Symbol sein, ein Symbol für einen neuen Geist, der in den beiden Dörfern herrschte. Obwohl – so ganz traute sie dem Frieden noch nicht. Dass, praktisch über Nacht, das grenzenlose Misstrauen gegenüber den jeweils anderen in beiden Dörfern verschwunden sein könnte, kam Sophie, gelinde gesagt, unglaubwürdig vor. Andererseits hatte sich in den letzten Monaten wirklich viel verändert. Ich lass mich einfach positiv überraschen, dachte sie.

\*\*\*

Neben dem Lidl gab es noch einen Getränkemarkt und ein leer stehendes Ladenlokal. Hier hatte im vorletzten Jahr eine Kaffeehauskette eine Filiale geöffnet, dann aber nach nicht einmal einem Jahr dem Standort wieder den Rücken gekehrt. Jetzt waren die großen Fensterscheiben mit Packpapier beklebt. In der Tür hing von innen ein Zettel. Neugierig trat Sophie näher, insgeheim hoffend, dass hier nicht ein weiterer Konkurrent in den Startlöchern stand.

»Mal sehen, wer hier anfängt«, sagte sie zu Herrn Württemberg.

»Neueröffnung«, las sie halblaut, »erleben Sie hier bald ›Rita hat Stil‹ – Mode, Lifestyle und mehr.«

Darunter war ein Wappen abgebildet, das Sophie überall erkannt hätte. Es war das Familienwappen derer zu Fahrensbeck. Rita hatte es ihr mal auf einem schmalen Siegelring gezeigt.

»Himmel«, murmelte Sophie, »warum in aller Welt eröffnet Rita eine Boutique?«

Sophie nahm sich vor, ihre Freundin direkt anzurufen, wenn sie wieder zu Hause war. Und es sollte nicht die einzige Neueröffnung bleiben, die Sophie entdeckte. Auf dem Rückweg kam sie in Wümmerscheid an einem Haus vorbei, vor dem ein großer Bauschutt-Container stand. Eine junge Frau leerte gerade mit Schwung einen großen Mörteleimer hinein. Sophie musste zweimal hineinschauen, um unter der Basecap und dem Mörtelstaub Susanne, ihre Frisörin aus Brennerbach wiederzuerkennen.

»Hi, Susi, was machst du denn hier?«, fragte Sophie.

»Ach, Sophie, grüß dich. Siehst du ja, wir reißen gerade ein paar Wände ein.«

»Willst du hier einziehen?«

»Muss ich nicht, ich wohn hier schon, oder besser gesagt, ich hab hier gewohnt. Das ist mein Elternhaus, meine Mutter hatte im Erdgeschoss einen kleinen Frisörsalon. Später wurden die Räume dann umgebaut. Weil das Haus mir gehört und ich mich sowieso selbstständig machen wollte, dachte ich, das wäre jetzt ein günstiger Zeitpunkt für den Neustart.«

»Wieso jetzt?«

»Wegen der Fernsehleute. Die greifen bekanntlich gern auf örtliche Helfer zurück, und ich bin doch auch gelernte Visagistin. Du, wenn die erst einmal die Vorabendserie hier drehen, müssen die ja aufs Geld achten, da bin ich auf jeden Fall günstiger.«

»Die drehen hier eine Vorabendserie? Davon höre ich das erste Mal.«

»Ist doch logisch. So ein großer Pilotfilm wird nur für eine Serie gedreht. Es soll ja um Liebe, Intrigen und Familiendrama gehen. Eine fiktive Winzer-Dynastie.«

»Woher weißt du das alles?«, fragte Sophie neugierig und dachte an Hettis Ripper-Fantasien.

»Ich habe das von Petra, eine Freundin aus Cochem, die mit Jenny Weibold beim Elternturnen ist. Das ist natürlich noch alles topsecret, die wollen sich nicht so schnell in die Karten gucken lassen. Mir soll es recht sein, dann bringt sich auch kein Konkurrent in Position. Ich bin schon ziemlich weit. Am Wochenende kommen die Maler, und Ende der nächsten Woche, wenn die Einrichtung rechtzeitig geliefert wird, kann es bei mir losgehen. Es gibt auch Erstkunden-Rabatt.« Susanne zwinkerte Sophie zu.

»Keine Sorge, den Weg nach Brennerbach spar ich mir auf jeden Fall. Sobald du hier startest, bin ich bei dir Kundin. Wenn du möchtest, können wir deine Flyer bei mir im Bistro auslegen.«

»Das wäre natürlich super, nur kann ich die nicht selber

erstellen, mir fehlt die Zeit, und ich hab auch keine Ahnung, wie das geht.«

»Das ist leicht. In Peters Haus wohnt doch jetzt die Tochter von Heidi Schwarzbeck …«

»Frau Schwarzbeck kenne ich, die ist Kundin bei uns im Salon. Das ist doch die tolle Köchin, die dir geholfen hat.«

»Genau die. Und Leonie Bernard, ihre Tochter, ist Grafikerin, frag sie doch mal, bestimmt hilft sie dir. Oder weißt du was, ich schreib ihr gleich eine Mail, dann kannst du dich erst mal um die Neueröffnung kümmern.«

»Klasse!« Susanne strahlte. »Das ist nett von dir, auch das Angebot mit den Flyern. Weißt du was, dann machen wir bei mir aber auch Werbung für dein Bistro. Stell dir vor, die ganze Fernsehcrew würde regelmäßig bei dir essen gehen.«

»So machen wir das, wir Frauen hier im Ort müssen schließlich zusammenhalten.«

»Schreib deiner Leonie, dass ich mich morgen melden werde, dann habe ich den Schutt draußen, und die Handwerker können loslegen.«

»Wird gemacht. Komm, Herr Württemberg, es wird Zeit, nach Hause zu gehen.« Sophie winkte Susanne noch einmal zu und ging zufrieden zurück zum Mühlenhof. Ja, tatsächlich – es kam Bewegung in Wümmerscheid-Sollensbach.

# Zwei Telefonate

Sophie übergab das Fleisch an Louis, machte sich eine Tasse Kaffee und zog sich dann in ihr Wohnzimmer zurück. Zwei Anrufe wollte sie erledigen. Sie entschied sich, es als Erstes bei Leonie zu versuchen, weil sie nicht genau wusste, wann Leonie ihre Präsentation hatte.

»Grafikbüro Bernard, Leonie Bernard am Apparat, guten Tag.«

»Hi, ich bin's. Sophie. Du, ich weiß, dass du wenig Zeit hast …«

»Gar kein Problem, mein Kunde hat eben angerufen und den Termin um zwei Stunden verschoben.«

»Ist das ein gutes oder ein schlechtes Zeichen?«

»Ich sehe das positiv. Er hätte ja auch ganz absagen können, aber die Durchsicht der Entwürfe liegt ihm sehr am Herzen. Er steht allerdings auf der Autobahn im Stau.«

Sophie hörte den Optimismus in der Stimme ihrer Freundin. Sehr gut, ich gönne ihr den Erfolg, dachte Sophie.

»Hör mal, ich weiß von einem kleinen Auftrag, der vielleicht etwas für dich wäre. Ich gehe seit über einem Jahr zum

Friseur nach Brennerbach. Heute habe ich erfahren, dass sich eine seiner Mitarbeiterinnen in Wümmerscheid selbstständig machen möchte. Vorhin habe ich sie im Dorf getroffen. Sie ist dabei, den ehemaligen Salon ihrer Mutter wieder in Betrieb zu nehmen. Im Moment wird allerdings noch umgebaut. Ich habe ihr angeboten, dass ich hier oben im Bistro Flyer von ihrem neuen Salon auslegen würde. Und da kommst jetzt du ins Spiel: Susanne Seibel kann zwar wunderbar die Haare schneiden und ist ausgebildete Visagistin, aber sie hat keine Ahnung von Gestaltung und Grafik. Könntest du dich nicht bei ihr einmal melden?«

»Aber klar, das mach ich doch gern. Du sagst, sie eröffnet ihren Salon in Wümmerscheid? Mensch, das ist ja super. Wir können hier in beiden Dörfern neue Geschäfte und Unternehmen gut gebrauchen. Hast du eine Telefonnummer von ihr?«

Sophie, die diese Frage erwartet hatte, erwiderte: »Ja klar, die schicke ich dir gleich«, und fügte vorsichtshalber noch einschränkend hinzu: »Ich kann dir natürlich nicht versprechen, dass das ein Riesenauftrag wird, wahrscheinlich darfst du da nicht zu viel erwarten.«

»Mach dir keine Sorgen. Das ist mir schon klar. Ich habe vor zwei Jahren einen kleinen Flyer für die Neueröffnung eines Betriebs entworfen. Das war auch ein neu gegründetes Ein-Personen-Unternehmen. Wenn Frau Seibel das Layout gefällt, kann ich es mit wenig Aufwand auf ihre Bedürfnisse anpassen, das kostet nicht viel. Wir Frauen hier im Ort müssen schließlich zusammenhalten.«

Bei Leonies letztem Satz musste Sophie lachen.

»Was ist daran so komisch?«, fragte Leonie verwundert.

»Gar nichts. Ich bin nur erleichtert, denn genau dasselbe habe ich ihr auch gesagt. Ich bin froh, dass du es auch so siehst.«

»Natürlich – nur so kann's gehen. Ich werde mich auf jeden Fall noch heute bei ihr melden. Du, ich muss jetzt Schluss machen. Wir sehen uns ja am Sonntag zum Essen. Spätestens dann erzähl ich dir, was bei dem Gespräch herausgekommen ist.«

Sophie wandte sich wieder ihrem Kaffee zu und setzte sich bequem im Sessel zurecht. Zufrieden dachte sie: Ich fühle mich zwar ein bisschen wie die Spinne im Netz, wenn ich so von meinem Wohnzimmer aus die Fäden ziehe. Auf der anderen Seite bin ich schon länger im Ort und habe bessere Kontakte als Leonie. Warum soll ich das nicht ausnutzen? Der Flyer, den Leonie vorgeschlagen hat, klingt genau wie das, was Susanne Seibel braucht.

Wenn das so weiterging, gäbe es im Ort bald alles, was man brauchte. Ein guter Haarschnitt und schönes Make-up direkt vor Ort – die Frauen würden sich freuen. Was dagegen Wümmerscheid-Sollensbach mit dem Thema Mode und Lifestyle anfangen sollte, war ihr weniger klar. Sophie wählte Ritas Telefonnummer.

»Guten Tag, dies ist der Anschluss von Rita Gräfin von Fahrensbeck. Ich bin zurzeit nicht telefonisch erreichbar, Sie können mir aber eine Nachricht hinterlassen, ich rufe zurück.«

Kurz überlegte Sophie, ob sie einfach wieder auflegen sollte, aber dann entschied sie sich für eine kurze Nachricht.

»Hi, Rita, ich bin's, Sophie. Du, ich war nur neugierig, was deine Boutique betrifft. Ruf mich doch einfach mal an. Liebe Grüße!«

Nachdenklich legte Sophie das schnurlose Telefon zurück in die Ladeschale. Sie konnte sich Rita einfach nicht als Verkäuferin in einer Boutique vorstellen. Und schon gar nicht in Sollensbach zwischen Lidl und Getränkemarkt. So wie Sophie ihren Ort kannte, gab es hier niemanden, der auf der Suche nach ausgefallener Kleidung und teuren Dekoartikeln war. Diese Sorte Geschäft war etwas für die besseren Einkaufsstraßen in einer Großstadt – aber hier? Hoffentlich hat sich Rita das gut überlegt, dachte Sophie.

# Eine Kneipe in der Nähe des Koblenzer Bahnhofs

Als Christoph Kröbel die Kneipe betrat, wusste er sofort, welchen Tisch er ansteuern musste. Er hatte genug Bilder im Internet gesehen, um seinen Gesprächspartner wiederzuerkennen. Doch beim Nähertreten erkannte Kröbel, dass nicht das schummerige Licht schuld daran war, dass Diego E. Tonte schon mal besser ausgesehen hatte. Die massige Gestalt des vierzigjährigen ehemaligen Starkochs saß eingequetscht in einer Nische, das lange schwarze Haar klebte fettig auf dem Schädel. Als Tonte noch fünfundzwanzig Kilo leichter und sein Gesicht weniger aufgedunsen gewesen war, hatte er sicherlich südländischen Charme versprüht, jetzt wirkte er nur noch jämmerlich.

Kröbel wusste, dass Tontes Leben gerade knapp am Abgrund balancierte, kurz, er war der ideale Kandidat für sein Vorhaben.

Diego E. Tonte. Vor- und Nachnamen hatte der südländische Vater beigesteuert, während das E. tatsächlich für Eberhard stand, Tontes deutsche Mutter hatte darauf bestanden. Der junge Tonte war ohne Frage ein großer Könner am Herd gewesen, hatte sich in kürzester Zeit einen Stern erkocht. Die Branche hatte große Erwartungen in den jungen Wilden gesetzt, der offenbar eine Nase für kulinarische Trends hatte. Dann aber hatte Tonte seine Nase vor allen Dingen in Koks gesteckt, und das war der Anfang vom Ende gewesen.

Wenn seine Informationen stimmten, und davon ging Kröbel aus, war dieses Ende schon so nah, dass Tonte es sehen konnte. Das Licht am Ende des Tunnels – für den abgehalfterten Koch war das möglicherweise der Scheinwerfer eines herannahenden Zuges.

Kröbel setzte sich ohne Gruß auf die Bank gegenüber des Kochs. Der hatte gerade auf ex einen doppelten Bourbon hinuntergestürzt und brummte jetzt ungehalten: »Sie kommen zu spät, ich hasse es, warten zu müssen.«

»Ich bin zwei Minuten vor der vereinbarten Zeit da, und Sie haben schon zu viel getrunken. Ich hasse es, mit Geschäftspartnern zu arbeiten, die unzuverlässig sind.«

Kröbel hatte nicht vor, sich von Tonte einschüchtern zu lassen, und mit einer gewissen Genugtuung bemerkte er, dass der Koch bei seiner scharfen Erwiderung in sich zusammensackte. Nachdem klargestellt war, wer hier am Tisch das Sagen hatte, schaltete Kröbel um auf Charmeoffensive.

»Wir können ja gleich noch einmal etwas bestellen, aber zunächst möchte ich Ihnen einen Vorschlag unterbreiten, der Sie sicher interessieren wird.«

Tontes Gestalt richtete sich auf. Mit deutlich freundlicherem Tonfall sagte er: »Ihr Anruf kam ein wenig überraschend, aber ich freue mich, Sie kennenzulernen. Also, was kann ich für Sie tun?«

»Ich brauche einen Küchenchef, jemanden, der eine neue Küchenmannschaft und das Servicepersonal leiten kann und der weiß, wie man ein Restaurant zum Erfolg führt. Sie haben für gekrönte Häupter gekocht, mit vierundzwanzig einen Stern bekommen, und Sie wissen, wie der Hase läuft.« Dass Diego E. Tonte für sein cholerisches Auftreten in der Küche geradezu berüchtigt gewesen war, erwähnte Kröbel nicht. Solange der Erfolg angehalten hatte, hatte man das dem Koch nachgesehen, und so würde er es auch halten.

»Ich soll also für Sie ein Restaurant nach oben bringen. Was ist das für ein Laden?«

Statt einer Antwort zog Kröbel sein Handy aus der Tasche. Er öffnete seine Bildergalerie und schob dann das Handy über die Tischplatte zu Tonte.

»*Tante Dottis Bistro*, deutsch-französische Landhausküche, regionale Produkte. Das Haus liegt in Wümmerscheid-Sollensbach, ein kleiner Ort oberhalb der Mosel.«

»Das Haus ist hübsch, aber die Einrichtung ist ein Albtraum«, murmelte Tonte, während seine dicken Finger über das Display wischten, um die Fotos aufzurufen. »An der Inneneinrichtung müssen wir arbeiten. Die Küche ist groß genug, aber ich will modernere Geräte. Die Kaffeemaschine ist erstklassig, die können wir behalten.«

Offenbar hatten die Fotos das Interesse des ehemaligen Starkochs geweckt.

Plötzlich hielt Tonte inne und schaute hoch. »*Tante Dottis Bistro*, sagten Sie? Das ist doch der Laden, wo Heidi Schwarzbeck und Jean-Pierre Garbon mitgemischt haben?«

»Ganz genau, haben Sie ein Problem damit?«

»Im Gegenteil, ich würde mich freuen, denen eins auszuwischen. Selbstgerechtes Pack.«

»Schön, dann sind das meine Bedingungen: Sie feuern die Angestellten und sorgen für eine neue Mannschaft. Ich will ein deutliches Umsatzplus im ersten Jahr, um die Investoren zufriedenzustellen, und einen Stern im zweiten Jahr. Danach werden wir die Marke gewinnbringend verkaufen. Sie werden in dieser Zeit nicht mal an Koks denken, und ich sorge dafür, dass man wieder von Ihnen und Ihrem Comeback spricht.«

»Sie wollen Profit rausschlagen und dann den Laden verkaufen, um möglichst viel herauszuholen?«

»Warum sollte ich nicht?«

»Was springt für mich dabei raus?«

Kröbel holte einen Kugelschreiber aus der Innentasche seiner Jacke und schrieb eine Zahl auf einen Bierdeckel. An dem zufriedenen fetten Grinsen des Kochs erkannte er, dass er dessen Erwartungen weit übertroffen hatte.

»Ihre Art der Überzeugungsarbeit gefällt mir.«

»Denken Sie daran, das Geld ist weg, sobald Sie sich die erste Linie durch die Nase gezogen haben.«

»Und was ist mit der jetzigen Besitzerin, wird die bei meiner Einstellung nicht auch ein Wörtchen mitreden wollen?«

»Darüber machen Sie sich mal keine Sorgen. Das Bistro wird schon bald ganz alleine mir gehören.«

# Darf ich bitten?

Leonie parkte ihr Auto auf dem Besucherparkplatz der Abtei Brennerbach. Neugierig schaute sie sich um. Bislang war sie erst ein oder zwei Mal an den hohen Mauern der alten Abtei vorbeigefahren, hatte aber nie die Zeit gefunden, sich hier umzuschauen. Von Sophie wusste sie, dass das angeschlossene Seminarzentrum des Bistums regelmäßig Gäste für den Mittagstisch ins Bistro schickte, aber das war auch alles, was ihr über die Abtei bekannt war.

Es gibt hier also ein Seminarzentrum und ein Lustschlösschen, interessante Mischung, dachte Leonie amüsiert, und blickte suchend um sich.

Am hinteren Ende des Parkplatzes fand sich ein halbhohes schmiedeeisernes Gartentor. Von dort wies ein großes emailliertes Hinweisschild den Weg zum Lustschlösschen. Leonie durchquerte das offene Tor und folgte dem mit alten Sandsteinplatten gepflasterten Weg.

Es war ein Vorfrühlingstag wie aus dem Bilderbuch. Auf der Wiese rechts und links vom Weg entdeckte sie die ersten Krokusse.

Der diesige Morgen mit seinem Frühnebel hatte sich in einen sonnigen Nachmittag verwandelt. Es war richtig warm geworden. Den Mantel kann ich getrost über den Arm nehmen, entschied Leonie. Sie hatte letzte Woche nach Sophies Besuch eine angenehme halbe Stunde vor dem großen Spiegel in ihrem Schlafzimmer verbracht und die drei Kleider durchprobiert. Ihre Wahl war zum Schluss auf das cremefarbene Cocktailkleid mit dem Rosenmuster gefallen. Zufällig besaß sie ein kurzes Strickjäckchen aus einer Mischung von Wolle und Seide, das die Farbe der kleinen Rosenblüten aus dem Stoffmuster wieder aufgriff. Die Jacke war kurz genug, um den schwingenden, genau knielangen Glockenrock zu betonen. Dazu trug sie die teuren rosa Wildlederpumps, ein Spontankauf noch aus der Zeit, als sie mit Michel verheiratet gewesen war. Als Frau eines gut verdienenden Zahnarztes hatte sie sich solche Schuhe gekauft, ohne auch nur einen Moment zu zögern. Mit dem guten Gefühl, perfekt angezogen an einem schönen Frühlingsnachmittag durch einen Park zu schlendern, ging sie weiter.

In ihrem Bauch kribbelte es. Sie fühlte sich wie ein Schulmädchen bei der ersten großen Verabredung mit einem Jungen. Da war Vorfreude, eine gewisse Nervosität über ihr Date und Neugierde auf das, was sie erwartete.

Der gepflasterte Weg endete an einem mit hellem Kies belegten Vorplatz. Symmetrisch auf diesem Platz hatte man große hölzerne Hochbeete arrangiert. Leonie entdeckte auch hier erste bunte Blütentupfen. Doch es waren nicht die Beete, die ihren Blick gefangen nahmen, sondern das alte Gebäude am Ende des Platzes. Das Lustschlösschen – Leonie hatte keinen Zweifel, dass es sich darum handelte – war ein kleiner quadratischer, zweigeschossiger Bau mit einem schwarzen Haubendach. Rechts und links der reich verzierten Doppeltür gab es hohe Sprossenfenster. Das Weiß der Rahmen passte gut zu der Fassade, die in einem zarten, matten rosa Farbton gestrichen war. Leonie kannte solche Tanzsäle von anderen spätbarocken Schlössern. Sicherlich hatten auch hier früher die abendlichen Einladungen des Kurfürsten einen glanzvollen Rahmen gefunden. Vor ihrem inneren Auge sah sie, wie die Fenster im Erdgeschoss und im ersten Stock, von Kerzen erleuchtet, ihren warmen Schein auf den Vorplatz warfen und dabei den Paaren, die zum Tanzvergnügen eintrafen, den Weg wiesen. Nun, sie wusste nicht, was sie heute Nachmittag erwartete, aber so viel stand fest: Dieser Ort hatte Stil.

Als Leonie über den Vorplatz Richtung Haupttür ging, sah sie kurz auf die Uhr. Viertel nach drei, sie war also mehr als pünktlich. Ein Mann in Frack und Fliege kam genau in diesem Moment um das Gebäude herum, stellte einen Plakatständer vor die Sandsteinstufen am Eingang und öffnete die beiden weißen Flügel.

Leonie blieb kurz stehen und las: *Salonorchester Brennerbach bittet zum Konzert und Tanztee im März.* Salonorchester, dachte sie, deshalb also das Kleid, und sie war froh darüber, dass sie dank Sophie perfekt für diesen Anlass gekleidet war. Hinter der Tür gab es eine kleine Halle mit schwarz-weißen Bodenfliesen, Stuckverzierungen an den Wänden und einer breiten, geschwungenen Treppe in den ersten Stock. Neben der Tür hatte der Mann im Frack Posten bezogen.

»Hallo, ich bin Leonie Bernard, Jan Köllner hat für mich eine Karte hinterlegt.«

Der Mann öffnete eine Geldkassette, hob einen Einsatz heraus und blätterte in einem Stapel von hellgrauen Kärtchen. Sekunden später hielt ihr der lächelnde Herr im Frack bereits die Eintrittskarte entgegen.

»Bitte sehr, hier ist Ihre Eintrittskarte, und viel Vergnügen mit dem Salonorchester Brennerbach. Waren Sie schon einmal hier im Lustschlösschen?«

»Nein, es ist für mich das erste Mal.«

»Dann haben Sie mit unserem Konzert die richtige Wahl

getroffen.« Er deutete auf eine zweite Doppeltür. »Dort drüben geht es zum Tanzsaal. Sie können sich an einem der Tische einen Platz aussuchen. Ich denke, dass in wenigen Minuten die Bedienung da sein wird, um Ihre Getränkebestellung aufzunehmen. Die Waschräume finden Sie übrigens im ersten Stock, einfach hier die Treppe hinauf. Jetzt viel Vergnügen.«

Leonie öffnete die Tür zum Tanzsaal. Auf der einen Seite des großen Raumes waren vom Boden bis zur Decke Spiegel mit reich verzierten goldenen Rahmen angebracht, auf der anderen Seite boten große Fenster einen Blick auf den Garten mit Blumenbeeten und Hecken. Später im Jahr, wenn hier alles blüht, ist es bestimmt noch viel schöner, dachte Leonie. Die kleinen runden Tische waren entlang der Wände aufgestellt, sodass man in der Mitte noch genügend Platz für die Tanzfläche hatte. Der alte Eichenparkettboden schimmerte golden im Sonnenlicht, das durch die großen Fenster drang. An einer Wand war ein Podest aufgebaut. Leonie zählte zwölf Stühle und Notenständer, von den Musikern aber fehlte noch jede Spur. Weil sie noch ganz allein im Raum war, ließ sie sich Zeit und suchte sich in aller Ruhe einen Tisch aus, von dem aus sie einen idealen Blick auf das Orchester haben würde.

Kaum hatte sie sich hingesetzt, erschien auch schon ein Kellner, der sie zur Begrüßung anlächelte und sogar eine kleine Verbeugung andeutete.

»Willkommen im Lustschlösschen der Abtei Brennerbach. Was darf ich Ihnen zu trinken bringen? Kaffee oder Tee? Wir haben natürlich auch Champagner.«

»Haben Sie englischen schwarzen Tee?«

»Selbstverständlich. Darf ich Ihnen ein Kännchen bringen? Möchten Sie Milch und Zucker dazu?«

»Sehr gerne. Ach, und verraten Sie mir doch, was heute eigentlich auf dem Programm steht. Ich bin eingeladen worden, habe aber keine Ahnung, was das Salonorchester heute spielt.«

»Das Salonorchester hat immer Stücke aus den Zwanziger- und Dreißigerjahren und französische Chansons im Programm.«

»Oh, herrlich, ich liebe Chansons.«

»Kennen Sie Josie Lambert, die Sängerin aus Trier? Nein? Nun, Josie wird heute singen. Ich habe sie im letzten Herbst gehört, mir hat es wirklich gut gefallen.« Der Kellner bedachte Leonie noch einmal mit einem professionell freundlichen Lächeln. »Wenn Sie mich entschuldigen würden, ich bringe dann gleich Ihren Tee.«

Leonie lehnte sich zurück und ließ den Blick erneut durch den großen Tanzsaal schweifen. Französische Chansons ... Es versprach, ein schöner Nachmittag zu werden.

\*\*\*

Der Kellner hatte nicht zu viel versprochen: Josie Lamberts Stimme harmonierte wunderbar mit der Musik des Salonorchesters. Während Jan mit seinem Cello Platz nahm, hatte er schon Leonie im Saal entdeckt und ihr zugezwinkert. Leonie war nicht sonderlich musikalisch. Als kleines Mädchen hatte sie zwei Jahre lang Klavierunterricht gehabt, das war ihr ganzer Kontakt zur Welt der Musik gewesen, bevor die Leidenschaft fürs Zeichnen gesiegt hatte. In ihren Ohren klang das Salonorchester ganz wunderbar. Leonie und die übrigen Gäste klatschten begeistert Beifall.

»Jetzt kommen wir zu den letzten zwei Stücken des heutigen Nachmittags. Das erste ist ein Lied der großen französischen Sängerin Dalida, und mit dem zweiten Stück *Tous les garçons et les filles* ist die wunderbare Françoise Hardy hier in Deutschland vor vielen, vielen Jahren bekannt geworden. Ich sage an dieser Stelle schon einmal herzlichen Dank, schön, dass Sie da waren.«

Josie Lambert, eine kleine, zierliche Frau mit einer volltönenden Altstimme, verbeugte sich.

Die letzten zwei Stücke? Leonie schaute überrascht auf die Uhr. Die Zeit war wie im Flug vergangen. Sie hatte sich ganz der Musik hingegeben und immer wieder Jans Blick gesucht, der ihr zugelächelt hatte. Ein Lächeln, das Leonie das Gefühl vermittelte, er würde nur für sie hier im Saal Cello spielen. Draußen war es mittlerweile dämmerig geworden. Kerzen auf den Tischen und das gedämpfte Licht der Wandlampen verliehen dem Saal eine magische Atmosphäre.

Als die letzten Töne der Chansons verklungen waren, brandete erneut Applaus auf.

Die Musiker erhoben sich und verbeugten sich mehrmals. Der Pianist des Salonorchesters trat ans Mikrofon.

»Wir vom Salonorchester Brennerbach sagen Adieu. Der erste Teil des Konzerts ist jetzt zu Ende. Aber Sie müssen noch nicht nach Hause gehen. Bleiben Sie noch, trinken Sie etwas, unterhalten Sie sich ein bisschen. Es gibt jetzt eine kurze Pause, und dann beginnt der zweite Teil. Dann mache ich hier weiter mit Klaviermusik am frühen Abend, und ich verspreche Ihnen, ab jetzt ist alles zum Tanzen geeignet.«

Die Musiker verließen den Saal. Rundherum begannen leise Gespräche, es wurde gelacht, und Stühle wurden zurechtgerückt. Die Kellner begannen wieder, Bestellungen aufzunehmen.

Leonie fing kein Gespräch mit ihren Tischnachbarn an, sondern reckte den Kopf und hielt Ausschau nach Jan.

»Das Kleid steht dir hervorragend.« Seine Stimme ließ sie herumfahren, sie hatte gar nicht bemerkt, dass Jan von hinten an ihren Tisch getreten war.

»Danke für das Kompliment und für den wunderbaren Nachmittag. Ich hätte euch noch stundenlang zuhören können.«

»Freut mich, dass es dir gefallen hat. Ich gebe das Lob gerne weiter, die Kollegen sind ja, wie ich, lauter Hobbymusiker. In so einem Konzert steckt eine Menge Arbeit.«

»Du spielst also Cello.« Was für eine bekloppte Feststellung, dachte Leonie, noch während sie das sagte, und kam sich unbeholfen und schüchtern vor. Jan dagegen hatte anscheinend nichts daran auszusetzen.

»Ja, Cello hier im Salonorchester Brennerbach, und E-Bass in einer Band. The Mad Creek heißt sie, und wir spielen Cover-Versionen von Rockstücken.«

»Das möchte ich auch gern einmal hören, wobei ich diesen Nachmittag und vor allem die französischen Chansons sehr schön fand.«

»Musst du denn gleich wieder los?«

»Nein, Marie ist bei Sophie und Peter in guten Händen, wieso?«

Plötzlich war sie da, diese Spannung zwischen ihnen.

»Jörg, unser Pianist, wird wie angekündigt noch Tanzmusik spielen.« In diesem Moment füllten die ersten Klaviertöne den Saal.

Jan lächelte Leonie an und hielt ihr die rechte Hand entgegen. »Wenn du noch Zeit hast, dann darf ich um diesen Tanz bitten.«

# Sophies Tagebuch – Sonntag, 17. März

Als ich mich mal bei dir, Dotti, darüber beschwert habe, dass sich ein anderes Mädchen in der Schule meinen Traumjungen geschnappt hatte, hast du nur gelacht.

Ich war damals empört, aber du hast mich lachend in den Arm genommen und mir versichert, dass man Liebe nicht erzwingen kann. Der Junge hatte nur Augen für die andere, also sollte es wohl so sein.

Ich weiß heute noch, dass ich das eine völlig beknackte Erklärung fand. Ich dachte damals, du hättest eben keine Ahnung von den Gefühlen einer Siebzehnjährigen, aber mittlerweile weiß ich, dass du recht hattest. Man kann Liebe nicht erzwingen, das stimmt schon.

Heute Abend aber würdest du zugeben müssen: Erzwingen kann man sie nicht, aber man kann den Weg für die Liebe freimachen, Hindernisse aus dem Weg räumen. Weißt du, ich habe doch bemerkt, wie Leonie auf unserer Hochzeit Jan angesehen hat, wie sie mit einem Schlag alles um sich herum vergessen hat.

Okay, ich habe im Hintergrund ein wenig die Fäden gezogen, aber doch nur ganz miniwinniwenig, wie Marie immer sagt. Zwingen kann man das wirklich nicht nennen.

Das war doch mehr ein Schubs in die richtige Richtung, dagegen hättest selbst du nichts einzuwenden gehabt. Seien wir mal ehrlich: Jan hätte bei der Tauffeier den Wein einfach wortlos in der Küche abstellen und sich dann zu den übrigen Gästen setzen können – hat er aber nicht! Er hat mit Leonie Zwiebeln geschält. Also, Dotti, was sagt dir das?

Genau – ich finde, die beiden passen super zusammen.

Und wenn du gesehen hättest, mit welchem Glanz in den Augen Leonie heute Abend bei uns auftauchte, um Marie abzuholen. Du würdest mir zustimmen: Ein bisschen Nachhelfen ist erlaubt. Leonie war beschwingt und hatte ein Lächeln um die Mundwinkel, das ich so bei ihr noch nie gesehen habe.

Sie hat nicht besonders viel von dem Nachmittag erzählt. Wir haben nur erfahren, dass es nach dem Konzert noch eine Stunde Tanzmusik gab, aber das sagt doch schon alles.

Als Peter gefragt hat, ob wir Marie demnächst noch mal zu uns nehmen sollen, hat sie ohne zu zögern den übernächsten Samstag vorgeschlagen, da gebe es ein Konzert der Rockband, in der Jan ebenfalls spielt. Für mich klingt das nach einem sehr gelungenen ersten Date. Da ist vermutlich mehr als nur reines musikalisches Interesse im Spiel.

Peter hat von einer Kollegin in der Agentur ein paar Bilderbücher für unser Baby geschenkt bekommen. Auch wenn es ja noch ein bisschen früh ist für Spielzeug, fand ich das riesig nett von ihr. Warum ich das jetzt erwähne? Weil ich vor dem Tagebuchschreiben in einem Winnie-Puuh-Buch geblättert habe. Da stand etwas sehr Schönes.

Ferkel: »Sag, Pu, wie buchstabiert man ›Liebe‹?«
Pu: »Man buchstabiert sie nicht, man fühlt sie.«

# Und vermeiden Sie Stress

Das schwarz-weiße Bild auf dem Monitor war unscharf, und von der Qualität her hätte es genauso gut eine Übertragung vom Mond sein können, aber es war das Allerschönste, was Sophie sich vorstellen konnte. Mit feuchten Augen drückte sie Peters Hand.

»Und es ist wirklich alles in Ordnung?«, fragte Peter mit belegter Stimme.

»Absolut, Herr Langen.« Dr. Schwolle, Sophies Frauenärztin, lächelte beruhigend.

»Von Metten – ich heiße jetzt von Metten. Ich habe den Namen meiner Frau angenommen, der gefällt mir viel besser.«

»Was? Ach so, pardon, Herr von Metten. Also, Sie beide müssen sich keine Sorgen machen, Ihr Baby ist wohlauf. Wollen Sie noch wissen, ob es ein Junge oder ein Mädchen ist? Sehen können wir das.«

Sophie wechselte einen raschen Blick mit Peter und schüttelte dann den Kopf.

»Wir sind froh, dass das Kind gesund ist, das Geschlecht

spielt keine Rolle. Nein, wir möchten nicht vorher wissen, ob Junge oder Mädchen.«

»Gut, Ihre Entscheidung.« Die Ärztin tippte ein paar Notizen auf der Tastatur ein.

»So, jetzt drucken wir noch das aktuelle Ultraschallbild aus. Wobei ich sagen muss«, die Ärztin schaute ernst über den Rand ihrer Lesebrille hinweg, »dass mir das gar nicht gefällt, dass Sie beide erst heute, in der vierundzwanzigsten Schwangerschaftswoche bei mir sind. Das ist zu spät. Sie wissen doch, dass wir die Ultraschalluntersuchung zwischen der neunzehnten und der zweiundzwanzigsten Woche durchführen.«

»Es tut uns auch leid, aber ich hatte ... wir hatten einfach zu viel zu tun«, entschuldigte sich Sophie.

»Wir wären natürlich sofort gekommen, wenn Sophie sich nicht wohlgefühlt hätte«, ergänzte Peter.

»Mhm«, die Ärztin fasste die beiden streng ins Auge. »Ich glaube Ihnen beiden das alles gerne, aber solche Untersuchungen dienen dazu, Risiken frühzeitig zu erkennen. Und ich mache mir Gedanken über das, was Sie ›zu viel zu tun‹ nennen.« Dr. Schwolle beugte sich zum Drucker hinüber und nahm ein Blatt Papier heraus. Die Ärztin warf noch einen prüfenden Blick auf das Bild und sagte dann ernst: »Hören Sie, Frau von Metten, Sie sollten wirklich kürzertreten. Sie haben jetzt die Verantwortung für zwei Leben: Ihres und das des Kindes. Also hören Sie auf meinen Rat und vermeiden Sie Stress. So etwas bekommt nämlich auch das Baby mit. Stress vermindert die Durchblutung der Placenta. Es besteht die Gefahr von Frühgeburten, und Ihr Immunsystem wird geschwächt. Versprechen Sie mir, dass Sie ab jetzt mehr auf sich achten?«

»Versprochen! Nicht wahr, Peter?«

Der hielt den Ausdruck des Ultraschallbildes in der Hand und nickte entschlossen.

»Ja, wir werden es uns merken, Frau Dr. Schwolle. Stress

ist nicht gut für Mutter und Kind, und wir werden dafür sorgen, dass sich Sophie über nichts aufregen muss.«

# Rita hat Stil

Schweigend waren die beiden nach der Untersuchung nach Hause gefahren. Peter war konzentriert und schnell auf der schmalen Landstraße unterwegs gewesen, Sophie hatte ihren Gedanken nachgehangen. Es war ihr sehr peinlich, dass sie etwas so Wichtiges wie die Ultraschalluntersuchung einfach auf die lange Bank geschoben hatten, unverantwortlich war das. Wenn sie überlegte, wie es überhaupt dazu hatte kommen können, fiel ihr nachträglich kein vernünftiger Grund ein. Ja, sie hatte viel zu tun im Bistro. Ja, besonders die Ausrichtung der Tauffeier hatte ihr sehr am Herzen gelegen. Und dann war sie auch immer so müde, kaum konnte sie sich aufraffen, das Nötigste zu erledigen. Aber, so schwor sie sich, das war das erste und einzige Mal gewesen, dass sie den richtigen Zeitpunkt für eine Vorsorgeuntersuchung verpasste.

Schon von Weitem erkannte Sophie Ritas mintgrünen Fiat 500, der vor der Einfahrt zum Mühlenhof parkte. Der Fiat war Ritas liebster Zweitwagen, wenn sie nicht mit dem Bentley ihres Mannes unterwegs war.

»Schau mal, Peter, Rita ist bei uns. Ich versuche schon seit einer Woche, sie ans Telefon zu bekommen. Jetzt bin ich aber neugierig, was da los war.«

Als sie die Haustür aufschlossen, steckte Louis den Kopf aus der Küchentür.

»Rita sitzt im Gastraum«, sagte er, »ich hab ihr gesagt, dass ihr wahrscheinlich gegen elf Uhr wieder zurück sein werdet. Sie trinkt gerade ihren zweiten Espresso und telefoniert unaufhörlich mit irgendwelchen Lieferanten. Wollte ich euch nur sagen.« Er verschwand wieder in der Küche.

Peter zog die Haustür von innen zu, wandte sich zu Sophie und küsste sie sanft. »Du bist so still. Ich vermute, du denkst immer noch an den verspäteten Untersuchungstermin?«

»Ja. So etwas ist mir noch nie passiert. Das sieht mir überhaupt nicht ähnlich.«

»Weiß ich doch. Und so wie ich dich kenne, wird es auch nie wieder vorkommen.«

»Allerdings«, murmelte Sophie. »Ich schäme mich so, dass ich vor lauter Arbeit zu spät daran gedacht habe.«

»Ich hätte dich daran erinnern müssen. Schließlich ist es ja nicht alleine dein Baby. Komm, jetzt versuch nicht mehr daran zu denken. Wir haben Glück gehabt, und es ist alles in Ordnung. Wir machen ab jetzt einfach alles richtig.«

»Jawohl! Das passiert uns kein zweites Mal.«

Fürsorglich half Peter Sophie aus der Jacke und hängte sie an die Garderobe. »Geh du doch hinein zu Rita, ich nehme Herrn Württemberg und lauf runter ins Büro. In spätestens drei Stunden bin ich zurück, dann können wir zusammen essen.«

»Alles klar.«

Sophie sah ihrem Mann hinterher, der von der Garderobe die Hundeleine abnahm und in den Privaträumen verschwand.

Als sie den Gastraum betrat, hörte sie unverkennbar Ritas Stimme: »Ach, Schätzchen, natürlich brauche ich diese Ketten, aber bitte doch nicht mit billigen Glaskristallen und geschmacklosen großen Anhängern. Also wirklich! Ja, und ich brauche sie gestern. ... Du kannst mir das liefern, obwohl du gerade in Paris bist? Herrlich! ... Ja, natürlich richte ich deine Grüße aus. ... Schick mir eine Mail, wenn du mehr weißt. *Au revoir*, John.«

Sophie ließ sich auf dem Stuhl gegenüber von Rita nieder. »Hallo, ich will dich nicht stören, wenn du noch weiter telefonieren willst ...«

»Sophie! Da bist du ja. Nein, nein, ich hab mir nur ein bisschen die Zeit vertrieben. Ich habe deine nette Nachricht auf der Mailbox gehört, das ist jetzt auch schon ein paar Tage her, und weil ich sowieso nach Sollensbach musste, dachte ich mir, Rita, da kannst du genauso gut schnell bei Sophie vorbeischauen. Louis hat schon gesagt, dass du beim Arzt warst. Ist alles in Ordnung?« Rita redete wie immer ohne Punkt und Komma.

»Ja, keine Sorge, dem Baby geht es gut«, lachte Sophie angesichts von Ritas Wortschwall. »Aber was sind denn das für Pläne mit dieser Boutique? Ich habe den Aushang im Fenster gesehen, und ganz ehrlich, ich sterbe vor Neugier.«

Rita steckte ihr Handy in die Handtasche. Sie kramte ein Weilchen herum, zog ein Kompakt-Make-up hervor und überprüfte in dem kleinen Spiegel ihren Lippenstift, bevor sie gelassen antwortete: »Das war so eine spontane Idee. Weißt du, nachdem ich erfahren habe, dass das Fernsehen hier im Ort eine große Lifestyle- und Kochsendereihe drehen will, dachte ich mir, das wäre eine gute Geldanlage. Man weiß ja, wie sich so etwas entwickelt. Spätestens nach der zweiten Staffel sind solche Serien Kult, und dann kommen die Fans und wollen mehr.« Das Make-up verschwand wieder in der Tasche.

»Eine Lifestyle-Serie?«

»Ja, genau, und dann noch was mit Kochen«, bestätigte Rita vergnügt. »Ist das nicht toll? Genau mein Ding.«

»Von wem weißt du denn, dass hier eine Lifestyle-Serie gedreht wird?«, fragte Sophie und dachte dabei an die Familiensaga, von der Susanne Seibel gehört hatte, und an die von Hetti erwartete Krimiserie.

»Ein netter Herr vom Ordnungsamt hat bei Karin in der Bank etwas ausgeplaudert. Er hat ihr gegenüber nicht viel verraten, aber ich habe einfach zwei und zwei zusammengezählt.«

Das wird ja immer bunter, dachte Sophie und sagte unbestimmt: »Hm, ach so.«

Rita ließ sich von der zurückhaltenden Antwort nicht beirren. Sie holte ein kleines goldenes Notizbuch aus ihrer geräumigen Handtasche.

»Ich habe hier ...«, sie blätterte ungeduldig, »warte mal, wo ist es denn ... weißt du, ich habe im Moment so viele Ideen, die schreibe ich alle hier rein.« Seite um Seite war mit Ritas schwungvoller Handschrift bedeckt. Sie las und murmelte dabei halblaut: »Seidentücher ... nein, hier war es. Ach nee, das sind die Duftkerzen. Moment noch. Weidenkörbe ... Glastisch ... Vorhang ... Umkleidekabine ... Jetzt hab ich es aber!«, schloss sie triumphierend.

»Ihr habt doch so großartige Flammkuchenrezepte, wollen wir nicht gemeinsam mit Heidi, Louis und Jean-Pierre ein Kochbuch, nur mit Flammkuchenkreationen aus *Tante Dottis Bistro* zusammenstellen? Ich kenne eine hervorragende Fotografin. Leonie könnte das Ganze gestalten, und wir verkaufen es bei mir in der Boutique und natürlich hier im Bistro. Ich finanziere das vor, am Ende ziehen wir die Kosten ab und teilen den Gewinn.«

Sophie schüttelte ungläubig den Kopf. Auf was für Ideen Rita immer kam. Wollte sie jetzt auch noch ins Verlagswesen einsteigen? Aber bei deren Beziehungen traute sie ihrer

Freundin durchaus zu, eine brillante Fotografin zu kennen, wahrscheinlich hatte Rita sogar eine Druckerei an der Hand, überraschen würde sie das nicht.

»Warum nicht«, erwiderte sie, »unsere Flammkuchen sind erstklassig und ernten regelmäßig großes Lob. Und mit Heidi und Jean-Pierre haben wir zwei Spitzenköche mit an Bord, wobei Louis als dritter Koch im Bunde auf dem besten Weg ist, ebenfalls an die Spitze vorzustoßen. Ich hoffe nur, dass ich ihn noch möglichst lange hier bei mir halten kann.«

»Ach, sicher, der ist doch mittlerweile in Wümmerscheid verwurzelt«, Rita zwinkerte Sophie zu. »Gut, dann mache ich mir mal über das Kochbuch Gedanken, das wäre vielleicht etwas fürs Weihnachtsgeschäft. Ich will ja sowieso nicht die ganze Zeit im Laden stehen, dafür habe ich schon eine Mitarbeiterin im Auge. Aber neue Projekte, die würde ich gern entwickeln.«

Sophie war ganz froh, dass sie nicht sofort aktiv werden musste. Weihnachten – Himmel, Weihnachten war ja erst gerade vorbei, und das nächste Fest lag noch Lichtjahre in der Zukunft. Dann würde hier schon ein Säugling im Haus schreien. Sie strich sich behutsam über den Bauch.

»Plan du mal alles, Rita, und sobald du mehr weißt, sagst du mir Bescheid. Aber was genau willst du denn in Sollensbach verkaufen?«

»Das ist einfach. Ich verkaufe nur Dinge, die mir selbst gut gefallen. Schmuck, ein wenig Kleidung, Wohndesign. Ich denke, die Fans werden aus der ganzen Bundesrepublik anreisen. Denen ist es egal, ob ich in Sollensbach oder in Düsseldorf bin, Sollensbach wirkt schließlich ganz authentisch, aber ich will von Leonie auch einen Online-Shop haben.«

Da bekommt Leonie ja jede Menge zu tun, dachte Sophie und freute sich für ihre Freundin.

»Ich bin gespannt. Wann soll es losgehen?«

»In der nächsten Woche. Am Mittwoch will das TV-Team schließlich anfangen.«

Das war jetzt neu für Sophie, sie nahm sich vor, über das Datum mit Peter zu sprechen.

»Du und Peter, ihr seid natürlich zur Eröffnung eingeladen.«

»Wir kommen, das ist sicher.«

\*\*\*

Die Gerüchteküche in Wümmerscheid-Sollensbach brodelte weiter. Jeden Tag kamen neue Details ans Licht, nur konnte keiner sagen, woher diese Informationen konkret stammten. Sogar im Bistro wurde Sophie von Gästen auf die bevorstehende Ankunft der Fernsehleute angesprochen.

»Sicher sind Sie sehr froh, Frau von Metten, dass die Fernsehleute mit ihren Wohnmobilen hier bei Ihnen am Mühlenhof stehen werden?« Sophie kannte den älteren Herrn, der sie angesprochen hatte, nur flüchtig, sie war ihm schon mehrmals in Sollensbach beim Einkaufen begegnet. Sie blieb an seinem Tisch stehen und erwiderte lachend: »Ich wüsste nicht, wo wir hier am Mühlenhof noch Platz für Wohnmobile hätten.«

Vom Nachbartisch mischte sich ein Ehepaar ein, denen Sophie gerade zwei Flammkuchen – einen klassischen mit geräuchertem Speck und einen mit Ziegenkäse und Honig – serviert hatte.

»Was man so hört, klingt schon enorm. Allein für die Livesendung auf dem Dorfplatz sollen ja zwei große Lkws mit Technik geordert worden sein.«

»Und am Mittwoch um elf Uhr soll der Startschuss fallen. Die haben das extra auf elf Uhr vormittags gelegt, weil die von der Eurovision dann später keine Probleme bei der Übertragung haben. Ist natürlich noch nicht spruchreif, habe ich aber selber beim Friseur in Brennerbach gehört.« Die Frau schaute zwischen zwei Bissen Flammkuchen beifallsheischend in die Runde, und ein paar Gäste nickten zustimmend.

Als Sophie zurück in die Küche ging, schüttelte sie nur sprachlos den Kopf.

»Was ist los, Chefin?«, fragte Melanie.

»Ach, es geht nur um diese Fernsehserie. Gerade eben musste ich erfahren, dass der Mühlenhof Herberge für zahlreiche Wohnmobile sein wird und dass man natürlich alles auch europaweit ausstrahlen möchte.«

»Glaubst du das? Ich habe in den letzten Tagen so viele verschiedene Sachen gehört, dass ich fast den Eindruck habe, nichts davon ist wahr. Die Menschen in Wümmerscheid und Sollensbach können wahrscheinlich froh sein, wenn überhaupt ein Fernsehteam auftaucht.«

Melanie nahm die nächsten Teller und ging aus der Küche. Für sie war das Thema damit abgehakt. Ganz unrecht hat sie nicht, dachte Sophie, die ganze Aufregung wird immer absurder. Sie konnte es den Menschen im Dorf nicht verdenken, es wäre eine willkommene Abwechslung im Alltag.

Sie selber hatte sich schließlich auch dabei ertappt, wie sie aufgeregt und neugierig jedes noch so kleine Detail verfolgt hatte. Sophie nahm sich vor, gelassener an die ganze Sache heranzugehen.

Das Einzige, was in den nächsten Tagen immer wieder bestätigt wurde, war, dass die Fernsehleute nächsten Mittwoch um elf Uhr unten auf dem Dorfplatz vor dem Rathaus eintreffen würden.

# Warum bist du so fröhlich?

»Du, Mama, warum bist du so fröhlich?« Marie schaute ihre Mutter mit schräg gelegtem Kopf prüfend an.

Leonie, die gerade auf dem Weg zum Schreibtisch war, blieb überrascht stehen. »Ich, fröhlich? Bin ich denn sonst nicht fröhlich?«

»Du hast schon gaaanz lange nicht mehr unter der Dusche gesungen. Und du lächelst immer, auch wenn keiner guckt. Ich hab das gesehen.«

Leonie ging zu ihrer Tochter und gab ihr einen Kuss auf die Nase. »Soso, da bin ich aber froh, dass du so genau aufpasst. Ja, ich denke, mir geht es heute besonders gut. Weißt du, als Erwachsener hat man Tage, an denen man gar nicht merkt, dass man nicht fröhlich ist. Man ist dann natürlich auch nicht besonders traurig, mehr so ein Ding dazwischen.«

»Merkt man das denn gar nicht selber?«

»Das ist wohl bei jedem verschieden. Und wenn man es merkt, hat man gerade so viel zu tun, dass man vergisst, darüber nachzudenken.«

Marie rutschte vom Küchenstuhl, nahm ihren Lieblingsstoffhasen und ging zur Tür. »Ich glaube dir ja, dass das so ein Erwachsenending ist. Aber ich finde es gut, dass du fröhlich bist, Mama.« Sie hatte die Türklinke schon in der Hand. »Ich geh rüber zu Peter und spiele ein bisschen mit Herrn Württemberg im Garten, darf ich?«

»Ja, darfst du, aber achte bitte darauf, dass der Hund im Garten bleibt und nicht auf die Straße läuft. Das gilt auch für dich, kleine Dame.«

»Na klar, ich bin ja kein Baby mehr.«

Nein, dachte Leonie, als ihre Tochter hinter sich die Tür zuzog. Du bist kein Baby mehr, sondern aufmerksamer als viele Erwachsene. Habe ich mir so sehr anmerken lassen, wie tief mich die Trennung von Michel verletzt hat? Marie hat recht. Ich habe schon lange nicht mehr unter der Dusche gesungen. Gott, das ist mir nicht einmal aufgefallen.

Leonie dachte an den Abend mit Jan, an diese magische Atmosphäre im Tanzsaal, seine Hände, die sie sicher beim Tanzen geführt hatten. Da war etwas zwischen ihnen, so viel stand fest. Sie freute sich auf ein Wiedersehen mit ihm. Zum ersten Mal seit Monaten konnte sich Leonie vorstellen, wieder in den Armen eines Mannes zu versinken. Ob Jan das auch so empfand? Nun, sie würde Gelegenheit haben, das herauszufinden. Allein dieser Gedanke versetzte sie in Hochstimmung.

»Kein Wunder, dass ich heute unter der Dusche gesungen habe«, murmelte sie, während sie die Treppe zu ihrem Arbeitszimmer hochstieg.

# Brieffreundinnen – Montag, 25. März

Von: LB@GrafikbueroBernard.com
Betreff: Neue Aufträge
An: Sophie@Tante-Dottis-Bistro.de

Hi Sophie,
ich wollte mich mal kurz bei dir bedanken. Der Flyer-Auftrag für Susis Hair & Beauty ist schon im Druck, und eben hat sich Rita bei mir gemeldet, sie will einen kompletten Onlineshop haben. Das ist deutlich aufwendiger als ein Flyer, das weiß auch Rita, aber sie möchte das Geld investieren. Ich hatte ja zuerst Skrupel, so einen großen Auftrag von Mamas Freundin anzunehmen und normal abzurechnen, aber Rita hat mir versichert, dass sie das Ganze rein beruflich sieht. Und ich soll nicht wagen, ihr zu wenig zu berechnen, nur weil sie und Mama Freundinnen sind. Und dann hat sie von deinem neuen Kochbuch erzählt, das ich gestalten soll. Davon hast du ja nie etwas gesagt, klingt aber spannend.
Auf der anderen Seite habe ich das Gefühl, du bist we-

gen der Schwangerschaft oft ziemlich müde. Und jetzt fängst du auch noch ein Buchprojekt an.
Wie geht es dir denn? Nimmst du dir nicht ein bisschen zu viel vor? Das musst du natürlich selber am besten wissen, aber als deine Freundin möchte ich doch eines loswerden: Schwanger sein ist harte Arbeit. Selbst wenn man sonst nichts weiter zu tun hat. Also: Pass bloß auf dich auf.

LG
Leonie

Von: Sophie@Tante-Dottis-Bistro.de
An: LB@GrafikbueroBernard.com
Betreff: Re: Neue Aufträge

Hi Leonie,
ja, Rita hatte davon gesprochen, dass sie einen Onlineshop haben will. Ich weiß auch, dass sie es sich leisten kann, deine Arbeit zum normalen Tarif zu bezahlen. Darüber musst du dir überhaupt keine Gedanken machen. Sie ist bestimmt glücklich darüber, dass sie dich auf diese Weise unterstützen kann. Ist doch wirklich nett von ihr. Was das Buch angeht, hat mich Rita damit auch überrascht. Meine Idee war es nicht, und sie will es auch nicht sofort, sondern erst vor Weihnachten herausbringen. Weihnachten – bis dahin ist ja noch ewig Zeit. Es soll so eine Art Gemeinschaftsprojekt werden, Heidi und Jean-Pierre will sie auch ansprechen. Hast du denn schon was von den beiden gehört?
Du hast gefragt, wie es mir geht. Also, für mich persönlich ist das Tollste: Die Morgenübelkeit ist deutlich weniger geworden. Das ist mir ganz schön auf die Nerven gegangen, ich bin froh, dass es jetzt besser ist. Aber ich

komme nicht mehr in meine normalen Jeans hinein, nicht mal die extra-weiten, die ich mir gekauft habe. Ich dachte, ich brauche nicht diese hässlichen Schwangerschaftshosen anzuziehen, sondern ich kauf einfach eine Nummer größer. Tja, da habe ich falsch gedacht. Der Babybauch ist nicht wie ein normales Bäuchlein, so eines, wenn man sich mal im Urlaub ein paar Pfund angefuttert hat. Mein Babybauch mag überhaupt keine feste Jeanshose um sich herum haben, das ist mir richtig unangenehm.
Und heute hätte ich in der Küche vor Schreck fast einen Teller fallen gelassen, weil mich das Baby so heftig getreten hat. Das kam so plötzlich, dass es sich gerührt hat. War das bei dir mit Marie auch so?
Viele Grüße von deiner sehr schwangeren Sophie

Von: LB@GrafikbueroBernard.com
An: Sophie@Tante-Dottis-Bistro.de
Betreff: Re: Re: Neue Aufträge

Hi Sophie,
ja, ich habe von Mama und Jean-Pierre gehört, sie kommen wahrscheinlich am nächsten Montag aus Frankreich zurück. Eigentlich wollten sie sich ja schon viel eher auf den Weg machen, aber es gab Probleme in einem der Bistros, und die mussten sie noch klären.
Ob du es glaubst oder nicht, ich habe ganz viel aus der Schwangerschaft mit Marie schon wieder vergessen, aber die Tritte, ja, an die kann ich mich noch gut erinnern. Und wie sie immer ganz unerwartet kamen.
Noch eine Frage: Fühlst du dich denn überhaupt fit genug, um Marie am Wochenende zu übernehmen? Ich hab ein schlechtes Gewissen, weil ich euch Marie überlasse, während ich mich vergnüge.

Ich weiß gar nicht, wann ich das letzte Mal auf einem Rockkonzert gewesen bin, das muss schon Ewigkeiten her sein. The Mad Creek heißt die Band. Klingt ja witzig. Ich muss unbedingt herausfinden, woher der Name kommt.
LG Leonie

Von: Sophie@Tante-Dottis-Bistro.de
An: LB@GrafikbueroBernard.com
Betreff: Re: Re: Re: Re: Neue Aufträge

Mach dir übers Babysitten mal keine Sorgen, Peter hat extra schon Spiele herausgesucht. Außerdem will er Marie das Pokern beibringen, damit sie demnächst mit Heidi, Rita und Karin spielen kann.
The Mad Creek – ich habe Peter nach dem Namen gefragt. Die Bandmitglieder kommen fast alle aus Sollensbach. Sie haben nach einem englischen Namen gesucht. Und die Bewohner sind in Sollensbach alle ein bisschen verrückt, zumindest in den Augen der Band, deswegen heißen sie »mad«. Englisch »creek« bedeutet ja so viel wie »Bach« – daher also der Name.
Der Drummer kommt übrigens aus Wümmerscheid, aber es gab wohl keine passende englische Übersetzung für Wümmer (hihi). So konnte er im Namen leider nicht berücksichtigt werden. Jetzt weißt du Bescheid über die Band. Hoffentlich sind sie genau so gut wie ihr Name!

Liebe Grüße
Sophie

# Der Ripper im Weinberg

»Hast du es schon gehört, Sophie, heute Vormittag um elf soll das Fernsehteam hier eintreffen. Alle wollen zum Dorfplatz gehen und sie willkommen heißen.« Peter schaute gerade im Sessel die Post durch, während Sophie am Schreibtisch saß und einige Rechnungen überwies.

»Ja, klar, davon reden doch alle die ganze Zeit. Rita hat mir dasselbe erzählt. Das war schließlich der Grund, warum sie ihre Boutique so eilig eröffnet hat. – Warte mal kurz, ich muss eben die Kontonummer prüfen, bevor ich die Überweisung bestätige. Muss mich konzentrieren.« Wie immer, wenn sich Sophie völlig in eine Aufgabe vertiefte, schob sie die Zungenspitze unbewusst ein klein wenig hervor. Sie verglich die Zahlen auf der Rechnung mit denen auf dem Bildschirm und bestätigte den letzten Arbeitsschritt mit einem energischen Tastendruck.

»So, das wäre erledigt, jetzt bin ich wieder bei dir. Wo waren wir eben? Ach ja, Ritas Boutique. Rita geht fest davon aus, dass hier im Ort eine Lifestyle- und Kochsendung aufgezeichnet wird. Sie möchte sogar ein Kochbuch mit unseren Flammkuchenrezepten herausbringen. Heidi und Jean-Pierre sollen mithelfen, Leonie soll die Gestaltung übernehmen, und Rita will das Ganze verlegen. Sie hat schon eine Fotografin im Auge, die die Fotos für das Kochbuch machen könnte.«

Peter legte einen Brief zur Seite und ließ sich das Gesagte durch den Kopf gehen. »Rita mit ihren Beziehungen ist schon immer ein Phänomen gewesen, aber was sie momentan in Gang setzt, toppt alles, was ich bisher von ihr erlebt habe.«

Er öffnete den nächsten Umschlag und warf einen kurzen Blick darauf, bevor er ihn direkt an Sophie weiterreichte. »Hier, die Rechnung für die Waschmaschinen-Reparatur ist gekommen. Hundertsechsundachtzig Euro – das geht ja noch. Kannst du gleich mit überweisen, wenn du schon dabei bist.«

Doch Sophie war in Gedanken noch bei den Fernsehaufnahmen. Nachdenklich sagte sie: »Kommt dir das denn nicht auch merkwürdig vor? Zuerst waren unsere beiden Dörfer einander jahrelang spinnefeind, und jetzt herrscht Friede, Freude, Eierkuchen, und jeder bereitet sich auf die große Fernsehserie vor. Gemeinsam. Ganz Wümmerscheid-Sollensbach. Ich kann es kaum glauben.« Peter schwieg, dem gab es nichts hinzuzufügen. »Wobei, so ganz und gar gemeinsam ist es auch wieder nicht«, fuhr Sophie fort, »jeder will etwas anderes gehört haben. Hetti rechnet mit einem Ableger von *Mord mit Aussicht* und sieht sich schon als psychopathische Serienmörderin durch die Gassen streifen. Susanne Seibel hat von einer Familiensaga rund um eine Winzerfamilie gehört, und Rita geht von Lifestyle aus.«

»Der Ripper im Weinberg, aber gut angezogen.« Peter grinste breit.

Sophie verdrehte die Augen. »Ach, du Blödmann, du weißt genau, was ich meine.«

»Ja, nämlich, dass eigentlich keiner etwas weiß, und das bedeutet ...«

»Was?«

»Das bedeutet, wir können uns auf eine Überraschung gefasst machen.«

\*\*\*

Also gingen auch Sophie und Peter an diesem Tag zum Dorfplatz.

Das letzte Mal, dass Sophie so viele Menschen auf dem Platz vor dem gemeinsamen Rathaus von Wümmerscheid-Sollensbach gesehen hatte, war an den Adventssonntagen gewesen. Damals hatten sich beide Dörfer unabhängig voneinander bei einem Wettbewerb angemeldet. Heute aber ging es nicht um die Goldene Weihnachtskerze, und niemand hatte zu diesem Treffen eingeladen oder eine Ansprache vorbereitet. Die Menge hier war das Ergebnis von Gerüchten, Mundpropaganda, sozusagen ein Neugier-Flashmob.

Sophie hatte sich bei Peter eingehakt. Neben ihr stand Leonie, während Marie fröhlich auf der Brüstung des Springbrunnens herumturnte.

»Ist das nicht seltsam? Es gibt keine offizielle Bekanntmachung, kein Ankündigungsschreiben, nichts – und trotzdem sind alle hier«, sagte Sophie zu Peter.

»Tja, die Buschtrommeln haben ganze Arbeit geleistet.«

»Mir hat Susi Seibel gesagt, dass die Fernsehleute einen Brief ans Rathaus geschrieben hätten, wegen Drehgenehmigungen, der Sperrung von Straßen und Arbeiten im Sollensbacher Bruch. Der Sollensbacher Bruch, was ist das überhaupt?« Leonie schaute Sophie und Peter fragend an.

»Das ist der Name des Feuchtgebietes oberhalb vom Mühlenhof«, erklärte Sophie. Eine Erinnerung schoss ihr plötzlich durch den Kopf. Sie hatte doch kürzlich erst mit jemandem über den Sollensbacher Bruch gesprochen. Es war noch nicht allzu lange her, einen Monat vielleicht. Wo war das bloß gewesen? Und mit wem hatte sie gesprochen? Genau! Da war doch dieser Fremde gewesen, der frühmorgens durch ihren Garten gekrochen war. Daran hatte sie ja gar nicht mehr gedacht.

Bevor sie Peter davon erzählen konnte, wandte der sich zu ihr: »Da siehst du, wie sich so was entwickelt«, sagte er. »Jemand im Rathaus liest den Brief, erzählt ein paar Einzelheiten in der Metzgerei, und schon steht halb Wümmerscheid-Sollensbach zur Begrüßung bereit.«

»Mama! Ich glaube, sie kommen!«, rief Marie und zeigte auf einen blauen Transporter, der um die Ecke bog.

»Also eine Kolonne Wohnmobile sieht anders aus«, bemerkte Sophie trocken und war insgeheim erleichtert, dass dieser Teil der Gerüchte schon mal nicht stimmte. Der Transporter hupte kurz zur Begrüßung und bremste dann, die Seitentür öffnete sich. Einzelne in der Menge klatschten Beifall. Aus dem Auto sprang ein Mann, gekleidet in Anorak, Jeans und Gummistiefel. Die braunen Haare brauchten dringend einen Friseur.

»Moment mal, den kenne ich doch«, entfuhr es Sophie.

»Echt jetzt?«, fragte Peter erstaunt und schaute Sophie von der Seite an. »Ich dachte immer, du kennst niemanden beim Fernsehen.«

»Stimmt ja auch, ich kenne ihn nicht vom Fernsehen. Der Mann da drüben ist vor ein paar Wochen schon mal durch unseren Garten gekrochen. Ist noch gar nicht so lange her.«

Peters Gesicht war nur noch ein einziges Fragezeichen. Leonie prustete neben ihnen vor Lachen los, und Sophie musste einfach mitlachen. Peters fassungsloses Gesicht war aber auch zu komisch.

»Schschsch. Ruhe da hinten!«, rief eine Stimme. Und jemand anders sagte recht laut, sodass es die Umstehenden hören konnten: »Der sieht weder nach Krimi noch nach Familiensaga aus.«

Johannes Braubart und Hermann Weibold traten gemeinsam vor. Der Metzgermeister ergriff als Erster das Wort: »Im Namen der beiden Dorfvereine, die sich hier in Wümmerscheid-Sollensbach natürlich auch um die Kultur kümmern, dürfen wir Sie ganz herzlich begrüßen.« Und Hermann Weibold ergänzte: »Unsere beiden Ortsvorsteher erwarten Sie schon im Rathaus, aber vielleicht möchten Sie ja noch auf den Rest der Crew warten. Sie können Ihre Lastwagen gerne drüben vor unserer Tischlerei parken.« Weibold trat zu dem Fernsehmann, ergriff seine beiden Hände und drückte sie herzlich.

Verwirrt ließ der neu Angekommene die Begrüßung über sich ergehen, ging aber nicht so weit, den Händedruck zu erwidern. Er löste sich von Hermann Weibold, trat einen Schritt zurück und schüttelte leicht den Kopf. Dann zauberte er ein liebenswürdiges Lächeln auf sein blasses Gesicht: »Hier handelt es sich offenbar um ein Missverständnis, das ich aber leicht aufklären kann. Ich freue mich auf jeden Fall sehr über den herzlichen Empfang. Danke schön.«

»Lauter! Lauter!«, forderten einige der Umstehenden. »Wir verstehen ja gar nichts!«

Johannes Braubart bat den Fernsehmann leise: »Wenn Sie so freundlich wären und würden vielleicht ein paar Worte zur Begrüßung sagen? Die Leute sind extra hergekommen.«

»Ja, natürlich«, erwiderte der und erhob dann die Stimme. »Ich möchte Ihnen für das unerwartet herzliche Willkommen danken. Es ist herzerwärmend zu sehen, dass es doch noch Menschen gibt, die sich für so etwas interessieren. Wümmerscheid-Sollensbach ...«, an dieser Stelle musste er kurz innehalten, weil alle Anwesenden laut jubelten und applaudierten, »Wümmerscheid-Sollensbach ist mir nicht ganz unbekannt. Mein Name ist Hammelbach, Dr. Maximilian Hammelbach. Und jetzt möchte ich Ihnen gerne die anderen vorstellen.« Er blickte auffordernd in Richtung Transporter. »Kommt ihr bitte mal raus?«

Aus dem Transporter kletterte eine junge Frau, die in ihren lila Skinny-Jeans, einem weiten orangenen Sweatshirt und weißen Cowboystiefeln ein farbenfrohes Gegenstück zu Hammelbach bildete. Hinter ihr sprang ein junger Mann aus dem Transporter. Sehr weite Cargohosen schlabberten gefährlich weit unten um seine Hüften, auf dem Kopf trug er eine übergroße hellgraue Beaniemütze. Die wirkte angesichts der frühlingshaft warmen Temperaturen ziemlich fehl am Platz. Aber, fehl am Platz, diese Beschreibung traf auf das ganze Trio zu, fand Sophie.

»Was sind denn das für Gestalten?«, flüsterte Peter. Die Antwort kam lautstark von Hammelbach selber. Er wies nach rechts auf die junge Frau: »Ja, ähm, das ist Kim, meine Assistentin.« Eine Handbewegung nach links auf den Mützenträger: »Und hier haben wir Mats, unseren Kameramann. So, jetzt kennen Sie das ganze Team.«

Sophie sah, wie Johannes Braubart und Hermann Weibold einen überraschten Seitenblick wechselten. Damit hatten die beiden Vereinsvorsitzenden ganz eindeutig nicht gerechnet. Johannes Braubart räusperte sich: »Also sind Sie sozusagen die Speerspitze vom Ganzen? Sie werden hier vor Ort die Locations prüfen, bevor man das große Rad dreht?«

Hammelbach, der gerade ein paar Alukoffer aus dem Transporter hievte, nickte geistesabwesend. »Locations prüfen ist das Stichwort, guter Mann. Nur wer den richtigen Standort kennt, kann am Ende erfolgreich sein.«

Hermann Weibold zwinkerte Johannes Braubart zu und stieß ihm den Ellenbogen in die Seite. »Können Sie uns denn schon verraten, was genau Sie vorhaben? Sie müssen verstehen, wir alle sind doch sehr gespannt darauf zu erfahren, worum es konkret gehen wird.«

Weibolds Frage wurde mit zustimmendem Gemurmel im Publikum quittiert.

Dr. Hammelbachs Haar flatterte im Frühlingswind, einzelne Strähnen legten sich über seine Augen, was ihn für einen Moment ablenkte. »Gerne, sehr gerne. Ich bin ja doch sehr aufgeregt, denn das alles wird in den nächsten Tagen sehr, sehr spannend.«

»Hab ich es nicht gleich gesagt, es wird ein Krimi.«

Der Kommentar kam von Hetti, da war sich Sophie sicher. Hammelbach dagegen schien der Zwischenruf eher zu irritieren, aber er fing sich recht schnell wieder.

»Wie gesagt, es wird sehr spannend. Warum wird es sehr spannend? Die Antwort lautet: Es müsste bald Nachkommen geben. Ich habe während meiner Laufbahn schon mehrere Generationen erforscht.«

Leonie beugte sich zu Sophie und Peter vor und raunte: »Recherche für die Familiensaga, würde ich sagen. Wobei dieser Dr. Hammelbach doch unmöglich der Produzent sein kann.«

Nein, auch für Sophie sah Hammelbach überhaupt nicht nach Familiensaga aus, aber vielleicht lag das ja daran, dass sie ihn durch ihren Garten hatte kriechen sehen, so etwas konnte das persönliche Bild von einem Menschen schon prägen.

»Mehrere Generationen erforscht, das ist das Stichwort. Denn dabei ist mir klar geworden, dass ich in meiner Arbeit das Lebensumfeld in den Mittelpunkt stellen muss. Wir müssen den Lebensraum bedenken. In welcher Umgebung fühlt er sich wohl? Im April ist es ja so weit, dann treten die Muster deutlich zutage.«

Sophie hatte das Gefühl, dass ihr immer weniger klar war, welche Art von Fernsehfilm hier entstehen sollte. Vielleicht war Dr. Hammelbach ja doch nicht vom Fernsehen, und alles war nur ein einziges Missverständnis? Sie spürte, wie ihr jemand auf die Schulter tippte. Sie drehte sich um. Rita stand lächelnd hinter ihr und zwinkerte ihr zu. »Da bin ich doch gerade noch rechtzeitig gekommen. Hast du das gehört? Im April treten die Muster deutlich zutage. Na klar, so jemand kennt natürlich die Frühlings-Fashion-Messe in Paris. Und ich glaube, auch in Mailand diskutieren sie gerade über die neuen Muster.«

Rita sah so zufrieden aus, dass Sophie es nicht übers Herz brachte, ihre Zweifel laut zu äußern. Dr. Hammelbach sah für sie überhaupt nicht aus wie jemand, der sich mit Mode auskannte.

Hammelbach schien inzwischen alles gesagt zu haben, was es aus seiner Sicht zu sagen gab. Er schaute seine Assistentin an und fragte laut: »Kim, Liebes, hast du das Essen vorbereitet, wo ist denn alles?«

»Voilà, damit ist auch unser Kochbuch-Projekt geritzt«, stellte Rita halblaut fest.

»Wenn Sie entschuldigen, Herr Dr. Hammelbach«, Johannes Braubart kratzte sich verlegen am Kopf, »mir kommt das doch alles noch sehr ungenau vor. Worüber reden wir denn nun konkret?«

Hammelbach, der von seiner Assistentin eine große Kühlbox entgegengenommen hatte, stellte diese auf das Pflaster, breitete beide Arme aus und lächelte.

»Sie können sich gar nicht vorstellen, wie froh mich Ihre Anteilnahme stimmt, das habe ich tatsächlich in den letzten Jahren ausgesprochen selten erfahren. Nun, eigentlich sollte es noch ein kleines Geheimnis bleiben, die Konkurrenz schläft bekanntlich nicht, aber ich will hier einfach eine Ausnahme machen. In Ihrem schönen Ort, da, wo die Wümmer auf den Sollensbach trifft, im sogenannten Sollensbacher Bruch, ist er wahrscheinlich zu Hause, der nördliche Kammmolch, Triturus cristatus. Eine Amphibie aus der Ordnung der Schwanzlurche. Aber nicht irgendein Kammmolch, o nein. Ich bin zuversichtlich, dass ich eine ganze Population dieser kleinen putzigen Kerlchen finden werde.« Ein freudiges Lächeln glitt über sein Gesicht. »Dann will ich es Ihnen jetzt verraten: Ich rede natürlich vom Lattenlurch. Die Laichzeit beginnt im April.«

Die Stille auf dem Dorfplatz war geradezu gespenstisch. Johannes Braubart und Hermann Weibold starrten Dr. Hammelbach mit halb geöffneten Mündern an.

Mitten in die Stille hinein fragte eine ältere Dame ihre Nachbarin: »Was hat der Fernsehfritze gesagt?«

»Lattenlurch, er will den Lat-ten-lurch filmen.«

»Latten-was? Gütiger Himmel, die wollen so Schweinskram hier in unserem Dorf drehen? Aber ohne mich, für solchen unanständigen Kram bin ich zu alt.«

# Telefonat mit Miri

»Und als dann Grete Messkens gesagt hat, dass sie im Dorf Schweinskram drehen wollen, hätte ich mir beinah vor Lachen in die Hosen gemacht.«

Am anderen Ende der Telefonleitung begann Miri haltlos zu kichern. Sophie lächelte, sie hatte den ganzen Nachmittag über darauf gewartet, endlich Miri in Hamburg anrufen zu können, um ihr die Geschichte von Dr. Hammelbach zu erzählen.

»Gott, ich wäre so gerne dabei gewesen. Das ist ja besser als Fernsehen, Sophie.«

»Nee, nee, Hammelbach ist das Fernsehen, allerdings läuft seine Sendung irgendwann nach Mitternacht. *Hammelbachs bunte Tierwelt* – ich hab's gegoogelt – der ist sozusagen der Quotenkönig in der Nachtschicht. Mir tun nur die ganzen Leute leid, die sich falsche Hoffnungen gemacht haben. Für den Lattenlurch braucht man keine Visagistin, höchstens Hammelbach selbst könnte mal einen ordentlichen Haarschnitt vertragen. Dass durch die Naturdoku ab jetzt die Touristen in Scharen den Sollensbacher Bruch heimsuchen und auf dem Rückweg Lifestyle und Mode bei Rita kaufen, halte ich für mehr als unwahrscheinlich.«

»Sieh es doch mal so, Wümmerscheid-Sollensbach hat innerhalb weniger Wochen ein deutliches Plus an Einzelhandelsangeboten bekommen. Das macht den Ort durchaus attraktiver, wer weiß, vielleicht zahlt sich das ja doch für alle aus. Ohne diesen Schmalspur-Grzimek und seine Schwanzlurche wäre das alles doch nicht entstanden.«

Da hat Miri recht, dachte Sophie. »Ich hoffe nur, dass die neuen Geschäfte durchhalten.«

»Apropos durchhalten, wie geht es meinem Patenkind?«

Sophie legte die flache Hand auf ihren Babybauch und spürte, wie das Kleine die Lage veränderte. »Großartig, meine Ärztin ist sehr zufrieden, was die Entwicklung betrifft. Aber ich muss mich noch daran gewöhnen, dass ich nicht mehr alles so machen kann wie bisher.«

»Immer noch die alte Sophie, die glaubt, dass der Tag vierundzwanzig Stunden hat, und wenn man die Mittagspause weglässt, fünfundzwanzig. Ich hoffe sehr, dass Peter dich zurückhält.«

Die Sorge in Miris Stimme war nicht zu überhören, Sophie lächelte gerührt über die Anteilnahme ihrer Freundin. »Am liebsten würde er mich den ganzen Tag im Ohrensessel vor dem Kamin sitzen lassen. Das werde ich nicht tun, aber ich verspreche dir, ich passe auf. Und wie sieht es bei dir aus?«

»Ach, nichts Besonderes. Wir haben alle Hände voll zu tun, weil wir ein neues Unternehmen in Dänemark aufgekauft haben. Aber ich hoffe, dass ich im Sommer zwei Wochen zu euch an die Mosel kommen kann. Muss ich doch. Jetzt, wo Wümmerscheid-Sollensbach im Fernsehen berühmt wird.«

Sophie kicherte. »Lass uns bald wieder telefonieren, du fehlst mir.«

»Das machen wir, großes Freundinnen-Ehrenwort!«

# The Mad Creek

Niemanden hielt es mehr auf den Stühlen und Barhockern. Vor dem kleinen Podest, auf dem die Band spielte, drängte sich das Publikum. Leonie stand ganz vorne, keine drei Meter von Jan entfernt. Die Band war gut, wirklich gut.

Für Leonie aber war Jan die eigentliche Überraschung des Abends. Dass er E-Bass spielte, wusste sie ja bereits, dass er sich aber mit dem Gitarristen die Gesangsparts teilte, war für sie neu. Und Jan hatte eine gute Stimme. Tief, leicht rauchig – sie passte wunderbar zu vielen Stücken, die die Band heute Abend bereits gespielt hatte. Seine Stimme sorgte bei Leonie für eine Gänsehaut. Vielleicht war es aber auch nicht nur seine Stimme, sondern Jan selber. Leonie hatte ihn bislang im Werkstattoverall und im Anzug gesehen. Und so gegensätzlich diese beiden Outfits auch gewesen waren, Jan hatte in ihnen immer eine gute Figur gemacht.

Gute Figur ist das Stichwort des Abends, dachte Leonie und musste über sich selber lachen. Jan, der diesmal lediglich ein schwarzes T-Shirt, Jeans und Cowboystiefel trug, sorgte wahrscheinlich bei einigen Frauen im Publikum für Schnappatmung. Die T-Shirt-Ärmel spannten sich über dem muskulösen Bizeps, und sein durchtrainierter Oberkörper zeichnete sich unter dem engen T-Shirt ab.

The Mad Creek bestand aus einem Schlagzeuger, zwei Gitarristen, einem Keyboarder und Jan am Bass. Dazu kamen drei Frauen, Anfang bis Mitte zwanzig, die als Backgroundsängerinnen agierten.

Die Band wusste genau, was das Publikum hören wollte. The Mad Creek spielte eine gute Mischung aus Rock und Soul, dabei gelang es ihnen, jedem Stück, und wenn es noch so bekannt war, etwas ganz Eigenes, Individuelles zu verleihen.

»Hey Leute, der nächste Titel ist sozusagen die Nationalhymne der Südstaaten, aber heute Abend bringen wir ihn auch hier in der Zapfstelle in Mayen.«

Der Gitarrist nickte dem Schlagzeuger zu, der die Drumsticks aneinanderschlug und damit den Takt vorgab. Sekunden später erfüllte das Gitarrenriff von *Sweet Home Alabama* den Raum.

Das Publikum klatschte begeistert mit. Leonie schloss die Augen. Sie konnte sich nicht daran erinnern, wann sie Musik das letzte Mal so körperlich gespürt hatte. Die Kneipe, in der The Mad Creek auftrat, war früher eine große Tankstelle gewesen. Alte Zapfsäulen standen als Deko herum, die Stehtische waren umgebaute alte Ölfässer. Zapfstelle war ein durchaus passender Name für diese Kneipe.

Ohne Unterbrechung ging *Sweet Home Alabama* in ein Solo des Keyboarders über. Jan trat ans Mikro, sang die ersten Takte, und Leonie erkannte sofort, dass die Band *Unchain my heart* in der Version von Joe Cocker spielen würde. Jan kam zwar an das Kratzige von Cockers Stimme nicht heran, aber dafür sang er es umso intensiver. Der Bassgitarren-Lauf, den er danach zupfte, fuhr Leonie in den Bauch. Sie wippte im Takt. Jans Bass trug das Stück, trieb es voran. Und dabei sieht er auch so hinreißend aus, schoss es ihr durch den Kopf. Wahnsinn!

***

Jan sah Leonie mit geschlossenen Augen tanzen. Sie war Rhythmus pur, sein Rhythmus. Was für eine Frau! Sie sah hinreißend aus. Die kurzen schwarzen Haare, das schmale Gesicht, der schlanke Hals. Am liebsten hätte er vor der Bühne mit ihr zusammen getanzt. Beim Konzert des Salonorchesters hatte Leonie dieses zauberhafte Kleid mit den Pumps angehabt. Heute dagegen trug sie enge Röhrenjeans, Lederjacke mit T-Shirt und Stiefel.

Zwei völlig verschiedene Outfits, aber die gleiche, wunderschöne Frau. Jan warf einen Blick auf die große Wanduhr über der Theke, noch etwa fünfzehn Minuten, dann war ihr Auftritt zu Ende. Er freute sich darauf.

Drei Stücke später trat er ans Mikro, um sich vom Publikum zu verabschieden. »So, das wars für heute, Leute. Ihr wart ein wunderbares Publikum, aber leider müssen wir uns jetzt von euch verabschieden. The Mad Creek, das sind Michi am Schlagzeug, Dennis an der Leadgitarre, an der Rhythmusgitarre der Bernd, am Keyboard Carsten und natürlich unsere zauberhaften Mad Creek Singers: Tina, Betti und Ellen. Ich bin Jan, wir haben gern für euch gespielt.« Die Musiker verbeugten sich gemeinsam. Es dauerte nicht lange, bis der begeisterte Applaus in ein rhythmisches Klatschen überging. Jan wusste, was das bedeutete: »Und jetzt kommt eine Zugabe für euch, und für einen ganz besonderen Menschen.«

Leonie spürte Jans Blick, er schaute sie direkt an. Niemanden anderes im Publikum, nur sie, sie ganz allein. Leonie dachte, sie müsse in diesem Blick versinken. Und dann spielte Carsten am Piano. Jan begann zu singen. *You are so beautiful to me.* Die Leute um Leonie herum wurden plötzlich ganz still. Die, die eben noch geklatscht hatten, wurden ruhig und wiegten sich im Takt. Brennende Feuerzeuge wurden hochgehalten. Leonie aber stand wie verzaubert da. Jan sang, und er sang nur für sie.

Als der letzte Ton verklungen war, war es, als ob die Zuhörer gemeinsam einmal tief Luft holten, dann brach erneut der Applaus los. Jan nahm den Bass von der Schulter, stellte ihn in einen Ständer, verneigte sich noch einmal mit allen und nickte dann kurz seinen Bandkollegen zu. Er sprang vom Podest, ging zu Leonie und nahm ihre Hand.

»Komm mit raus.« Drei Worte, aber sie sorgten bei ihr für eine erneute Gänsehaut.

Nach der Wärme in der Kneipe ließ die kühle Nachtluft Leonie zittern. Sanft legte Jan seinen Arm um sie.

»Das war ... wunderschön.« Sie hörte selber das Beben in ihrer Stimme.

Statt einer Antwort beugte sich Jan vor und küsste sie. Vorsichtig, abwartend, doch als er spürte, wie sie seinen Kuss erwiderte, wie ihre Lippen weicher wurden, wurde auch dieser Kuss leidenschaftlicher.

»Ich habe noch nie eine Frau wie dich getroffen, Leonie Bernard.«

»Das hast du schön gesagt«, flüsterte Leonie, »aber könntest du mich bitte noch mal küssen?«

Und das tat Jan.

Zwei Menschen auf einem Schotterparkplatz irgendwo in der Osteifel. Für eine Weile stand das Universum still. Über ihnen nur der Nachthimmel, hinter ihnen die warm erleuchteten Fenster der Kneipe, in der Ferne die Lichter der Autobahn.

\*\*\*

Während der gesamten Rückfahrt hielt Jan ihre Hand, ließ sie nur kurz los, wenn er schalten musste. Zwischendurch warf er ihr lächelnd einen schnellen Seitenblick zu.

»Wieso konntest du einfach so nach der Zugabe verschwinden? Musst du nicht beim Einpacken helfen?«, fragte Leonie und dachte bei sich: Was werden wir tun, wenn wir bei mir zu Hause sind?

»Simple Planung. Ich hatte mit den anderen abgesprochen, dass ich dich abholen werde und nach dem Konzert natürlich auch wieder heimbringe. Deshalb werden sie sich heute ausnahmsweise allein um den Abbau kümmern und meinen Bass mit nach Hause nehmen.«

»Ganz schön ausgefuchst«, sagte Leonie und fügte leise hinzu: »Danke für diese magische Nacht.«

In diesem Augenblick nahm sie sich vor, überhaupt keine Pläne mehr zu machen, nicht heute. Kein Wenn und Aber, keine Vorbehalte. Sie würde einfach abwarten, wohin sie beide dieser Abend brachte. Sie drückte seine Hand, und offenbar schien er zu verstehen, denn sein Lächeln wurde noch breiter. Schweigend fuhren sie weiter durch die dunkle Eifel, glücklich, gemeinsam, lächelnd.

Hand in Hand gingen sie endlich den Weg entlang zu Leonies Haustür. Doch noch bevor Leonie den Schlüssel im Schloss umdrehen konnte, wurde die Haustür von innen aufgerissen.

»Mama! Mama! Ich hab das Auto gehört. Überraschung! Papa ist da! Er bleibt jetzt bei uns.«

Leonie stand wie versteinert da und versuchte zu begreifen, was Marie gerade gesagt hatte. Hinter ihrer Tochter zeichnete sich eine vertraute Silhouette ab. Sie spürte, wie Jan ihre Hand freigab.

»Dann gehe ich mal. Es war ein schöner Abend«, sagte er leise. Und noch bevor sie irgendetwas erwidern oder tun konnte, hatte sich Jan umgedreht und ging zurück zum Auto.

»Hallo, Leonie, ich hoffe, ich komme nicht ungelegen«.

Michel Bernard stand hinter Marie und strubbelte seiner Tochter durchs Haar.

»Papa hat versprochen, morgen früh mit mir zu spielen, machst du mit?« Marie strahlte.

In diesem Moment hätte Leonie lieber geschrien, geweint, getobt, aber sie nickte nur stumm und zwang sich angesichts des Glücks ihrer Tochter zu einem Lächeln.

»Wir werden sehen, Marie, wir werden sehen.«

Wie ferngesteuert betrat sie den Flur. In der Tür drehte sie sich noch einmal um. Jans Auto wurde von der Dunkelheit verschluckt. Leonie sah noch die Rücklichter in der Nacht.

Eine Nacht, die vor wenigen Augenblicken noch magisch gewesen war.

# Brieffreundinnen – Sonntag, 31. März

Von: LB@GrafikbueroBernard.com
An: Sophie@Tante-Dottis-Bistro.de
Betreff: Zwischen zwei Stühlen

Liebe Sophie,
ich weiß gar nicht, wo ich anfangen soll. Peter war ja so nett und hat hier bei mir im Haus auf Marie aufgepasst. Er sagte mir, dass du dich nicht so gut fühlen würdest. Geht es denn wieder?
Ich muss dir heute Morgen schreiben, vielleicht sehe ich dann klarer. Noch mal: Ich weiß nicht, wo ich anfangen soll. Am besten der Reihe nach.
Der Abend mit Jan war ... magisch. Ja, anders kann man das nicht beschreiben. Aber als wir dann bei mir vor der Haustür standen, musste ich feststellen, dass in der Zwischenzeit Michel angekommen war. Ausgerechnet an genau diesem Abend. Mein Ex-Mann hatte plötzlich

Sehnsucht nach seiner Tochter. Vielleicht auch Sehnsucht nach der Familie, die er leichtfertig in den Wind geschossen hat. Ich stand total neben mir, ich habe Jan gehen lassen und bin Michel einfach ins Haus gefolgt. Peter hat dir sicher schon gestern Abend von Michels Ankunft erzählt, schließlich hatte der ihn nach Hause geschickt. Wenn der Vater des Kindes da ist, braucht man keinen Babysitter.

Ach Sophie, es ist schwierig. Ich kam nach Hause, habe Maries Strahlen gesehen, das Glück in ihren Augen. Natürlich hat sie ihren Papa die ganze Zeit über vermisst. Sie hat sich so sehr über seinen Besuch gefreut! In diesem Moment konnte ich nicht anders, als mit meiner Tochter und ihrem Vater ins Haus zu gehen und Jan davonfahren zu lassen. Ich hätte wenigstens noch kurz mit ihm sprechen sollen – habe ich aber nicht.

Was soll ich denn jetzt nur tun? Ich habe Jan gekränkt, das wollte ich nicht, ich war einfach überrumpelt. Ich komme mir wie eine schrecklich undankbare Kuh vor. Er muss doch denken, dass unser Kuss (Gott, wie er küssen kann) mir nichts bedeutet hat.

Bitte, Sophie, du kennst ihn schon länger, er ist doch euer Trauzeuge, was soll ich machen?

Deine verzweifelte Leonie

\*\*\*

»Na, schon wieder bei der Arbeit?«

Bei der Frage blickte Leonie hoch. In der Tür lehnte Michel. »Hier, ich habe dir einen Becher Kaffee gemacht, du trinkst doch gerne morgens am Schreibtisch noch einen zweiten Becher – schwarz, ohne Zucker, oder hat sich das geändert?«

Sie nahm den Becher entgegen. »Nein, daran hat sich

nichts geändert. Danke. Setz dich doch, du musst ja nicht vor meinem Schreibtisch stehen bleiben.«

»Gern, ich habe Marie aber versprochen, gleich mit ihr zu malen.«

Prüfend schaute Leonie ihren Ex-Mann an. Gut sah er aus, wirklich gut. Der Dreitagebart stand ihm, Michel erinnerte sie immer ein wenig an ihren Lieblingsschauspieler Guillaume Canet.

Während sie den ersten Schluck von ihrem heißen Kaffee trank, horchte sie in sich hinein, suchte nach der Wut und dem Groll, den sie im letzten Jahr so oft gespürt hatte. Damals, als klar gewesen war, dass Michel sie betrogen hatte. Aber die Wut war nur noch ein undeutliches Gefühl. Dagegen das Kinderlachen heute früh, als sie allein in ihrem Bett wach geworden war – diese Erinnerung war ganz frisch. Michel saß still da, schweigend, und wartete.

»Was willst du, Michel? Warum bist du ohne Ankündigung hergekommen? Das hast du mir gestern Abend nicht wirklich erklärt.«

Er lehnte sich zurück, dachte nach, suchte nach den passenden Worten. »Ich habe einen schrecklichen Fehler gemacht, und ich kann verstehen, dass du mir diesen Fehler nicht verzeihen kannst. Aber als ich im letzten Jahr alleine Weihnachten gefeiert habe, ohne Marie ... und ohne dich, da ist mir klar geworden, was ich verloren habe. Leonie, ich bin ein Feigling. Ich hatte Angst, dass du mir nicht erlauben würdest herzukommen, wenn ich vorher anrufe. Also habe ich mich ins Auto gesetzt und bin zu dir gefahren. Ich wollte von Angesicht zu Angesicht mit dir reden, wenigstens das.«

»Nun, die Überraschung ist dir gelungen.« Leonie konnte die Bitterkeit in ihrer Stimme nicht unterdrücken.

»Es tut mir leid, schrecklich leid. Du hast jedes Recht der Welt, mich vor die Tür zu setzen. Aber ...«

»Aber was?«

»Aber wenn ich heute noch meine freie Zeit hier mit Marie verbringen dürfte, würde mich das sehr glücklich machen. Und sie auch. Ich muss erst am Montag früh fahren. Und wer weiß, vielleicht könnten wir uns dann als Freunde trennen. Freunde, die einander besuchen. Ich würde gerne meine Pflichten gegenüber Marie erfüllen. Ich würde gerne alle zehn bis vierzehn Tage vorbeikommen, um sie zu sehen.«

»Sicher, das darfst du natürlich.«

Er hat schließlich sogar ein Besuchsrecht, dachte Leonie, aber das wollte sie jetzt auf keinen Fall ansprechen.

»Danke, Leonie.«

Michel stand auf, im Türrahmen drehte er sich noch einmal um. »Ich schau mal nach unserem Schatz.«

Sie ist mein Schatz, dachte sie, du musste dir dieses Recht erst wieder erwerben.

Sie schickte die E-Mail ab und hoffte, dass Sophie bald antworten würde. Etwas in seinem Blick sagte ihr, dass Michel nicht nur den Kontakt zu seiner Tochter suchte. Sie kannte doch dieses begehrliche Funkeln in seinen Augen. Es hatte eine Zeit gegeben, da war sie bei diesem Blick schwach geworden. Leonie seufzte und trank den Becher leer. War sie gegenüber diesem Blick wirklich schon immun?

\*\*\*

Von: Sophie@Tante-Dottis-Bistro.de
An: LB@GrafikbueroBernard.com
Betreff: Macht es dich glücklich?

Liebe Leonie,
an meiner Pinnwand hängt eine Postkarte, die mir deine Mutter einmal geschenkt hat. Auf der Karte sieht man einen weiten Abendhimmel, und da steht folgender Satz:

*Höre immer auf dein Herz, denn dein Verstand kann dich nicht glücklich machen.*
Macht es dich glücklich, dass Michel für Marie da ist? Oder ist da nur Erleichterung, weil du nicht mehr alleine die Verantwortung für die Kleine hast, wenn er bei euch ist? Macht es dich glücklich, wenn er in deiner Nähe ist, wenn er dich anschaut oder berührt?
Ich kenne nicht die Antworten auf diese Fragen, die musst du dir selber geben.
Solche Momente kann es in jeder Beziehung geben. Ich habe es auch schon erlebt. Ich war bei zwei Gelegenheiten sehr, sehr wütend auf Peter. Was vorher zwischen uns vorgefallen war, hatte mich beide Male sehr verletzt. Aber wir konnten darüber reden, und dann verstand ich seine Beweggründe.
Ich weiß, der Vergleich hinkt, denn Peter hat mich nie dadurch gekränkt, dass er mich mit einer anderen Frau betrogen hat. Was ich nur sagen will, ist, dass ich dankbar dafür bin, dass ich Peter verzeihen konnte. Ob das auch für dich und Michel gilt? Wirst du ihm vergeben können? Macht er dich glücklich? Kann er das? Ich verstehe, dass die Antworten dir Kopfzerbrechen bereiten müssen.
Du solltest auf jeden Fall auch mit Jan sprechen. Ihr beide steht ja noch ganz am Anfang, du hast ihn auch nicht betrogen, du bist – wie du selber geschrieben hast – überrumpelt worden. Du wolltest wissen, was du jetzt tun sollst? Sprich mit ihm, er hat ein Recht darauf.

Liebe Grüße
deine Sophie


Von: LB@GrafikbueroBernard.com
An: Sophie@Tante-Dottis-Bistro.de

Betreff: Macht es dich glücklich?

Liebe Sophie,
ach, wie recht du hast. Wenn ich nur wüsste, was ich tun soll. Macht es mich glücklich, wenn Michel da ist? Was für eine einfache Frage, und doch so schwer zu beantworten.
Ich muss dauernd an den armen Jan denken, der wird nun in etwas hineingezogen, mit dem er gar nichts zu tun hat. Und da ist noch etwas, das mir zu schaffen macht. Falls ich mich am Ende doch noch einmal für Michel und gegen Jan entscheiden sollte, habe ich noch mehr zu verlieren: unsere Freundschaft.
Du und Peter und Jan, ihr seid alte Freunde, und ihr kennt einander schon so lange. Es wäre schrecklich, wenn du dich zwischen einem alten Freund und deiner neuen dummen Brieffreundin entscheiden müsstest. Ich will nicht, dass unsere Freundschaft einen Bruch bekommt!

Liebe Grüße von deiner ratlosen Leonie

Von: Sophie@Tante-Dottis-Bistro.de
An: LB@GrafikbueroBernard.com
Betreff: Re: Re: Macht es dich glücklich?

Liebe Leonie,
wenn du denkst, dass du Angst um unsere Freundschaft haben musst, dann bist du allerdings wirklich ein dummes Huhn! Wie kannst du nur so etwas denken.
Ganz gleich, wie du dich entscheidest: Wir bleiben Freundinnen. Wenigstens diese Sorge kann ich dir nehmen.
An meiner Pinnwand hängt noch eine zweite Karte, das

Zitat soll von Albert Einstein sein: *Ein Freund ist ein Mensch, der die Melodie deines Herzens kennt und sie dir vorspielt, wenn du sie vergessen hast.*
Ja, meine Pinnwand ist ein Ort der Weisheit! *Die Melodie deines Herzens*, das ist so schön gesagt. Jetzt musst du nur noch darauf hören.

Liebe Grüße
deine Sophie

Sophie schickte die Mail ab. Arme Leonie, was für eine vertrackte Situation. Schon als Peter gestern Abend früher nach Hause gekommen war, weil Leonies Ex-Mann überraschend die Aufgabe des Babysitters übernommen hatte, war Sophie klar gewesen, dass es für ihre Freundin nicht leicht werden würde. Ich werde heute Nachmittag einen Spaziergang machen und bei Leonie vorbeischauen, nahm sich Sophie vor.

# Ein sehr spezieller Gast

Es klopfte an der Wohnzimmertür.

»Ist offen, du kannst reinkommen«, rief Sophie.

Augenblicke später stand Melanie mit besorgtem Gesicht bei Sophie im Wintergarten. »Entschuldige bitte, Sophie, ich weiß, du hast noch Pause, aber ich brauche deine Hilfe.«

»Was ist denn los?«

»Wir öffnen ja erst in einer Viertelstunde, trotzdem kam gerade ein Gast und fragte, ob er schon einen Kaffee bekommen könnte. Ich wollte ihn nicht wegschicken, also habe ich ihm den Kaffee serviert.«

»Das habe ich selber auch schon ein paarmal gemacht. Gerade wenn Leute nach einer Wanderung hier vorbeikommen, will ich sie nicht einfach wegschicken, nur weil wir erst um elf öffnen. Das ist in Ordnung, Melanie.«

Melanie verzog das Gesicht. »Das dachte ich mir schon. Darum geht es mir auch gar nicht. Es ist nur so: Der Typ benimmt sich merkwürdig. Er hat gefragt, ob du da bist. Ich habe ihm gesagt, dass du noch Pause hast. Daraufhin meinte er, dass sich so ein Schlendrian bald ändern wird. Offen gestanden wollte ich ihn in dem Moment schon wieder vor die Tür setzen. Und dann hat er mich breit angegrinst und gesagt, er hätte gerne noch einen Espresso. Ich solle mich beeilen, es sei sicherlich nicht der letzte Espresso, den er hier trinken werde. Das ist doch alles seltsam – oder etwa nicht? Auf jeden Fall dachte ich, ich muss dir Bescheid sagen.«

Entschlossen stand Sophie auf. In den letzten zwei Jahren hatte es vereinzelt Gäste gegeben, die ausfallend geworden waren. Selten, aber es war schon vorgekommen. Sophie hatte solche Gäste dann höflich, aber bestimmt hinauskomplimentiert.

»Ich komme direkt mit. Diesen merkwürdigen Gast möchte ich kennenlernen.«

»Besser ist das. Ach so, Rita ist auch da, die steht aber bei Louis in der Küche.«

Erst werde ich mich um den merkwürdigen Gast kümmern, dann habe ich Zeit für Rita, dachte Sophie und folgte Melanie ins Bistro.

Als Sophie den Gastraum betrat, saß hinten an einem der großen Fenster zum Garten der Mann, von dem Melanie gesprochen hatte. Wie ein Wanderer sah er mit seinem dunkelblauen Club-Blazer und dem Einstecktuch wirklich nicht aus. Sophie schätzte ihn auf ungefähr sechzig Jahre, sein Gesicht war glattrasiert und sonnengebräunt, die dunklen Locken waren von silbergrauen Strähnen durchzogen. Er wirkte wie ein Werbemodel für teure britische Kleidung.

Doch was war das? Über seinem Kopf war im Gegenlicht bläulicher Rauch zu sehen. Und da roch Sophie es auch schon: Zigarrenrauch!

»Entschuldigen Sie bitte, dies ist ein Nichtraucher-Gastraum«, sagte Sophie recht scharf anstelle der höflichen Begrüßung, die ihr auf den Lippen gelegen hatte. »Ich möchte Sie bitten, die Zigarre sofort auszumachen oder draußen vor der Tür zu rauchen.«

Statt einer Antwort nahm der Fremde einen weiteren tiefen Zug, legte den Kopf in den Nacken und blies Rauchringe in die Luft.

»Haben Sie nicht gehört, was ich gerade gesagt habe?«

Der Mann zog in aller Ruhe an seiner Zigarre, bevor er antwortete. »Ich habe es gehört, ich habe es verstanden, aber es interessiert mich nicht.« Beim Sprechen quoll Rauch aus seinem Mund.

Angesichts einer solchen Unverschämtheit verschlug es Sophie für einen kurzen Moment die Sprache.

»Jetzt passen Sie mal auf: Sie machen die Zigarre aus, trinken den Rest ihres Espressos und verlassen danach so schnell wie möglich dieses Bistro, oder ...«

Der Fremde grinste abschätzig. »Oder was? Rufen Sie die Polizei? Ich verrate Ihnen was, Sophie von Metten, die Polizei wäre mir sehr recht, denn dann könnten wir direkt klären, wer hier der Hausherr ist.« Der Mann zog aus seiner Innentasche einen Umschlag heraus und überreichte ihn Sophie. »Lesen Sie das, und danach können wir uns gerne noch einmal kurz darüber unterhalten, was ich hier in meinem Bistro alles tun darf.«

Sophie war so perplex, dass sie den Umschlag einfach entgegennahm, wortlos die Blätter herausholte und überflog. Entsetzt ließ sie das Schriftstück sinken. »Das glaube ich nicht. Das ist nicht wahr!«

»Glauben Sie es ruhig, und wahr ist es natürlich auch. Sie haben es da schwarz auf weiß.« Der Mann stand auf und lächelte. Ein Lächeln, das Sophie falsch und scheinheilig vorkam. »Lesen Sie das Ganze gerne noch einmal. Es ist eine Kopie, das Original habe ich natürlich auch. Sie dürfen den Brief behalten. Ich werde jetzt gehen. Danke für den Espresso. Ich bin kein Unmensch, heute ist Sonntag, ich lasse Ihnen fünf Tage fürs Packen und Zusammenräumen. Am nächsten Freitag, ach was, sagen wir, nächsten Samstag, möchte ich dann gern hier in mein Haus einziehen. Über das Bistro können wir uns noch unterhalten. Ich bin nicht so der Typ fürs Gastronomische, da wird sich bestimmt ein Käufer finden. Die gute alte Dotti hatte recht, das Haus ist hübsch. Ich glaube, ich werde mich an den Wochenenden hier sehr wohlfühlen. Guten Tag, Frau von Metten.«

Der Mann verließ das Bistro, ohne sich noch einmal umzuschauen. Sophie eilte in die Küche. »Rita, komm bitte mal.« Ungeduldig zog sie an Ritas Ärmel. »Schnell!« Zusammen mit ihrer Freundin lief Sophie zurück in den Gastraum.

»Was ist denn, Liebes? Du bist ja ganz bleich.«

Sophie zeigte aus dem Fenster. »Da der Mann, Rita, kennst du diesen Mann? Du warst doch mit Dotti befreundet, kommt er dir bekannt vor? Hast du ihn schon mal gesehen?«

Als hätte der Fremde Sophie gehört, drehte er sich noch einmal um, musterte zufrieden den Mühlenhof, bemerkte die beiden Frauen am Fenster und winkte ihnen fröhlich zu.

»Irgendwoher kenne ich den, aber ich könnte nicht sagen, wo ich ihn schon einmal getroffen habe«, sagte Rita nachdenklich. »Warum ist denn das so wichtig? Hat er gesagt, er wäre ein Freund von Dotti? Er sieht ganz nett aus.«

»Ganz nett«, stieß Sophie hervor und ließ sich auf einen der Stühle sinken. »Das ist nur das Äußere. Er war gerade unverschämt, aber ich befürchte, er hat dazu jedes Recht. Hier, lies selbst.« Sie reichte Rita das Schriftstück. Die las und schüttelte dann mit einem wenig damenhaften Fluch den Kopf. »Das ist unmöglich!«

Sophie spürte, wie sich ihre Augen mit Tränen füllten. »Unmöglich? Nein, wohl eher unmissverständlich. Dieser Mann da unten auf dem Kiesweg, Christoph Kröbel, ist der rechtmäßige Eigentümer des Mühlenhofes und dieses Bistros.«

\*\*\*

»Was sollen wir denn tun?« Sophie lief unruhig im Wohnzimmer auf und ab.

Peter, der fast den ganzen Tag einem Freund beim Ausräumen des Kellers geholfen hatte, war sofort nach Hause gekommen, nachdem Sophie ihn angerufen hatte. Er deutete auf das Schriftstück, das vor ihm auf dem Tisch lag.

»Du musst dich jetzt erst einmal hinsetzen und dich beruhigen. Denk bitte daran, was Frau Dr. Schwolle gesagt hat, du musst Stress vermeiden. Heute ist Sonntag, da können wir fast gar nichts unternehmen. Ich werde aber immerhin das Schreiben gleich einscannen und an Hans-Werner Knese in Koblenz mailen. Er ist schließlich unser Rechtsanwalt und wird schon wissen, was zu tun ist. Dann hat er es morgen früh direkt auf dem Tisch.«

»Ja, gut«, schniefte Sophie unter Tränen. »Das ist ein Fall für den Rechtsanwalt.«

»Und er hat damals, als er die Erbschaftsangelegenheiten abgewickelt hat, ganz sicher nie einen Christoph Kröbel erwähnt?«

»Nein, da bin ich mir sicher. Du kennst doch Hans-Werner Knese. Er ist unglaublich korrekt, und außerdem war er ein langjähriger Freund von Dotti. Wenn er von so einer Vereinbarung gewusst hätte, hätte er es mir erzählt.«

Noch einmal nahm Peter die Blätter vom Tisch. »Vielleicht war Dotti tatsächlich knapp bei Kasse. Diese Vereinbarung wurde dem Briefkopf nach bei einem Rechtsanwalt in Bonn getroffen. Hier steht ›meiner Kollegin Dorothee von Metten‹, Kröbel hat offenbar wie Dotti im Museum gearbeitet. Sicher war er nicht nur ein Kollege von ihr, sondern auch ein Freund. Warum sonst hätte er geholfen? Hier steht, dass Christoph Kröbel ihr fünfzigtausend Euro geliehen hat, das ist eine Menge Geld. Dotti hat sich verpflichtet, dieses Geld innerhalb von sechs Jahren zurückzuzahlen, ansonsten wird Kröbel Besitzer des Mühlenhofes. Seit dem 1. Februar sind die sechs Jahre um, Dotti hat nicht gezahlt. Hier gibt es sogar zwei Zeugen, die die Vereinbarung unterzeichnet haben. Ich bin ein juristischer Laie, aber das alles sieht hundertprozentig wasserdicht aus.«

»Herzlichen Dank auch! Hundertprozentig wasserdicht, das ist genau das, was ich hören wollte«, sagte Sophie viel lauter, als sie es eigentlich vorgehabt hatte. Tränen liefen ihr über die Wangen. »Was zum Teufel hat sich Dotti dabei gedacht? Natürlich konnte sie nicht zahlen, sie hat mit ihrem Café ja kaum etwas eingenommen. Wieso hat sie diesem schmierigen Kerl ihr Haus praktisch in den Schoß geworfen? Bestimmt hätte es andere Möglichkeiten gegeben.« Sie schlug mit der Faust auf die Sessellehne. »Wieso? Wieso? Wieso?«

Peter nahm sie in die Arme. Sophie verbarg ihr Gesicht an seiner Brust und schluchzte: »Das darf nicht sein! Das ist unser Haus, Peter. Das hier ist das Heim für unser Baby. Wir werden doch nicht irgendeinem hergelaufenen Ex-Kollegen von Dotti kampflos unser Zuhause überlassen.«

Sanft streichelte Peter Sophie über den Kopf. »Nein, Sophie, das werden wir nicht.«

# Hans-Werner Knese

Hans-Werner Knese rieb sich nachdenklich mit Daumen und Zeigefinger den Nasenrücken. Sophie von Mettens E-Mail war bestürzend. Zuerst hatte er geglaubt, jemand würde sich einen schlechten Aprilscherz mit Dottis Nichte erlauben, doch die angehängte PDF-Datei war alles andere als ein Aprilscherz.

Er und seine Frau waren viele Jahre lang enge Freunde von Dorothee von Metten gewesen. Ihr früher Tod hatte ihn sehr getroffen, umso größer war seine Freude darüber gewesen, dass Sophie den Mühlenhof übernommen hatte. Dottis Wunsch, dass Sophie das Café weiterführen sollte, war in Erfüllung gegangen. Voller Genugtuung hatte er den Erfolg von Sophies Unternehmen in den Medien mitverfolgt.

Er versuchte, sich an die letzten Treffen mit Dotti zu erinnern. Ja, seine alte Freundin hatte finanzielle Probleme gehabt. Auch wenn sie es nicht hatte wahrhaben wollen, ihr Café war ein Flop gewesen. Aber das Geld von diesem Christoph Kröbel war viel früher geflossen. Kröbel hatte demnach Dotti den Kauf des Mühlenhofes erst ermöglicht. Konnte das sein?

Er griff zum Telefon und wählte die interne Nummer seines Vorzimmers.

»Frau Weiherbart, wären Sie bitte so nett und würden mir die Akte Dorothee von Metten heraussuchen? Ich meine nicht das Testament, sondern die Unterlagen im Zusammenhang mit dem Kauf des Mühlenhofes vor ungefähr sechs Jahren.«

»Natürlich, Herr Dr. Knese. Sonst noch etwas?«

»Bitte suchen Sie die Unterlagen schnell heraus. Wann habe ich den nächsten Termin?«

»Kurz nach zwölf.«

»Sehr gut, dann möchte ich Sie bitten, mir in der nächsten Stunde keine Anrufe durchzustellen.«

»Selbstverständlich, Herr Dr. Knese. Und die Akten bringe ich Ihnen gleich herüber.«

\*\*\*

Eine Dreiviertelstunde später war er genauso schlau wie vorher. Die Vermögensaufstellung zum Zeitpunkt des Kaufs war solide gewesen. Dotti hatte ihr Haus in Bad Godesberg verkauft, um die nötigen liquiden Mittel zu haben, den Mühlenhof und das große Grundstück zu erwerben. Darüber hinaus hatten Dottis Ersparnisse ausgereicht, um die Verluste des Cafés aufzufangen. War es denn möglich, dass sie sich, ohne ihn davon in Kenntnis zu setzen, zusätzlich noch fünfzigtausend Euro geliehen hatte? Warum hatte sie ihn bei dieser Vereinbarung nicht um Rat gefragt? Knese fühlte sich von seiner verstorbenen Freundin hintergangen. Hatte er nicht immer ihr Bestes im Blick gehabt? Oder hatte Dotti gewusst, dass er ihr von so einem Vertrag dringend abgeraten hätte? Er würde das genau überprüfen, so viel stand fest.

Dotti konnte unglaublich stur sein, vielleicht war sie ja einfach nur einer Diskussion mit ihm aus dem Weg gegangen. Knese schloss den Aktenordner und griff zum Telefon. Wenn jemand Dotti noch besser als ich gekannt hat, dann Kari, dachte er, und rief zu Hause an.

»Schatz, ich bin es. Ich stehe hier vor einem Problem.«

»Hans-Werner, bist du noch in der Kanzlei? Ist alles in Ordnung?«

Die Fragen seiner Frau ließen ihn lächeln. Er konnte sich tatsächlich nicht daran erinnern, dass er jemals in den letzten Jahren aus dem Büro zu Hause angerufen hatte, um mit ihr ein Problem zu besprechen. Wenn er überhaupt berufliche Dinge mit ihr diskutierte, dann sprachen sie darüber, wenn sie sich beim Abendessen sahen.

»Ja, bei mir ist alles in Ordnung, nur Sophie von Metten hat ein Problem.«

»Oje, was ist denn los?«

»Es hat mit Dotti zu tun. Denk bitte einmal nach: Hat Dotti dir gegenüber irgendwann einmal erwähnt, dass sie sich privat von einem Kollegen fünfzigtausend Euro geliehen hat?«

»Von einem Kollegen?« Kari lachte ungläubig auf. »Hans-Werner, ich bitte dich. Dotti war Kuratorin eines Museums. Glaubst du allen Ernstes, dass dort Mitarbeiter mal eben fünfzigtausend Euro auf der hohen Kante haben, die sie verleihen können?«

Von dieser Seite aus habe ich das Problem noch gar nicht betrachtet, dachte Knese.

»Der Mann heißt Christoph Kröbel, und er muss ein enger Kollege von Dotti gewesen sein.«

»Kröbel ... der Name sagt mir so gar nichts.« Kari schweigt einen Moment. Knese konnte sich bildlich vorstellen, wie seine Frau grübelnd die Augenbrauen zusammenzog, das tat sie immer, wenn sie besonders intensiv nachdachte. »Ich glaube auch nicht, dass dieser Kröbel ein enger Kollege von Dotti gewesen sein kann. Sie hat mir einmal sehr stolz erklärt, dass sie das einzige Führungsteam in Bonn hat, das nur aus Frauen besteht.«

»Das wusste ich ja gar nicht. Kari, ich muss jetzt auflegen. Lieben Dank, wir sehen uns dann später.«

»Denk daran, dass wir für heute Abend Theaterkarten haben.«

»Natürlich, mein Schatz.«

Nachdem er aufgelegt hatte, machte er sich in seinem kleinen ledernen Taschenkalender eine Notiz *Theater heute.* Den Theaterbesuch hatte er vollkommen vergessen, aber er freute sich darauf, den Abend mit seiner Frau zu verbringen. Er öffnete noch einmal die E-Mail von Sophie. Auf der Erklärung, die sie eingescannt hatte, waren zwei Zeugen aufgeführt – beides Männer. Dottis Museum war vor einigen Jahren in einen Gesamtverbund aufgegangen. Das hatte sie selber nicht mehr vorangetrieben, aber möglicherweise gab es ja noch Mitarbeiter, die sich an ihre frühere Chefin erinnerten.

Er überlegte, wer ihm jetzt noch weiterhelfen konnte. Ihm fiel nur ein Name ein. Knese rief noch einmal in seinem Vorzimmer an.

»Frau Weiherbart, bitte verbinden Sie mich mit Dr. Ströbele, in der Geschäftsleitung der Bundeskunsthalle in Bonn. Ach ja, und könnten Sie die Termine für morgen Vormittag alle absagen oder verschieben? Ich muss dringend nach Wümmerscheid-Sollensbach.«

# Sophies Tagebuch – Montag, 1. April

Dieses Buch ist fast voll.

Liebe Dotti, du hast mir das Tagebuch damals geschenkt, damit ich Reiseeindrücke aufschreiben kann. Wenn einer fest daran geglaubt hat, dass ich als Autorin mit Reisereportagen erfolgreich sein würde, dann du.

Viel früher als mir ist dir aber klar geworden, dass aus dieser Idee nichts wird. Dein Testament gab dir die Möglichkeit, neue Wege vorzubereiten. Ich sollte mein Glück in Wümmerscheid-Sollensbach finden. Du hast im Hintergrund die Fäden gezogen, und dafür bin ich dir dankbar. Irgendwie hattest du damals einfach den besseren Überblick.

So viel Menschenkenntnis, immer ein Gespür für den richtigen Moment, so kannte ich dich, Dotti. Doch nun taucht hier ein Christoph Kröbel auf, und mein Bild von dir gerät ins Wanken.

Wie passt da dieser – entschuldige den Ausdruck – dieser Kotzbrocken Kröbel hinein? Von so einem Kerl sollst du dir Geld geliehen haben, um deinen Traum zu verwirklichen – ein furchtbarer Gedanke. Deinen Traum gabst du an mich weiter. Es ist jetzt mein Traum, und den werde ich mir von niemandem zerstören lassen. Du konntest doch unmöglich diese Vereinbarung vergessen haben. Du warst nicht die Frau, die leichtfertig ihr Lebenswerk an einen Fremden verschenkt. Nein, das kann ich einfach nicht glauben.

So sitze ich hier ganz alleine am Kamin und frage mich, wie das alles passieren konnte. Peter ist schon nach oben gegangen. Ob ich auch schlafen gehen soll?

Ich habe die ganze Zeit einen Eisblock im Magen und einen Kloß im Hals. Ich muss aufpassen, dass ich nicht einfach losheule. Nur, heulen hilft nicht weiter, ich brauche einen Ausweg. Ach, Dotti, kennst du denn keinen Ausweg für mich?

# Ich dachte, dein Herz wäre frei

Leonie stieg aus ihrem Auto. Obwohl es Montagvormittag war, war sie offenbar der einzige Kunde, der Parkplatz war leer.

Den ganzen Morgen hatte sie überlegt, was sie Jan sagen sollte. Michel war nach dem Frühstück gefahren. Er wollte schon am nächsten, spätestens am übernächsten Wochenende erneut vorbeikommen. Marie hatte schon seit Monaten nicht mehr so glücklich ausgesehen.

Wenigstens ist einer von uns beiden glücklich, dachte Leonie voller Bitterkeit. Am liebsten wäre sie wieder ins Auto gestiegen und vom Werkstatthof gefahren, aber jetzt war sie nun einmal hier, und Sophie hatte recht – Jan hatte dieses Gespräch verdient.

Sie ging in die Werkstatt und klopfte an der Bürotür.

»Ich bin hier, Leonie.«

Sie drehte sich um. Jan kam aus dem hinteren Teil der Halle und wischte sich die öligen Hände an einem Lappen ab.

»Ich ... ich wollte mir dir reden.«

»Weil dein Mann aufgetaucht ist und uns einen Strich

durch die Rechnung gemacht hat.« In Jans Stimme schwang genau die Art von Bitterkeit mit, die sie auch spürte.

»Er ist mein Ex-Mann, das weißt du genau.«

»Weißt du das auch?«

»Du hast kein Recht, so etwas zu sagen. Ich war es, die von ihm betrogen wurde. Und ich darf auf ihn wütend sein.«

»Und – bist du noch wütend auf ihn? Weißt du, Leonie, du bist etwas ganz Besonderes, und ich dachte, dein Herz wäre frei.«

Sie schluckte, fuhr sich mit der Hand über die Augen. Ihr fiel keine passende Antwort ein.

»Oh, keine Antwort zur Hand? Ich mache es ganz leicht: Seid ihr wieder zusammen?«

»Nein, natürlich nicht. Aber ...«

Kopfschüttelnd unterbrach Jan sie. »Es gibt hier kein ›Aber‹, kein ›Ein bisschen zusammen‹, kein ›Nur ein wenig‹, kein ›Vielleicht‹. Es gibt nur ein Ja oder Nein, zumindest für mich, denn ich bin nicht der Mann, der sich in eine andere Beziehung hineindrängt. Die Entscheidung liegt bei dir.«

Leonie schwieg, presste die Lippen zusammen und hätte doch am liebsten vor Verzweiflung laut geweint. Welches waren die richtigen Worte? Wie konnte sie ihm erklären, dass sie ihrer Tochter zuliebe fast alles tun würde, vielleicht sogar einen zweiten Versuch mit ihrem geschiedenen Mann wagen? Sie musste es jetzt sagen, und sie musste es auf die richtige Art sagen. Eine weitere Gelegenheit würde es nicht geben.

»Ich ... wir können nicht ...« Gott, das klang ja, als wollte sie Jan sagen, dass es keine Hoffnung mehr gab. Schnell, sie musste es anders anfangen. Sonst würde er nicht begreifen, dass sie auf dem besten Weg war, sich in ihn zu verlieben, wie sie sich noch nie zuvor verliebt hatte. Wieder setzte sie stockend an: »Du bist für mich ...« Sie wollte sagen, gib mir Zeit ... es geht aber auch um meine Tochter und ihren Vater.

»Marie ...«

Nach einem qualvollen Moment des Schweigens sagte Jan: »Entschuldige mich, ich muss diesen Vergaser bis heute Mittag fertig haben.«

Der richtige Augenblick war vorüber. Ohne ein weiteres Wort drehte er sich um und ging zurück zu seiner Werkbank.

Leonie starrte seinen Rücken an, wartete vergeblich darauf, dass er sich wieder zu ihr umdrehte. Langsam ging sie zurück zu ihrem Wagen. Wütend wischte sie sich eine weitere Träne aus dem Auge, startete den Wagen und fuhr los.

\*\*\*

Sie ist weg, und ich Idiot haben sie fahren lassen, dachte Jan. Wütend feuerte er den Schraubenschlüssel in die Ecke, holte aus und trat gegen einen Reifen.

»Verdammter Mist!« Sein Fluch hallte laut in der leeren Werkstatt.

# Sophie macht sich Sorgen

Unruhig wälzte Sophie sich auf die andere Seite ihres Bettes. Es half nichts, sie konnte einfach nicht mehr einschlafen. Dabei hatte sie die halbe Nacht wach gelegen, während neben ihr Peter selig geschlummert hatte. Sie beneidete ihn darum. Ihm war es gelungen, einfach einzuschlafen.

Nach dem Weckerklingeln war Peter aufgestanden, um Kaffee zu kochen und den Frühstückstisch zu decken. Sophie hätte sich noch einmal umdrehen können. Aber es nutzte nichts, ihre Gedanken fuhren Loopings, das Baby in ihrem Bauch auch, da war an Schlaf nicht mehr zu denken gewesen.

Sie stöhnte leise und setzte sich auf. Den ganzen Montag hatte sie sich nicht richtig auf die Arbeit konzentrieren können. Immer wieder musste sie an diesen unverschämten Kröbel und sein Ultimatum denken. Was, wenn Hans-Werner Knese keinen Ausweg fand? Wenn er Dottis Schuldschreiben für echt erklärte?

Sie hatte schon darüber nachgedacht, ob sie mit Karin sprechen sollte. Vielleicht würde die Bank in Cochem ihr einen Kredit zur Verfügung stellen. Aber Kröbel hatte nicht den

Eindruck gemacht, dass es ihm um das Geld ging, er wollte den Mühlenhof. Verständlich, Gebäude und Grundstück waren deutlich mehr als fünfzigtausend Euro wert. Und das Bistro hatte mittlerweile einen so guten Ruf, dass es sicher Interessenten gab, die sich gern gegen eine größere Summe in das gemachte Nest setzen würden. Allein dieser Gedanke machte Sophie rasend. Nein, egal, was Hans-Werner Knese sagen würde, das wäre nicht das letzte Wort in dieser Sache. Sie würde um ihr Bistro kämpfen. Um ihr Bistro und um Dottis Erbe.

\*\*\*

Sophie stand in der Haustür und sah dabei zu, wie Herr Württemberg über den Hof tobte, als ein Auto durch die Einfahrt in der Bruchsteinmauer fuhr.

»Herr Württemberg, bei Fuß!« Der Labradoodle zögerte nicht und kam auf Sophies Kommando zu ihr gerannt. »Braver Hand, und Platz!«

Mit der flachen Hand machte sie ein Zeichen, und Herr Württemberg legte sich hechelnd neben ihre Füße.

»Guten Morgen, Frau von Metten.«

»Herr Dr. Knese, das ist eine Überraschung. Ich habe nicht damit gerechnet, dass Sie persönlich vorbeikommen. Heißt das, dass Sie gute Nachrichten haben?«

»Wir sollten das vielleicht im Haus besprechen.«

»Natürlich, kommen Sie doch bitte herein. Peter, ich meine, mein Mann, ist auch noch da.«

Voller Stolz führte sie den Rechtsanwalt durch das Wohnzimmer in den Wintergarten.

»Das ist ein wunderschöner Anbau geworden. Himmel, Dotti hat mir damals diesen Teil des Hauses gezeigt, und ich erinnere mich noch, dass das hier nur ein trostloser, kahler und sehr kalter Raum war. Jetzt sieh sich das nur einer an.«

»Und alles haben die Handwerker aus dem Ort in nur zehn Tagen geschafft.«

»Unglaublich, das ist wie in einer dieser Sendungen, die meine Frau immer anschaut. Ja, Dotti hätte das alles sicher gefallen, vor allem dieser Wintergarten mit dem herrlichen Ausblick. Aber weshalb ich gekommen bin, Frau von Metten –«

»Sophie, bitte, Herr Dr. Knese, sagen Sie doch Sophie. Ich wollte das schon die ganze Zeit anbringen. Sie waren ein so enger Freund von Dotti, und Sie haben so viel für mich getan. Bitte.«

Der Rechtsanwalt lächelte verlegen. »Sehr gerne, Sophie, dann musst du aber auch Hans-Werner sagen, darauf bestehe ich.«

»Da komme ich ja gerade noch rechtzeitig für die allgemeine Verbrüderung«, sagte Peter lachend, der die Wendeltreppe herunterstieg und die letzten Sätze gehört hatte.

»Guten Morgen, Herr von Metten.«

»Peter! Was Sophie kann, kann ich schon lange.«

»Also gut, Peter, ich freue mich.«

»Wir uns auch, Hans-Werner. Und, gibt es etwas Neues zu diesem Schuldschein?«

»Formal gibt es keine Angriffspunkte. Hätte mich Dotti damals gefragt, ich hätte ihr natürlich von einer solchen Vereinbarung abgeraten. Allein die Verhältnismäßigkeit zwischen der Höhe der Summe, die hier verliehen wurde, und der Sicherheit in Form der Immobilie, ist nicht gegeben. Der Mühlenhof ist ein Vielfaches wert. Aber so etwas steht natürlich jedem frei. Der Rest ist glasklar formuliert, es gibt Fristen, es wird deutlich gesagt, was passiert, wenn diese Frist nicht eingehalten wird«, Hans-Werner Knese verzog bedauernd das Gesicht, »sogar Dottis Unterschrift passt zu denen, die in unseren Unterlagen in der Kanzlei vorliegen. Das lasse ich gerade professionell bei einem Schriftexperten prüfen. Abgesehen davon finde ich keinen Ansatzpunkt.«

»Aber es muss doch noch mehr geben«, sagte Sophie.

»Das gibt es in der Tat, aber ich bin mir noch nicht ganz sicher. Ich habe mit meiner Frau gesprochen. Dotti und sie waren enge Freundinnen, schon zu der Zeit, als Dotti noch in Bonn gelebt und gearbeitet hat. Meine Frau schwört jeden Eid, dass Dotti immer davon gesprochen hat, dass sie ein rein weibliches Führungsteam besitzt. Nun könnte dieser Christoph Kröbel natürlich trotzdem ein Kollege von ihr gewesen sein, doch das brachte mich auf die Idee, bei einem Bekannten nachzufragen. Achim Ströbele arbeitet seit Jahren für die Bundeskunsthalle. Er hat auch Dotti gut gekannt, vielleicht weiß er ja etwas über Kröbel.«

Für Sophie klang das, als würde sich Knese an einen letzten Strohhalm klammern, sie wollte schon aufbegehren, aber Peter legte seine Hand auf ihren Arm. »Wir wissen sehr zu schätzen, Hans-Werner, dass du nicht gleich die Flinte ins Korn wirfst.«

Sophie schluckte ihre spitze Bemerkung wieder herunter. Peter hatte natürlich recht. Was Hans-Werner Knese tat, war mehr, als man von einem Rechtsanwalt erwarten konnte.

»Nehmen wir einmal an, Kröbel war gar kein enger Kollege von Dotti, wie soll uns das bei diesem Schuldschein helfen?«, fragte sie.

»Ich habe Dr. Ströbele nicht nur nach Christoph Kröbel gefragt, sondern auch nach den beiden Zeugen, die unterschrieben haben.«

In diesem Moment klingelte es an der Haustür. »Bleib sitzen, Sophie, ich mach schon auf«, sagte Peter. Wenig später kam er in Begleitung von Rita zurück, die über das ganze Gesicht strahlte und einen großen Umschlag in die Höhe hielt.

»Ach, Herr Dr. Knese, Sie sind auch hier? Das trifft sich ja großartig. Morgen, liebe Sophie, ich glaube, ich weiß jetzt, woher ich Christoph Kröbel kenne.« Mit großer Geste griff Rita in den Umschlag und hielt etwas hoch. »Taadaa! Es ist mir ein wenig peinlich, aber es gab mal eine Zeit, da habe ich so etwas ganz gern gehört.« Verschämt blickte Rita auf die Single in ihrer Hand. »Ich habe lange suchen müssen, aber zum Glück gibt es meine alte Plattensammlung von früher noch. Wir heben sie auf dem Dachboden auf. Diese Scheibe ist bestimmt schon vierzig Jahre alt. Ende der siebziger war Chris Castor ein ganz heißer Feger.«

Sophie nahm Rita die Single aus der Hand und las laut vor: *Zwei Herzen, das Meer und die Liebe*. Sie stutzte und schaute genauer hin. »Aber dieses Foto, das ist ja Christoph Kröbel! In jungen Jahren.«

»Chris Castor. Natürlich, das ist doch der Sänger von *Feurige Samba-Nacht in Mexiko*, an den erinnere ich mich auch«, entfuhr es Hans-Werner Knese. Sophie schaute ihn mit hochgezogener Augenbraue amüsiert an. Der Rechtsanwalt wurde vor Verlegenheit ganz rot. »Nun ja, das war nicht gerade meine Lieblingsmusik, aber Kari tanzte gerne Samba, also, der Titel war recht häufig in der Tanzschule zu hören.«

»Moment mal, der Mann, der angeblich mit Dotti in einem Kunstmuseum zusammengearbeitet hat, war Schlagersänger?« Peter kratzte sich am Kopf. »Ich finde, das wird immer bizarrer.«

»Weißt du denn irgendetwas über die Karriere von Chris Castor, Rita?«, fragte Sophie.

»Nein, der hatte drei, vier große Hits, aber was dann aus ihm geworden ist, kann ich nicht sagen.«

»Das haben wir gleich«, sagte Peter, »ich geh nur schnell nach oben und hole meinen Laptop herunter.« Er lief die Wendeltreppe hinauf, kam mit dem Rechner unter dem Arm wieder und setzte sich an den Esstisch. Die anderen schauten ihm über die Schulter.

»Hier haben wir eine ganze Bildergalerie von Chris Castor«, sagte Peter, nachdem er eine Onlinesuche gestartet hatte. Sophie deutete auf zwei weitere kleine Fotos am Rand der Suchmaschinenübersicht, die unter dem Stichwort *Ähnliche Bilder* aufgetaucht waren. »Da, so sieht er heute aus!«

Mit einem leisen Pfiff kommentierte Peter das Foto. »Das ist ein Bild von einer Filmpremiere in Berlin. Jetzt schaut euch mal die Bildunterschrift an.«

»Firmenerbin Constanze Beierbach in Begleitung von Graf Alexander von Sandhausen«, las Sophie laut vor.

»Christoph Kröbel hat als Chris Castor Schlager gesungen und ist eigentlich Graf von Sandhausen?« Ungläubig schüttelte Rita den Kopf. »Im Leben nicht, ich kann gerne mal Konstantin fragen, mein Mann kennt sich ja in Adelskreisen aus. Aber das kommt mir doch alles sehr merkwürdig vor.«

Sophie spürte, wie ihr eine Last von den Schultern genommen wurde, Rita hatte so recht, merkwürdig war gar kein Ausdruck. Sogar Hans-Werner Knese lächelte jetzt zuversichtlich.

»Natürlich werde ich mit Dr. Ströbele in Bonn telefonieren, aber wenn du, Sophie, nichts dagegen hast, würde ich als Erstes mit Frau Beierbach Rücksprache halten. Wann genau wollte dieser Kröbel wieder hier auftauchen?«

»Am Samstag früh, bis dahin sollten wir unsere Koffer gepackt haben.«

»Ausgezeichnet, das sind noch drei Tage – ich denke, diese Zeit werde ich nutzen.«

# Im Eichenkrug

»Noch ist er nicht zu sehen. Wir müssen Geduld haben. Der Lattenlurch, dieser kleine putzige Geselle, ist scheu, sehr scheu. Aber hier im Sollensbacher Bruch sollte es uns gelingen, diesen typischen Vertreter seiner Art vor die Kameralinse zu bekommen. Die Laichzeit beginnt in wenigen Tagen. Für die possierlichen Männchen wird die aufregende Balzzeit davon geprägt sein, um die Weibchen zu werben. Wie andere Wassermolche auch, werden die Lattenlurche die Laichgewässer aufsuchen. Ihre typischen Rückenmuster, die das Auge jedes Biologen erfreuen, werfen ein pittoreskes Bild auf die Wasseroberfläche. Glatt ist unser kleiner Freund, anders als andere Molche aus der großen Familie des nördlichen Kammmolchs, deren Haut eher warzig gekörnelt aussieht. Das potente Männchen wird im Wasser vor dem Weibchen schwimmen, praktisch im Handstand präsentiert es dem mehr oder weniger willigen Weibchen seine Sexualduftstoffe. Eine ebenso bemerkenswerte wie bizarre Art der Werbung um die Gunst des Weibchens. Lassen wir uns überraschen.«

»Und Cut!«

»War ich gut?«

»Großartig, Maximilian, ganz großartig. Vor allem die Stelle mit dem Handstand.«

Das Videobild fror ein. Ein zufriedener, erleichterter, wenn auch leicht konfus wirkender Dr. Hammelbach füllte den Monitor in Nahaufnahme aus. In der Herrenrunde rund um den Laptop herrschte betroffenes Schweigen.

»Heilige Scheiße, das ist ja noch viel schlimmer, als ich befürchtet hatte«, entfuhr es Johannes Braubart, der zur Bekräftigung seines Urteils erst einmal einen tiefen Schluck aus seinem Bierglas nahm. »Eine ebenso bemerkenswerte wie bizarre Art der Werbung – habe ich das gerade richtig gehört?«

»Da sagst du was, Johannes«, stimmte Hermann Weibold zu. »Wir können Rainer nur dankbar sein, dass er mit seinem Handy die Dreharbeiten der Fernsehfritzen mitverfolgt hat, sonst hätten wir dieses Video hier nicht. Wir hätten uns ja zur Lachnummer gemacht, wenn wir bei der nächsten Kreissitzung der Dorfvereine damit angegeben hätten, dass bei uns gedreht wird. Und dann kommt nachher so was im Fernsehen.«

»Wobei du vergisst, Hermann, dass wir genau das schon getan haben.« Braubart griff sich an die Stirn: »Oje. Vor sechs Wochen haben wir allen, die es hören wollten, erklärt, dass Wümmerscheid-Sollensbach das nächste Hollywood sein wird«, brummte er.

Der Tischlermeister verzog schmerzvoll das Gesicht. »Vielleicht haben die meisten es ja wieder vergessen. Ich meine, wir haben immer gesagt, dass es nur Gerüchte sind. Wir können nur hoffen, dass sich niemand daran erinnert. Hoffen und warten. Was sollen wir denn sonst tun?«

»Genau das ist die Einhunderttausend-Euro-Frage, mein Lieber, genau das. Also, Männer«, Braubart schaute in ein Dutzend ratloser Gesichter, »unser Zusammentreffen heute Abend war reiner Zufall, eigentlich wollten wir ja nur in Ruhe ein Bierchen trinken. Ich denke, wir sollten außer der Reihe eine offizielle Versammlung der Dorfvereine einberufen. Heute ist Dienstag, in der nächsten Woche treffen wir uns wieder. Bis dahin sollten wir eine Lösung haben. Wir werden jeden Einfall gebrauchen können. Strengt eure Köpfe an. Die Ehre unserer Dörfer steht auf dem Spiel.«

# Jan sucht Rat

Als Jan das Bistro betrat, zuckte Sophie erschrocken zusammen. Er sah aus wie der fleischgewordene Jammer. Donnerstags war das Bistro immer gut gefüllt, und heute Abend waren besonders viele Tische besetzt. Der Abend war also anstrengend für sie. Dazu kamen die letzten Tage, nervös und voller Spannung wartete sie auf das Wochenende, darauf, dass die Geschichte mit Kröbel ein Ende fand. Aber so schrecklich sie sich auch gefühlt hatte, Jan hatte es eindeutig schlimmer getroffen. Ihr Freund und Trauzeuge machte eine grauenvolle Figur. Dunkle Schatten lagen unter seinen Augen, der sonst akkurat gestutzte Dreitagebart wirkte struppig und ungepflegt. Sein ausgeleiertes grünes T-Shirt hatte eindeutig schon bessere Tage gesehen. Und das Flanellhemd, das er offen darüber trug, hatte er wohl ungebügelt ganz unten im Wäschekorb gefunden.

»Jan, du siehst wirklich schrecklich aus.« Sophie umarmte ihren Freund.

»Großartig, das hat mir gefehlt. Eine gute Freundin, die

mir sagt, dass ich so scheiße aussehe, wie ich mich fühle«, murmelte Jan.

Sophie schüttelte den Kopf. »So habe ich das gar nicht gemeint, du dummer Kerl. Peter und ich, wir haben uns Sorgen um dich gemacht. Du hast ihm gar nicht geantwortet, als er dir die WhatsApp-Nachricht geschrieben hat.«

»Nee, habe ich nicht, weil ich kein Mitleid wollte. Ich ...«

»Jetzt pass mal auf, Jan Köllner, hier geht es nicht um Mitleid, sondern darum, dass es Menschen gibt, die sich um dich Sorgen machen.«

»Sorry, Sophie, du hast ja recht. Ich bin ein dummer Kerl. Ist denn Peter da?«

Sophie nahm ein Glas Rotwein, das sie eigentlich gerade servieren wollte, und drückte es Jan in die Hand. »Hier, der ist für dich, ich hole aus der Küche ein neues Glas. Und dann gehst du schnurstracks nach hinten ins Wohnzimmer, da findest du Peter. Möchtest du etwas essen?«

»Nein, ich ... ich denke ...«

»Wann hast du das letzte Mal richtig gegessen?«, fragte Sophie nachdrücklich.

»Gestern, glaube ich. Ich hab einfach keinen Appetit, ich kriege keinen Bissen runter.«

»Ja klar, das wäre ja gelacht. Ich sage Louis gleich Bescheid, dass er einen Flammkuchen nach hinten bringen soll. Und der wird aufgegessen, und zwar ganz, oder wir beide bekommen Ärger miteinander.«

Jan rang sich ein schiefes Lächeln ab. »Ich glaube, noch mehr Ärger kann ich nicht gebrauchen, dann ess ich lieber den Flammkuchen.«

»Eine ausgezeichnete Entscheidung, Herr Köllner.«

\*\*\*

»Ich wusste gar nicht, dass Sophie so resolut sein kann«, sagte Jan zwischen zwei Bissen.

Peter nickte grinsend. »Komm Sophie bloß nicht in die Quere, wenn sie sich etwas in den Kopf gesetzt hat. Das ist einer der Gründe, warum ich sie so liebe.« Einen Moment zögerte Peter, bevor er fragte: »Und, wie sieht es mit Leonie aus? Liebst du sie?«

Dass Jan nicht aufbegehrte, war eigentlich schon Antwort genug. Nachdenklich nahm der einen Schluck Rotwein. »Ja, ich habe mich in Leonie verliebt. Ich hab mich verliebt, als sie bei euch in der Küche stand und heulte, weil sie zwölf Kilo Zwiebeln kleinschnitt. Du hättest sie sehen sollen, wie hübsch sie aussah, als sie in Brennerbach bei unserem Konzert war. Und die Nacht, letzten Samstag, die war magisch.«

»So, magisch also. Darf ich dich daran erinnern, was du mir vor zwei Jahren gesagt hast, als ich nicht wusste, was ich tun sollte? Damals hatte Sophie jeden Kontakt zu mir abgebrochen, es hatte so ausgesehen, als würde ich sie nie wiedersehen.«

»Was habe ich denn gesagt?«

»Mensch, Jan, du Trottel. Du hast mir damals gesagt, dass ich gefälligst für die Liebe meines Herzens kämpfen muss. Du hast mit mir geschimpft, weil ich – warte, ich krieg es noch zusammen – nicht die Eier in der Hose hätte, Sophie um Verzeihung zu bitten.«

»Echt, das habe ich gesagt?« Scheinbar konzentriert schaute Jan auf die verknitterte Manschette seines Hemds. Sorgfältig schloss er den Knopf, um ihn gleich darauf wieder zu öffnen.

»Ja, und du hattest damit recht. Ich habe mich damals nicht getraut, mit ihr zu sprechen. Ich bin in der Silvesternacht zum Mühlenhof gegangen, aber da waren all die Menschen, eine Feier, man sah die Gesellschaft durch die erleuchteten Fenster. Ich bin nicht weitergegangen, sondern habe mich zu Hause verkrochen. Mein großes Glück war, dass Sophie an diesem Abend zu mir gekommen ist.«

Unablässig drehte Jan an dem Knopf. Er versuchte, einen möglichst sachlichen Tonfall anzuschlagen. »Und was ist die Moral von der Geschichte?«

»Ich will damit sagen, dass nicht jeder so ein unglaubliches Schwein hat wie ich damals. Es ist sehr unwahrscheinlich, dass sich die Dinge auf diese Art regeln. Du darfst dich nicht verkriechen, wenn du Leonie liebst. Und darfst auch nicht darauf warten, dass sie noch mal bei dir vorbeikommt. Überlass es nicht dem Zufall.«

Jan seufzte und schob den mittlerweile leer gegessenen Teller von sich. Den abgedrehten Knopf steckte er in die Hosentasche. »Ich habe ihr gesagt, dass es ihre Entscheidung ist.«

»Blödsinn! Es ist auch dein Leben. Was hindert dich denn daran, ihr zu sagen, dass sie einen Fehler macht, wenn sie dich nicht nimmt?«

»Wow, das wäre aber starker Tobak.«

Peter schlug seinem Freund auf die Schulter. »Es liegt bei dir, mein Freund, nur du kannst sagen, ob du die Eier in der Hose hast, Leonie deine Liebe zu gestehen.«

# Leonie zweifelt

»Mama, wir sind zurück!«

Auf Maries Ruf hin kam Leonie aus der Küche.

»Hallo, mein kleiner Schatz, wie war dein Ausflug?« Leonie bückte sich und drückte ihre Tochter an sich.

Marie wand sich aus ihren Armen und stieß aufgeregt hervor: »Es war soooo super.« Mit beiden Händen untermalte sie ihre Worte. »Die hatten da Rehe und Hirsche, die man füttern konnte, und einen riesigen Spielplatz. Und eine Wasserbahn, auf die darf ich im Sommer, wenn es warm ist. Das hat Papa mir versprochen.«

»So, hast du das?« Leonie schaute ihren Exmann an und bemerkte, dass er tatsächlich ein wenig verlegen wurde. Immerhin hatte er sich seit ihrer Trennung überhaupt nicht um Marie gekümmert. Offenbar wurde ihm jetzt auch klar, dass er zuerst mit ihr über seine Pläne hätte sprechen müssen.

»Na ja, jetzt im Frühjahr ist es noch viel zu kalt, um bei einer Wildwasserbahn nass zu werden«, beeilte er sich zu erläutern. »Ich dachte, dass wir drei im Sommer noch einmal gemeinsam dorthin fahren. Natürlich nur, wenn du das möchtest.«

»Natürlich möchtest du, oder, Mama?«

»Wenn du das auch willst, Marie. Ich denke, das lässt sich einrichten«, erwiderte Leonie lächelnd. »So, junge Dame, jetzt aber ab in die Badewanne, bevor es Abendbrot gibt.«

Marie lief zu ihrem Vater, der sich zu ihr herunterbeugte, damit sie ihre kleinen Arme um seinen Hals legen konnte. »Danke, Papa, das war toll mit dir.«

\*\*\*

Leonie rührte die Nudelsauce im Topf um, als Michel mit zwei gefüllten Sherrygläsern in die Küche kam.

»Wie wäre es mit einem Aperitif?«

Sie nahm das Glas und stieß mit ihm an. Während sie tranken, musterte sie Michel. Hatte er sich verändert, oder war sie es, die sich geändert hatte? Marie war ohne Zweifel glücklich, ihren Vater bei sich zu haben. Aber was fühle ich dabei?, dachte Leonie. Michels Nähe war wie ein vertrautes Kleidungsstück, das man lange Zeit nicht angezogen hatte, das aber immer noch perfekt passte. Ein Kleidungsstück, bei dem man sich fragte, warum man es eigentlich so lange im Schrank übersehen hatte.

»Ich möchte gerne mehr Zeit mit euch verbringen«, murmelte Michel. Leonie wollte ihm eine spitze Antwort geben, aber dann sah sie wieder Maries Strahlen vor ihrem inneren Auge. Statt einer Antwort trank sie ihr Glas leer und drückte es Michel in die Hand.

»Wir werden sehen, wie es sich entwickelt, nicht wahr?«

Als sie wieder allein in der Küche war und hörte, wie Michel im Esszimmer den Tisch deckte, fragte sie sich, warum sie eigentlich keine Familie mehr waren. Noch vor Kurzem hätte sie darauf eine klare Antwort gehabt, doch jetzt spürte sie leise Zweifel. War sie es Marie nicht schuldig, einen zweiten Anlauf zu wagen?

# Ein tiefer Fall

Christoph Kröbel stieg aus seinem geliehenen Jaguar, atmete einmal tief durch und betrachtete zufrieden den Hof und sein künftiges Haus. Was für eine wunderbare Idee er doch gehabt hatte. Ohne großen Aufwand war ihm ein kleiner Diamant in den Schoß gefallen. Jetzt in der Morgensonne sah der Mühlenhof besonders reizvoll aus. Das Licht ließ die alten Bruchsteine in verschiedenen Grau- und Brauntönen schimmern, die Büsche waren sattgrün, Frühlingsblumen blühten auf der Wiese. Er konnte sich gut vorstellen, demnächst hier mit der einen oder anderen Dame das Wochenende zu verbringen.

Und das alles für gerade mal fünfzigtausend Euro, die ich noch nicht einmal ausgegeben habe, sondern die nur auf dem Papier existieren, dachte er amüsiert und lachte leise über seinen eigenen Scherz. Er zupfte sich die Manschetten unter seinen Jackettärmeln zurecht und ging entschlossen zur Haustür. Ihm stand jetzt eine unangenehme halbe Stunde bevor, es würde Tränen geben, aber die Trümpfe hatte er alle in der Hand. Und dann würde der Mühlenhof ihm gehören.

\*\*\*

Sophie stand neben einem der großen Fenster im Gastraum und beobachtete zusammen mit Peter, wie Kröbel selbstzufrieden ihr Haus betrachtete. Sie hatten sich extra so postiert, dass er sie nicht entdecken konnte.

»Was für ein eitler Fatzke«, sagte Peter, »und wenn man genau hinschaut, dann erkennt man auch noch den schleimigen Schlagerstar aus den Siebzigern.«

Sie hatten sich im Internet gemeinsam alte Videos angesehen. Castor, der singend und lächelnd, immer lächelnd, ein großes schwarzes Mikrofon in einer Hand und das Kabel in der anderen Hand hielt. Chris Castor im Interview in einer längst vergessenen Talkshow, wie er charmant aus seinem glamourösen Leben plauderte. Chris Castor in der *ZDF Hitparade*, wie er während des Singens Blumen von weiblichen Fans entgegennahm, ständig ein falsches Lächeln im Gesicht.

Sophie verließ ihren Posten und rief in die Küche. »Er ist da, macht euch bereit!« Sie wartete keine Antwort ab, denn jetzt klingelte es an der Haustür.

»Guten Morgen, Herr Kröbel, kommen Sie herein. Bitte gehen Sie durch in den Gastraum.«

Sophie und Peter hatten darüber diskutiert, ob sie mit ihm in ihrem Wohnzimmer sprechen sollten, Sophie war dagegen gewesen. Sie wollte diesen schrecklichen Kerl nicht in ihren privaten Räumen haben. Der Gastraum war dagegen ein neutraler, öffentlicher Ort. Allein der Gedanke, wie er sich in ihrem Wohnzimmer gierig umschauen würde, war ihr zuwider.

»Guten Morgen, Frau von Metten. Was denn, ich sehe hier noch gar keine Umzugskartons und Koffer. Das gefällt mir aber gar nicht.« Castor schnalzte missbilligend mit der Zunge. »Sie wissen, dass ich es ernst meine. Ich hoffe doch für uns alle, dass wir das Ganze wie erwachsene Menschen über die

Bühne bringen werden. Es wäre mir ein Gräuel, wenn ich Dottis Nichte durch die Polizei aus meinem Haus entfernen lassen müsste. Das hätte die gute alte Dotti sicher auch nicht gewünscht.«

Sophie dirigierte ihn in Richtung Gastraum. »Bitte, hier entlang. Und um es deutlich zu sagen: Mir ist klar, dass Sie es ernst meinen. Ich würde mich auch freuen, wenn wir das Ganze wie erwachsene Menschen über die Bühne bringen könnten. Sollten Sie aber noch ein einziges Mal meine Tante als ›gute alte Dotti‹ bezeichnen, können Sie was erleben.«

Kröbel drehte sich erstaunt zu Sophie um. Wahrscheinlich hatte er mit allem gerechnet, mit Bitten, Tränen und Verzweiflung – ganz sicher aber nicht mit einer zornigen Schwangeren, die aussah, als würde sie ihm gleich an die Gurgel gehen.

»Lassen Sie die Spielchen, Frau von Metten. Ich habe Ihnen sechs Tage Zeit gelassen. Nun gut, wenn Sie es auf die harte Tour wünschen, dann soll es mir auch recht sein.«

Sophie schluckte, sie ermahnte sich zur Ruhe. Dieser Kerl brachte sie auf hundertachtzig. Sie zwang sich zu einem Lächeln. »Bevor Sie mit der harten Tour beginnen, wie Sie es nennen, möchte ich Ihnen meinen Mann vorstellen, Peter von Metten.«

Kröbel drehte sich um, als Peter hinter ihm auftauchte. Ihm entging nicht, dass der sich mit verschränkten Armen so hinter ihm aufbaute, dass der Weg nach draußen versperrt wurde.

»Was soll das? Wollen Sie mir Angst machen?«, fragte er, und Sophie hörte in seiner Stimme das erste Mal so etwas wie Unsicherheit.

»Aber nein, ich möchte lediglich sicherstellen, dass Sie bis zum Schluss bleiben, Herr Kröbel. Oder sollte ich Chris Castor sagen?«, erklärte Peter.

In diesem Moment ertönten über die Lautsprecheranlage

des Bistros die ersten Takte eines Musikstücks, gezupft auf einer akustischen Gitarre. Ein Intro, dessen Erinnerung Kröbel offenbar unangenehm war.

»Ach, Sie kennen also meine kleine Jugendsünde.« Er versuchte sich an einem überlegenen Lächeln, aber das ging gründlich daneben.

»Zwei Herzen, das Meer und Liebe, Sie hätten wirklich beim Singen bleiben sollen. Aber verraten Sie mir doch eins, Herr Kröbel, was genau haben Sie nach Ihrer Schlagerkarriere im Bonner Museum gemacht?«

»Ich wüsste nicht, was Sie das angeht.«

»Was mich das angeht? Oh, das kann ich Ihnen sagen«, Sophies Stimme wurde laut und scharf: »Sie haben nie mit meiner Tante im Museum gearbeitet. Sie standen dort nämlich zu keinem Zeitpunkt auf der Gehaltsliste. Sie haben meine Tante bei einer Wohltätigkeitsveranstaltung kennengelernt, die sie organisiert hatte. Für Sie muss es doch ein Fest gewesen sein, als Sie von diesem Bistro und von Dotti erfahren haben.«

»Das sind doch alles nur Unterstellungen. Fakt bleibt, dass ich Dotti fünfzigtausend Euro geliehen habe, und dass mir jetzt dieses Haus zusteht.«

»Da habe ich meine Zweifel.« Hans-Werner Knese war aus der Küche gekommen und stellte sich neben Peter. »Mein Name ist Dr. Hans-Werner Knese, ich bin Rechtsanwalt und vertrete das Ehepaar von Metten. Ich habe ganz offiziell nachgeforscht, Herr Kröbel, die beiden Zeugen auf Ihrem Schreiben existieren gar nicht. Und den Briefkopf des Rechtsanwalts, der damals das Schreiben aufgesetzt haben soll, haben Sie frei erfunden. Ich vermute, Sie haben deren Unterschriften ebenso gefälscht wie die Unterschrift von Dorothee von Metten. Die war übrigens sehr gut gemacht, ich habe sie für echt gehalten. Aber der Graphologe hatte doch erhebliche Zweifel.«

»Keine Arbeit im Museum, keine Zeugen auf einem Schuldschein und Urkundenfälschung.« Sophie lächelte grimmig. »Das Eis wird dünner, nicht wahr? Aber Sie haben ja immer noch die Möglichkeit, reiche Damen zu betrügen.«

»Wie bitte?« Kröbels Stimme klang schrill. Er setzte gerade an, um noch etwas zu sagen, als er erstarrte. Hinter Hans-Werner Knese war wie verabredet Constanze Beierbach in den Raum getreten. Sie war eine gut aussehende Frau, etwa Mitte sechzig, doch das war dank ihres aufwendigen Make-ups nur schwer zu erkennen. Constanze Beierbach hob die Hand – am Handgelenk klimperten zwei schwere Goldarmbänder –, zeigte auf ihn und sagte: »Du hast behauptet, ich würde dich zu einem glücklichen Mann machen. Am Ende hast du mich sitzengelassen wie ein dummes, kleines Schulmädchen.«

»Frau Beierbach, ist das der Mann, der sich Ihnen gegenüber als Alexander Graf von Sandhausen ausgegeben hat und der von Ihnen zwanzigtausend Euro ergaunert hat?«, fragte Hans-Werner.

»Jawohl, das ist er. Wir wollten zusammen an den Comer See fahren, aber daraus wurde nichts, weil er sich mit meinem Geld aus dem Staub gemacht hat.«

Trotz seiner Sonnenbräune wirkte Christoph Kröbel jetzt aschfahl.

»Tja, das wars wohl. Ein abgehalfterter Schlagersänger, der zum professionellen Hochstapler und Betrüger wurde. Sie sollten sich was schämen«, sagte Sophie.

Constanze Beierbach trat vor und verpasste ihrem falschen Grafen eine saftige Ohrfeige. »Das ist für die Sorgen und den Kummer, die ich durch dich erlebt habe.«

Die Ohrfeige weckte Kröbel aus seiner Erstarrung, er machte zwei Schritte vorwärts, wollte sich an Peter vorbeidrängen, doch der griff beherzt zu und hielt ihn am Jackett fest.

»Nicht so schnell, die Polizei möchte auch noch mit Ihnen sprechen.«

Von draußen ertönt das Knirschen von Autoreifen auf dem Kies. Sophie öffnete die Tür des Bistros. Ein uniformierter Streifenpolizist trat ein und nahm die Dienstmütze ab.

»Guten Morgen zusammen, ich hoffe ich habe nichts verpasst?«

»Darf ich vorstellen, Polizeikommissar Christian Mahlmann. Nein, Christian, du hast nichts verpasst, wir sind gerade fertig geworden. Ich weiß ja, dass wir dich früher hätten herbestellen sollen, aber dieser Kerl hat mir so viele Sorgen gemacht, dass ich einfach zuerst selber mit ihm reden musste. Jetzt aber wäre es schön, wenn du Herrn Kröbel mitnehmen könntest.«

»Willst du Anzeige erstatten, Sophie?«

Sophie wechselte einen Blick mit Constanze Beierbach. Darüber hatten sie beide schon gesprochen. Sie waren der Meinung, dass dieser Mann kaltblütig zu viel Vertrauen missbraucht hatte.

»Ja, das möchte ich, und Frau Beierbach wird sich anschließen.«

»Na dann, auf geht's, Herr Kröbel. Sie kommen mit zur Polizeiinspektion. Machen Sie bloß keine Schwierigkeiten. Sophie backt die besten Kaffeeküsse weit und breit, da verstehe ich persönlich gar keinen Spaß.«

Christian Mahlmann nahm den Hochstapler am Arm, der sich widerstandslos abführen ließ.

»Und vermeiden Sie Stress…«, murmelte Sophie wie schon so oft in den letzten Tagen. »Dr. Schwolle hat ja keine Ahnung, wie schwirig das ist.«

Sie holte einmal tief Luft und schaute in die Runde. »Heute Abend ist das Bistro geschlossen, wir sagen unseren Freunden Bescheid und dann wird gefeiert.«

# Ein dreifaches Hoch auf *Tante Dottis Bistro*

»Ich freue mich, dass ihr gekommen seid. Für ein paar Tage sah es wirklich finster aus. Aber das ist jetzt ausgestanden.« Sophie hob ihr Glas mit Apfelsaft. »Ich trinke auf dieses Bistro und auf euch, meine Freundinnen und Freunde.«

Rita hob ihr Sektglas und rief: »Auf *Tante Dottis Bistro*, ein dreifaches Hoch.«

Fast war es wieder wie bei der Möhnensitzung – so laut waren die »Hoch«-Rufe im Gastraum. Peter umarmte Sophie von hinten und sie lehnte sich zufrieden an ihn.

»Noch mal gut gegangen, mein Schatz«, raunte er ihr ins Ohr. Seine Lippen an ihrem Ohrläppchen sorgten dabei für ein aufregendes Kribbeln. Sophie schaute sich zufrieden um, Hans-Werner Knese samt Gattin unterhielten sich angeregt mit Rita und Karin. Marie saß auf den Knien ihrer Oma. Heidi und Jean-Pierre waren vor zwei Tagen aus Frankreich zurückgekommen und hatten sich sehr über Sophies Einladung gefreut.

»Isch sage eusch, die Idee mit die Flammkuchen-Buch ist formidable. Isch 'ätte da auch die eine oder andere Rezept in die Kopf.« Ritas Idee schien bei Jean-Pierre auf fruchtbaren Boden zu fallen.

Zart streichelte Peter über Sophies Babybauch. »Wir können ganz zufrieden sein, nicht wahr?«

Sophie seufzte leise. »Mir bricht es das Herz, wenn ich sehe, was Leonie für ein Gesicht macht. Du hast Jan doch auch eingeladen, oder?«

»Hab ich, aber er wollte nicht kommen.«

»Mist!«

»Sophie, hör auf. Du kannst die Menschen nicht zwingen, zusammenzukommen und glücklich zu sein.«

»Aber es fühlte sich so richtig an mit den beiden, und du musst zugeben, es hatte sich alles prima entwickelt.«

»Ja, bis das richtige Leben dir einen Strich durch deine Pläne gemacht hat«, Peter lachte leise. »Komm, denk daran, was deine Tante immer gesagt hat.«

»Ja, ich weiß. ›Steh auf der Bühne des Lebens und plaudere über deine Pläne, dann kannst du hinten im Saal das Schicksal lachend vom Stuhl fallen hören.‹«

»So ist es. Dotti war eine kluge Frau.«

»Schon«, gab Sophie halbherzig zu, auch wenn ihr das alles nicht gefiel. »Ich schau mal, wie weit Louis mit dem Dessert ist.« Sie löste sich aus Peters Umarmung, küsste ihn und ging in die Küche. Leonie stellte gerade Dessertteller auf ein Tablett. »Wo ist Louis?«

»Er holt Stefanie, seine Freundin, ab, sie konnte doch erst später kommen.«

»Richtig, das hatte ich ganz vergessen. Wollen wir dann mit dem Dessert noch warten?«

»Ja, das könnten wir. Ich glaube, auf die paar Minuten kommt es nicht an.«

»Gut, wenn wir die paar Minuten haben, dann verrate mir doch, wie es dir geht, Leonie.«

Ihre Freundin schaute sie an und zwang sich zu einem tapferen Lächeln, aber ihre Augen blieben traurig. »Es geht, und ich möchte vor allem für Marie das Beste.«

»Und ist das auch das Beste für dich?«

»Wenn ich das wüsste, könnte ich es dir sagen.«

»Ach Mensch, das tut mir leid. Weißt du, Jan war vorgestern hier.«

»Wie geht es ihm?«

Sophie zögerte, Peter hatte recht, sie durfte sich nicht weiter in das Schicksal von zwei Menschen einmischen. »Nicht gut, aber ich denke, das muss er dir selber sagen.« Sie umarmte Leonie. »Ich bin jedenfalls froh darüber, dass es dich gibt. Egal, wie das alles ausgehen wird.«

»Ja, das bin ich auch.«

\*\*\*

Sophie ging nicht sofort ins Bistro zurück, sondern nahm den Hinterausgang, um kurz frische Luft zu schnappen.

Hinten im Gebüsch raschelte es. Für einen Moment dachte Sophie, dass ein Dachs oder ein Fuchs dort herumkroch, aber dann sah sie im Dämmerlicht ein Paar gelbe Gummistiefel aufblitzen. Diese Stiefel kannte sie inzwischen.

»Herr Dr. Hammelbach, was machen Sie denn da?«

»Oh, pardon, Frau von Metten, ich wollte Sie nicht erschrecken. Mein Filmteam hat schon Feierabend gemacht, aber ich wollte mich noch vergewissern, ob unser Kameraversteck für morgen bereit ist. Der Weg über Ihr Grundstück ist leichter als der Pfad durch das Feuchtgebiet. Sie haben doch nichts dagegen, wenn ich diese Abkürzung durch Ihre Büsche nehme?«

»Nein, natürlich nicht. Aber sagen Sie mal, Herr Dr. Hammelbach, lohnt sich der ganze Aufwand eigentlich?«

»Lohnen?« Der Biologe strich sich eine widerspenstige Haarsträhne aus der Stirn. »Natürlich lohnt sich das. Wümmerscheid-Sollensbach ist das einzige Lattenlurch-Habitat nördlich der Alpen. Der Lattenlurch ist extrem selten geworden, ich glaube, in Südungarn haben Kollegen ihn schon einmal gesichtet. Aber alles deutet darauf hin, dass dieser Ort hier einzigartig ist.«

Hammelbach sah auf einmal sehr verlegen aus. »Womöglich, und dies belegen meine bisherigen Beobachtungen, haben wir es sogar mit einer neuen Unterart dieses Gesellen zu tun. Stellen Sie sich nur vor, wenn unsere Filmaufnahmen in den nächsten Tagen gelingen, wird das ein Erdbeben in der internationalen Lurch-Forschung auslösen. Mich würde nicht wundern, wenn mein kleiner Freund, Triturus lattensis, künftig sogar in Triturus hammelbachensis umbenannt wird.«

»Da drücke ich Ihnen aber fest die Daumen.«

»Ich danke Ihnen, das ist sehr freundlich. Ja, dieser schöne Ort ist so etwas wie Kaikoura in Neuseeland, also, wenn man das Beobachten von Pottwalen mit meinem Lattenlurch vergleichen kann. So, jetzt muss ich aber. Ich wünsche Ihnen noch einen schönen Abend, Frau von Metten.«

Whale-Watching in Neuseeland oder Lurch-Watching in ... Sophie schaute dem Biologen nachdenklich hinterher. Ein einzigartiger Ort nördlich der Alpen. Sie lief ins Haus und nahm im Flur das Telefon aus der Ladestation.

»Guten Abend, Johannes. Sophie hier. Sag mal, wann ist das nächste Treffen der Dorfvereine?«

# Abendessen mit Gutenachtgeschichte

Als Leonie an diesem Abend in ihrem Arbeitszimmer das Licht ausschaltete und die Treppe hinunterging, hörte sie zwei Dinge: Maries helles Lachen, unterbrochen von einem begeisterten Quietschen, das aus der Küche kam, und die unverkennbare Stimme von Charles Aznavour aus dem Esszimmer.

Sie warf einen Blick in den Raum. Der Tisch war gedeckt, Kerzen brannten im Leuchter und Rotwein schimmerte verführerisch dunkel in den Gläsern.

Leonie seufzte. Ein Teil von ihr lehnte diese trügerische Familienidylle ab, aber es gab auch den anderen Teil, der sich genau danach sehnte.

»Mama, hier, probier mal. Papa und ich haben Salat gemacht, ich durfte die Gurke schneiden. Und wir haben Toast überbacken mit ganz leckerem Käse. Wenn ich groß bin, werde ich bei Sophie kochen. Papa sagt, ich werde genau so eine gute Köchin wie Oma.«

»Ich liebe Gurke, Schatz.«

»Fein, dann bringe ich jetzt den Salat auf den Tisch.«

Marie nahm die große Schüssel in beide Hände und trug sie stolz ins Esszimmer.

»Ich habe gedacht, du wirst Hunger haben, und es hat Spaß gemacht, mit Marie in der Küche zu werkeln«, sagte Michel. »Ich hoffe, es war okay, dass sie mit dem scharfen Messer geschnitten hat. Ich hätte dich vorher fragen sollen.«

Das sind ja ganz neue Töne, dachte Leonie. Während ihrer Ehe hatte Michel selten nach ihrer Meinung gefragt, und er hätte sich ganz sicher nicht in seiner Freizeit um Marie gekümmert. Es war bitter, sehr bitter, dass er erst jetzt so einfühlsam auf seine Tochter einging.

Andererseits hatte sie sich fest vorgenommen, nicht nachtragend zu sein, also gab sie sich einen Ruck und sagte: »Ich habe wirklich Hunger, und zu einem Glas Wein würde ich nicht Nein sagen.«

»Steht schon auf dem Tisch.«

»Hab ich gesehen, und dass du Charles Aznavour angemacht hast, ist unüberhörbar.«

»Ich habe dir einen Teil der CDs mitgebracht, vor allem die, die du immer gerne gehört hast. Ich dachte, du würdest sie vielleicht vermissen.«

»Ja, mir hat die Musik gefehlt, lieben Dank.«

\*\*\*

Leonie tupfte sich den Mund mit der Serviette ab und lehnte sich zurück.

»Das war sehr lecker, Marie. Herzlichen Dank fürs Kochen. So, und jetzt ab ins Bad, Zähne putzen und dann ins Bett. Ich komme mit hoch und helfe dir.«

»Muss ich schon?«

»Ja, du musst, junge Dame.«

»Kann Papa mir und Hase noch eine Gutenachtgeschichte vorlesen?«

Michel schaute Leonie fragend an. Die nickte lächelnd.
»Natürlich. Ich schicke ihn dann zu dir rauf.«

\*\*\*

Marie lag im Bett, das rosige Gesicht frisch gewaschen, die Haare glatt gebürstet, und sah in ihrem Schlafanzug einfach zum Anbeißen aus. Prüfend schaute sie ihre Mutter an.

»Seid ihr jetzt wieder zusammen, so als Mama und Papa?« Wie jeden Abend setzte sich Leonie zu ihr auf die Bettkante.

Das ist eine Frage, die ich nicht beantworten will, dachte Leonie und schloss kurz die Augen. Sie suchte nach den richtigen Worten.

»Im Moment ist Papa hier, weil er dich vermisst, Marie.«

Die Kleine schien mit der Antwort ganz zufrieden zu sein.

»Ich habe Hase schon erzählt, dass Papa jetzt öfter kommt. Papa hat es beim letzten Mal versprochen, und er hat sein Versprechen gehalten und ist wiedergekommen.«

»Gut, dass Hase schon Bescheid weiß, dann kann er ja jetzt ruhig einschlafen.« Sie beugte sich vor und gab ihrer Tochter einen Kuss auf die Wange.

»Schlaf gut, Marie, und träum etwas Schönes.«

»Du auch, Mama. Und sag Papa, dass er jetzt dran ist.«

Michel saß im Wohnzimmer, blätterte in einem Buch und hatte ein frisches Glas Rotwein vor sich auf dem Tisch.

»Jetzt bist du an der Reihe. Madame wünscht eine Gutenachtgeschichte.«

»Gut, ich beeile mich. Bist du noch hier unten, wenn ich fertig bin?«

»Ja, ich wollte noch die Zeitung lesen, und ich habe auch noch Wein im Glas. Bis gleich.«

Leonie sah Michel hinterher. Gedankenverloren kramte sie in der Kiste mit CDs, die Michel aus dem Auto geholt hatte. Zusammen ein Glas Wein zu trinken war ja wohl ungefährlich. Das war noch keine Aussage. Aber mittlerweile wusste sie auch wieder, warum sie Michel einmal geliebt hatte, und das war ein Wissen, das ihr Angst machte. Wäre es möglich, mit ihm zusammen einen zweiten Versuch zu wagen? Hatte Marie nicht eine heile Familie verdient, mit Mutter und Vater? Es wäre sehr egoistisch, jetzt nur an ihre eigenen Bedürfnisse zu denken. Aber die Erinnerung an Jan ... Leonie seufzte. Sie dachte an das Kribbeln im Bauch, an seine einfühlsame Art und wie viel sie gemeinsam hatten.

# Michels falsches Spiel

Leonie spülte gerade das Frühstücksgeschirr ab, als sie aus dem Wohnzimmer den Anrufton von Michels Handy hörte. Belustigt dachte sie: Wie altmodisch von ihm, drei Jahre lang denselben Klingelton zu benutzen.

»Ich gehe dran, darf ich?« Marie rutschte vom Stuhl und rannte los.

»Nein, warte ...«

»Papa hat es erlaubt«, rief Marie über die Schulter zurück, »gestern habe ich mit Oma telefoniert.«

Ungläubig schüttelte Leonie den Kopf. Offenbar war Michel der Meinung, dass seine Tochter möglichst früh lernen sollte, ein Smartphone zu bedienen. Nun, darüber würden sie noch reden müssen. Wer auch immer da gerade anrief, der Anrufer fand die Zeit, mit Marie zu plaudern.

Der Abwasch war längst beendet, als Marie zurück in die Küche kam. »Und, was sagt Oma?«

»Das war nicht Oma, das war Bea. Die ist auch nett, und sie ist eine Freundin von Papa.«

»Hat sie das gesagt?«

»Ja, sie hat gesagt, sie ist Papas Freundin. Und sie hat mir gerade versprochen, ich bekomme sogar bald mein eigenes Zimmer bei ihr im Haus.«

Sorgsam und mit einem höchstmöglichen Maß an Selbstbeherrschung stellte Leonie die fertigen Teller auf den Tisch. Sie legte das Geschirrtuch weg. »Was für ein eigenes Zimmer?«

»Bea hat gesagt, dass ich, wenn Papa mit mir zurückkommt, ein eigenes Zimmer haben werde. Sie hat gefragt, ob ich mich schon darauf freue, sie kennenzulernen, weil ich doch mit Papa und ihr zusammen Urlaub mache. Sag mal, Mama, wer ist eigentlich Bea genau?«

Statt einer Antwort rannte Leonie die Treppe hoch. Michel duschte gerade, aber das war ihr egal.

»Hallo, Leonie, ich bin gleich fertig. Oder … wenn du auch mitduschen willst … ich meine, Marie würde ja nichts mitbekommen.« Mit einem Ruck riss Leonie den Duschvorhang auf.

»Deine Tochter hat mir gerade eine Frage gestellt. Die Antwort wüsste ich auch gerne: Wer ist eigentlich Bea?«

Sie sah, wie er das Gesicht verzog, sah die Schuld in seinen Augen und kannte schon die Antwort, bevor er sie aussprach.

»Wie sah dein Plan aus, kannst du mir das mal präzise sagen? Ein bisschen auf Familie machen, während woanders die Geliebte wartet? Eine Vorzeigetochter für die Urlaubstage, und wenn es im Alltag dann stressig wird, kann man sich ja bequem zurückziehen und sie wieder abgeben?«

»Leonie, lass mich das erklären.«

»Du musst gar nichts erklären. Du hast gesagt, dass du so allein wärst. Allein – pah, dass ich nicht lache! Eine Bea, die schon mal ein Zimmer für meine Tochter einrichtet, kam in deiner Erzählung nicht vor. Zieh dich an, pack deine Sachen. In spätestens einer halben Stunde hast du mein Haus verlassen.«

»Das kannst du nicht tun, du kannst mich nicht einfach so hinauswerfen.«

»Doch, das kann ich, und das werde ich auch, und wag es nicht, Marie irgendwelche Flausen in den Kopf zu setzen. Meine Tochter ist nämlich alt genug, um einen notorischen Lügner und Betrüger zu erkennen.« Leonie griff an ihrem Ex-Mann vorbei und drehte mit Schwung den Heißwasserhahn zu.

Er schrie auf und versuchte, dem eiskalten Wasser auszuweichen. Voller Wut schmetterte sie die Badezimmertür hinter sich zu, lehnte sich schwer atmend mit dem Rücken gegen den Türrahmen und schloss kurz die Augen. Wie hatte sie nur für einen Moment glauben können, dass Michel, der Frauenheld, im Ernst zu seiner Tochter und seiner Ex-Frau zurückkehren wollte? Und für diesen ... diesen Windhund ... hatte sie Jan abgewiesen? Sie hatte einen furchtbaren Fehler gemacht, hoffentlich war es noch nicht zu spät.

»Hat Papa geschrien?«, fragte Marie, die neugierig die Treppe hochsah.

»Ja, Schatz, das war Papa, und er fährt auch gleich.«

»Papa hat gelogen, oder? Er kommt gar nicht zu uns zurück. Er hat gesagt, er wollte mit mir und dir eine Familie sein, aber das Gleiche hat er auch Bea gesagt.« In Maries Augen schwammen Tränen, sie schaute hoch zu ihrer Mutter. »Mama, ich dachte, es wäre wieder wie früher.«

Leonie kniete sich vor ihre Tochter. »Ja, Papa hat mich angelogen. Ich fand es toll, dass er für dich da war, aber was er mit mir gemacht hat, war nicht toll. Es tut mir leid, Marie, aber ich kann ihn hier nicht haben.«

»Kann ich Papa nie wieder sehen?«

»Doch, das kannst du natürlich. Er bleibt immer dein Papa. Dafür finden wir schon einen Weg. Aber dass wir drei wieder die ganze Zeit zusammen wohnen, das wird nicht passieren.«

Marie schlang ihre kleinen Arme um den Hals ihrer Mutter. »Das wird aber schwer. Hase ist auch ganz traurig.«

»Ja, Liebes, ich bin auch traurig. Aber zusammen schaffen wir das, versprochen.«

Statt einer Antwort blieb Marie ganz still stehen und legte den Kopf an Leonies Schulter. Für eine Weile hielten die beiden einander fest umschlungen.

Schließlich erhob sich Leonie und holte tief Luft. »Ich würde dich jetzt gerne kurz zu Sophie bringen.«

»Warum?«

»Ich muss etwas Wichtiges erledigen. Ich muss jemandem erklären, was das Beste für mich ist. Komm jetzt, es dauert nicht lange.«

# Höre immer auf dein Herz

Leonie hastete die Landstraße entlang. Sophie hatte bereitwillig Marie übernommen, es sprach für ihre Freundin, dass sie keine großen Fragen gestellt hatte. Im Gegenteil, Sophie hatte voller Verständnis gelächelt.

Bei dem Gedanken, endlich mit Jan reden zu können, beschleunigte sie nochmals ihre Schritte.

Während sie über den Parkplatz zur Werkstatthalle ging, hörte sie bereits heftiges Hämmern von drinnen. Sie betrat das Halbdunkel der Halle, erst jetzt wurde ihr klar, dass sie gar nicht wusste, was sie tun sollte, wenn Jan sie abweisen würde. Was, wenn er nicht mit ihr reden wollte? Für solche Gedanken war es jetzt allerdings ein bisschen spät.

»Hallo, Jan?«

Aus dem hinteren Teil der Werkstatt tauchte jemand auf, aber es war nicht Jan. »Der Chef ist gerade nicht da. Sorry, hatten Sie einen Termin? Kann ich Ihnen vielleicht weiterhelfen?«

»Nein, nein, das können Sie nicht. Wissen Sie denn, wann Herr Köllner wieder eintreffen wird?«

»Es tut mir leid, er hat mir keine genaue Uhrzeit gesagt.«
Leonie drehte sich enttäuscht um.

»Möchten Sie vielleicht hier warten?«, bot der Mann freundlich an. »Sie können aber auch gerne später noch mal wiederkommen.«

»Ja, sicher, das werde ich wohl«, rief sie im Hinausgehen über die Schulter hinweg.

\*\*\*

Langsam schlenderte sie über den Dorfplatz. Seit drei Tagen war der Springbrunnen wieder eingeschaltet. Die Vormittagssonne hatte die Basaltsteine der Brunnenumrandung aufgewärmt. Leonie setzte sich, ratlos, was sie jetzt tun könnte. Zum ersten Mal seit Tagen fiel ihr auf, dass die Luft anders roch. Ein zarter Blütenduft lag in dem Wind, der über den Dorfplatz wehte. Gedankenverloren tauchte sie zwei Finger in das kühle Wasser.

»Leonie!«

Atemlos kam Jan die Straße heruntergespurtet und blieb vor ihr stehen. »Da bist du ja. Max hat gesagt, dass eine gut aussehende Frau mit kurzen schwarzen Haaren nach mir gefragt hat. Ich war sogar schon bei dir zu Hause, aber da hat niemand aufgemacht, und dann, dann fiel mir ein, dass du zu Fuß hier entlanggegangen sein könntest.«

Alles, was Leonie in den letzten Minuten durch den Kopf gegangen war, war vergessen. Er sieht müde aus, dachte sie. Die Ringe unter den Augen waren neulich noch nicht da. Was habe ich ihm nur angetan?

»Mein Ex-Mann wird keine Rolle mehr in meinem Leben spielen – nie mehr. Er ist ein Lügner. Er hat sogar Marie mit in sein falsches Spiel hineingezogen, das kann ich ihm am allerwenigsten verzeihen.«

Jan setzte sich neben Leonie. Hinter ihnen plätscherte der

Springbrunnen. Dadurch wurde zwar die Stille auf dem vormittäglichen Platz durchbrochen, doch Jans Schweigen hielt an. Er war ein guter Zuhörer, er spürte, dass Leonie einen Moment Zeit brauchte, um die richtigen Worte zu finden.

»Du hast gesagt, die Entscheidung läge bei mir.«

»Das war kompletter Blödsinn. Ich meine, natürlich liegt die Entscheidung auch bei dir, aber ich habe es mir zu leicht gemacht. Ich hätte dir sagen müssen, dass ich bereit bin, um unsere Liebe zu kämpfen. Ja, ich habe mich in dich verliebt, bei diesem blöden Zwiebelschneiden und später dann ...« Er rieb sich mit der Hand durchs Gesicht. »Sorry, ich rede einfach zu viel.«

Jan kniete sich hin und küsste sie. Ein langer, inniger Kuss, der nicht enden wollte. Erst als lauter Applaus über den Dorfplatz schallte, fuhren die beiden auseinander. Zwei alte Männer saßen wenige Meter entfernt auf einer Holzbank, beide klatschten Beifall.

»Das nenne ich mal einen Kuss«, erklärte der eine.

»Mhhm, nicht schlecht, gar nicht schlecht. Konnte ich früher auch so«, stimmte der andere zu.

Lachend sprang Jan auf, zog Leonie an der Hand mit sich. Arm in Arm gingen sie die Straße zu Leonies Haus hoch. Außer Sichtweite der beiden Alten blieb Leonie stehen und küsste Jan ein zweites Mal voller Leidenschaft.

»Und jetzt?«, fragte Jan heiser.

»Jetzt höre ich auf mein Herz und werde glücklich.«

# Ganz neue Ideen

»Die Herren von den Dorfvereinen sind eingetroffen. Die Getränke habe ich schon serviert. Für dich habe ich Mineralwasser hingestellt.«

»Alles klar, Melanie, ich komme.«

Für eine halbe Stunde hatte Sophie die Füße hochgelegt. Nun stand sie auf und nahm die Tür neben dem Wintergarten, um zum alten Stallgebäude herüberzugehen. Das Treffen der beiden Dorfvereine sollte nicht im Gastraum stattfinden. Sie fand, dass man dabei besser unter sich blieb. Sie öffnete die Holztür. Alle Männer erhoben sich und klatschten Beifall.

»Liebe Sophie, wir haben gehört, dass du fast den Mühlenhof verloren hättest. Wir sind alle sehr erleichtert, dass das nicht passiert ist«, erklärte Johannes Braubart. Sein Satz ging in neuem Applaus unter.

»Lieben Dank euch allen. Ich weiß das sehr zu schätzen. Und ihr könnt euch vorstellen, dass es wirklich nicht leicht war.«

»Hetti hat gehört, dass man den Kerl anklagen wird.«

»Ja, das stimmt. Den Rest wird ein Richter zu entscheiden

haben. – Bitte, setzt euch wieder hin, ich möchte noch etwas sagen.«

Anstatt ebenfalls Platz zu nehmen blieb Sophie stehen und schaute in die Runde. Sie begrüßte noch einmal jeden Einzelnen mit einem kurzen Blick oder einem Kopfnicken. Endlich begann sie zu sprechen.

»Ich habe darum gebeten, dass wir heute hier zusammenkommen, weil ich eine Idee habe, die ich gerne mit euch allen besprechen würde. Die Erwartungen in Sachen Fernsehserie haben sich ja nun leider nicht erfüllt. Auch, wenn die Filmaufnahmen in vollem Gange sind.«

»Die ersten Aufnahmen haben wir letzte Woche schon gesehen«, stöhnte Hermann Weibold und erhielt zustimmendes Gemurmel. »Das Ganze ist ein Desaster, Wümmerscheid-Sollensbach hat sich zur Lachnummer an der gesamten Mosel gemacht.«

»Na, na, vor allem ja wohl Sollensbach. Sollensbach, Heimatort von Lurchi«, brummte Braubart.

»Ach so, plötzlich heißt es wieder ›wir in Wümmerscheid‹ und ›ihr in Sollensbach‹«, antwortete Weibold zornig. »Darf ich dich daran erinnern, Johannes, dass deine Hetti Wümmerscheid schon als Zentrum des künftigen Moselkrimis gesehen hat?«

Sophie schlug mit der flachen Hand auf die Tischplatte. Der Knall ließ die Männer am Tisch verstummen. »Entschuldigt bitte, seit ich schwanger bin, verliere ich so leicht die Geduld. Ihr könnt doch nicht allen Ernstes wieder mit diesem unseligen Streit zwischen den Dörfern beginnen. Und um es gleich zu sagen: Ich glaube nicht, dass die Filmaufnahmen ein Desaster sind. Ich habe mich mit Dr. Hammelbach unterhalten. Man kann über den Lattenlurch sagen, was man will, aber dieses Tier ist einzigartig. Versteht ihr: Nirgendwo in Deutschland, wahrscheinlich sogar nirgendwo in Europa, taucht dieser Lurch auf.«

»Großartig – sollen wir uns vielleicht T-Shirts drucken lassen: Wümmerscheid-Sollensbach – Heimat des Lattenlurchs?«

»Genau das werden wir tun, Johannes. Ich habe mit Peter gesprochen. Wisst ihr, welche Tourismusbranche besonders boomt?« Fragend ließ Sophie ihren Blick wieder über die Gesichter in der Männerrunde gleiten. Ein einziges Schweigen senkte sich über den Raum. Nun zog sie doch ihren Stuhl hervor und ließ sich auf den Sitz sinken. Alle warteten gebannt auf das, was sie zu sagen hatte: »Naturreisen! Die Menschen wollen die intakte Natur kennenlernen. Alle reden über den Klimawandel, viele sagen, Tourismus und reisen muss anders werden, grüner. Es ist keine Flugreise notwendig, um Natur zu erleben; nach Wümmerscheid-Sollensbach muss niemand fliegen, und doch können sie hier ein einzigartiges Tier kennenlernen. Peter hat bei verschiedenen Naturschutzorganisationen nachgefragt, die sind, was diesen Lurch betrifft, ganz aus dem Häuschen. Bereits übernächste Woche wollen die ersten Naturschützer eine Exkursion in den Sollensbacher Bruch organisieren. Was glaubt ihr, wie viel Geld auf der Welt mit Whale-Watching verdient wird? Mit dem Beobachten von Vogelschwärmen? Ja, sogar Bienen sind inzwischen eine Reise wert! Habt ihr einmal darüber nachgedacht, dass viele Menschen noch nie in ihrem Leben einen leibhaftigen Lurch gesehen haben? Denkt an geführte Lurch-Wanderungen.«

»Wir sollen davon profitieren, dass Touristen dieses Lattenvieh sehen wollen?«, fragte Hermann Weibold ungläubig.

»Nicht nur das, Wümmerscheid-Sollensbach wird, was den Naturschutz betrifft, ein Leuchtturmprojekt, sozusagen *das* Naturschutzdorf an der Mosel. Susi Seibel wird in ihrem Schönheitssalon vielleicht nicht als Visagistin für eine Fernsehserie arbeiten, aber sie könnte hochwertige Naturkosmetik verkaufen. Und Rita hat zwar darauf spekuliert, dass sie Pariser Mode an die Frau bringen wird, sie wäre aber auch bereit, Designer-Gummistiefel, Regenmäntel und wasserdichte Anglerhosen ins Programm aufzunehmen. Natürlich nur die Edelvarianten aus Großbritannien.« Sophie schaute reihum in die verblüfften Gesichter der Dorfvereinsmitglieder. »Also, jetzt seid ihr dran. Was haltet ihr von der Idee?«

»Na ja, wir bieten heute schon Vollholzmöbel mit Naturölen an. Der Klaus-Jürgen hält das für den Trend der Zukunft«, sagte Weibold mehr zu sich selber.

»Verdammich auch, warum eigentlich nicht? Wir haben hier eine Chance, die direkt vor unserer Nase liegt. Ich finde, wir sollten Sophies Idee aufgreifen und richtig durchstarten, und zwar mit dem Lattenlurch.« Johannes Braubart hob sein Glas und prostete Sophie zu. Die stieß mit ihm an, und dann begannen alle wie auf einen Schlag durcheinanderzureden. Jeder hatte noch eine Idee, griff Vorschläge von den anderen auf und ergänzte sie.

Zufrieden verfolgte Braubart die Diskussion. Dann beugte er sich zu Sophie hinüber und flüsterte: »Nur für meine Metzgerei muss ich mir noch was einfallen lassen. In meiner feinen Leberwurst mit Kräutern hat so ein Lurch keinen Platz.«

»Wie wäre es damit: ›Bio-Fleisch dreh ich nur durch, hier in der Stadt vom Lattenlurch‹.«

Schweigen. »Du nimmst mich auf den Arm, Sophie«, stotterte der Metzgermeister schließlich.

Sophie lachte. »Ja, Johannes, das tue ich.«

»Gott sei Dank, für einen Moment dachte ich, du meinst das ernst.«

\*\*\*

Sophie kuschelte sich im Bett ganz eng an Peter. »Und dann haben sie alle applaudiert«, murmelte sie und konnte ein Gähnen nicht mehr unterdrücken.

Peter streichelte über ihre Haare. »Deine Idee hat wirklich riesiges Potenzial. Du musst mir aber versprechen, dass du dich jetzt ein wenig zurücknimmst und vor allem an dich und unser Baby denkst.«

»Versprochen, mein Schatz. Wobei ...«

»Wobei was?«

»Wobei ich mir gar nicht sicher bin, ob mit einem Säugling im Haus alles leichter wird. Ich fürchte, die Nächte werden ganz schön anstrengend.«

Peter antwortete nicht gleich. Sie hob den Kopf und schaute ihn an. »Was ist los? Worüber denkst du nach?«

»Ich weiß, wir haben das alles schon längst besprochen, aber was du da eben gesagt hast, dass die Zeit mit dem Baby auch nicht leicht wird – da ... da hab ich überlegt, wie wir dann unsere Hochzeit mit Gartenparty feiern wollen. Ob das eine gute Idee war? Willst du wirklich das Haus voller Hochzeitsgäste haben, wenn dein einziger Wunsch darin besteht, mal länger als drei Stunden am Stück zu schlafen?«

Sophie seufzte an seiner Brust und erwiderte nach einer Weile: »Und, hast du Schlauberger auch eine Lösung?«

»Lass uns im Sommer kirchlich heiraten, noch vor der Geburt, dann können wir uns anschließend ganz auf das Kleine konzentrieren. Wir holen uns natürlich Hilfe und Unterstützung für die Feier, aber das könnte doch gehen, was denkst du?«

»Mhmm.«

»Sophie?«

Ein ganz zartes Schnarchen war die einzige Antwort. Peter lächelte, sanft schob er Sophie ein Kissen unter den Kopf, zog ihre Bettdecke zurecht und schaltete die Nachttischlampe aus.

»Schlaf gut, mein Liebling.«

# Hochzeitsglocken

*Zwei Monate später*

Glück ist wie ein großer, bunter, gut gefüllter Luftballon. Man glaubt gar nicht, dass man ihn noch weiter aufblasen kann, aber das Kunststück gelingt und der Ballon wird nur noch größer und voller. Genauso fühlte sich Sophie in diesem Moment. Sie hatte sich nicht vorstellen können, dass es zu dem Glücksgefühl, das sie empfand, noch eine Steigerung geben konnte. Aber die gab es tatsächlich, und zwar, als sie mit Peter vor dem Altar stand. Das hohe Kirchenschiff der alten St.-Antonius-Kirche strahlte eine erhabene Ruhe aus. Die letzten Töne des wunderbaren Kanons von Johann Pachelbel wehten als leises Echo nach. Sophie warf einen Blick in Richtung der Musik. Das Salonorchester Brennerbach hatte es sich nicht nehmen lassen, während der Messe zu spielen. Mit einem Lächeln bedankte sie sich bei den Musikern. Jan stellte vorsichtig sein Cello zur Seite, um seinen Platz als Trauzeuge wieder einzunehmen.

»Nun, liebe Brüder und Schwestern im Herrn, ich freue

mich, euch alle heute hier in unserer Kirche in Wümmerscheid-Sollensbach zu sehen. Und besonders froh bin ich, dass wir an diesem Tag gemeinsam ein Fest begehen können. Gemeinsam, damit meine ich alle Wümmerscheider wie auch alle Sollensbacher. Und es ist wohl nicht übertrieben zu sagen, dass dieser gemeinsame Geist uns seit einem besonderen Tag im Advent, kurz vor Weihnachten erfüllt hat. An dem Tag, an dem wir erkannt haben, wie wichtig es ist zusammenzuhalten, um etwas zu leisten.«

Pastor Markus Kernmann wies mit einer ausladenden Armbewegung auf die große, gravierte Plakette, die auf einer Staffelei am Rande des Altarraums gut sichtbar aufgebaut worden war.

»Ja, als unsere beiden Dörfer gemeinsam die Goldene Weihnachtskerze errungen haben, ging ein Ruck durch diese Gemeinde. Und dieser Geist wurde fortgeführt. Ich freue mich über den Lattenlurch. Schön, dass er sich im Sollensbacher Bruch so wohlfühlt. Die letzten Wochen haben gezeigt: Wir sind auf dem richtigen Weg. Verdanken tun wir dies zu einem guten Teil euch beiden, liebe Sophie und lieber Peter. Dank euch haben wir gelernt, die ausgetretenen Pfade hinter uns zu lassen, dafür sind wir dankbar.«

»Amen aber auch«, tönte aus dem Hintergrund eine kräftige Stimme. Sophie warf Peter einen kurzen Seitenblick zu und sah, wie es in seinen Mundwinkeln zuckte. Die Stimme war unverkennbar die von Metzgermeister Johannes Braubart gewesen.

»Gut gesprochen, Johannes.« Der Pastor lächelte breit. »So, was ich aber eigentlich sagen wollte: Wir freuen uns gemeinsam mit euch, weil ihr euch in unserer Kirche das Jawort vor dem Herrn geben wollt.«

Die Trauzeugen Miri und Jan schritten zum Altar. Miri nahm den silbernen Ringteller, der dort bereitstand.

Pastor Kernmann zwinkerte Sophie und Peter kurz zu und raunte: »Seid ihr bereit? Ja? Also, bitte.«

Peter nahm den schmalen goldenen Ring und sagte: »Ich, Peter, will dich, Sophie, als Frau an meiner Seite haben. Ich verspreche, dir die Treue zu halten in guten wie in schlechten Tagen, in Gesundheit und Krankheit, und dich zu lieben, zu achten und zu ehren, bis der Tod uns scheidet.«

Vorsichtig steckte Peter ihr den Trauring an den Ringfinger. Sophie schluckte, blinzelte eine Freudenträne weg und antwortete: »Geliebter Peter. Ich, Sophie, will dich als Mann an meiner Seite haben. Ich verspreche, dir die Treue zu halten in guten wie in schlechten Tagen, in Gesundheit und Krankheit, und dich zu lieben, zu achten und zu ehren, bis der Tod uns scheidet.«

Sie nahm Peters Ring und steckte ihn an seinen Finger.

»Nachdem ihr euch nun gegenseitig vor dem Angesicht des Herrn die Ehe versprochen habt, möchte ich euch segnen. Im Namen des Vaters, des Sohnes und des Heiligen Geistes, und ich erkläre euch zu Mann und Frau.« Pastor Kernmann beugte sich vor und flüsterte: »Die Stelle finde ich immer besonders schön.« Laut sagte er: »Ihr dürft euch jetzt küssen!«

Der Rest der Zeremonie nach diesem einen Kuss war ein wunderbarer Gottesdienst an der Seite ihres geliebten Peter. Sophie drückte seine Hand ganz fest, als Pastor Kernmann laut verkündete: »Es segne euch der allmächtige, dreieinige Gott. Der Vater, der Sohn und der Heilige Geist. Gehet hin in Frieden.«

Das Wort »Frieden« war allerdings nur noch mit Mühe zu verstehen, denn in diesem Moment ertönte laute Blasmusik von der Orgelempore. Sophie zuckte vor Schreck zusammen. Natürlich! Die Sollensbacher Jagdbläser. Mit denen hatte sie in der Kirche gar nicht gerechnet.

Was da mit Inbrunst geblasen wurde, war nach wenigen

Tönen unverkennbar *Gonna fly now* – das Titelthema des Films *Rocky I*.

»Ich konnte sie leider nicht daran hindern, Bill Contis Stück auszuwählen«, brüllte Pastor Kernmann über die Musik hinweg und fuhr dann grinsend fort: »Aber irgendwie passt es ja auch. So eine Ehe, da muss man sich halt durchboxen.«

Sophie und Peter schauten einander lächelnd in die Augen, verständigten sich mit einem für die Gemeinde kaum wahrnehmbaren Nicken und schritten dann möglichst würdevoll zum lauten Bläserklang durch den Mittelgang. Ein strahlenderes Brautpaar hatte man in dieser Kirche noch nie gesehen. Nach langem Suchen hatte sich Sophie für ein halblanges elfenbeinweißes Brautkleid entschieden, das ganz schlicht aus Seide gearbeitet war. Eine hohe Empire-Taille wurde von einem antiken Spitzenband zusammengehalten und betonte den üppigen Babybauch, anstatt ihn zu verbergen. Und dennoch fand das Kleid weniger Beachtung als ihr glückseliges Lächeln.

Die kleine Marie ging langsam mit feierlichem Gesicht vorweg und verstreute Rosenblätter aus einem Körbchen. Sophie zwinkerte Leonie und Jan zu, als sie an deren Kirchenbank vorbeiging. Leonie strahlte und griff nach Jans Hand.

Als sie aus dem Kirchenportal heraustraten, blinzelte Sophie in die Junisonne. Sie wurden von lautem Applaus empfangen.

Vor der Kirche stand … Johannes Braubarts Metzgerei-Transporter. Peter hatte darauf bestanden, weil das Auto ihnen schon bei der standesamtlichen Hochzeit Glück gebracht hatte.

Noch halb geblendet von der Sonne, hörte Sophie es mehr, als dass sie es sah. Ein vielstimmiges Wispern, das Rascheln von Papier, jemand zählte leise eins, zwei, drei, vier, und plötzlich durchbrach ein vielstimmiges »Hi, Hi« die Stille. Die

Wümmerscheider Goldkehlen 1903 waren vollständig angetreten, um ihre Version von *It's Raining Men* anzustimmen.

Jetzt war es um Sophies Fassung geschehen. Laut platzte sie heraus, hielt sich an Peters Arm fest und lachte, bis ihr die Tränen die Wangen herunterliefen. Peter hielt sie dicht an sich gedrückt, während sie dem Ständchen zuhörten.

Er sagte leise: »Wir sollten froh sein, dass sie sich für dieses Stück entschieden haben. Ich hatte letzte Woche munkeln gehört, dass sie heute *Highway to hell* vortragen wollten.«

\*\*\*

»Ein Auszug aus der Kirche zu der Musik, bei der normalerweise Sylvester Stallone auf gefrorene Schweinehälften einprügelt, das hat auch nicht jeder«, kicherte Sophie, die neben Leonie auf der Gartenbank saß und den Hochzeitsgästen zuschaute, die das Fest in vollen Zügen genossen.

»Wieso, da gab es ja auch den weißen Transporter mit der Schnitzelaufschrift. Also, ich sehe da so eine Art roten Faden«, prustete Leonie los, und Sophie stimmte in das ansteckende Lachen ihrer Freundin ein.

»Was für ein wunderbares Fest. Meinst du, die Gäste amüsieren sich auch genug, obwohl ich nicht überall sein kann, um mit jedem zu plaudern?«, fragte Sophie.

»Natürlich, du dummes Huhn. Ich sag dir eines, wenn wir heiraten, würde ich auch gerne ein solches Gartenfest ausrichten.« Leonie machte eine vage Handbewegung und deutete auf die weißen Pavillonzelte, die für die Getränke und das Buffet aufgebaut worden waren, auf die unzähligen Gartenfackeln, die später am Abend noch angezündet werden sollten, und die Girlanden und Luftballons.

»Wenn ›wir heiraten‹?«

»Na ja«, Leonie bekam ein paar rote Flecken am Hals, »Jan hat mich zwar noch nicht offiziell gefragt, aber ...«

Jubelnd fiel Sophie ihrer Freundin um den Hals. »Ihr müsst hier bei uns feiern, darauf bestehe ich.«

»Was müssen wir tun?« Mit zwei Gläsern Sekt in der Hand war Jan zur Bank getreten.

Sophie zwinkerte ihm zu. »Das, mein Lieber, werde ich dir später noch genau erklären.«

\*\*\*

Sophie sah, wie Peter auf sie zu schlenderte. Er gab quer über den Rasen hinweg Melanie einen Wink, die eine CD startete und dann den rechten Daumen in die Luft streckte. Aus den Lautsprechern ertönte *Come away with me* von Norah Jones.

Was für ein schönes Lied, dachte Sophie und ließ sich von ihrem Mann auf die kleine Tanzfläche führen, die sie auf der Terrasse vorbereitet hatten. Immer mehr Hochzeitsgäste bildeten einen Kreis um sie.

Peter beugte sich vor, küsste sie und nahm sie dann in den Arm. »Frau Dr. Schwolle will sicher nicht, dass wir den ganzen Abend tanzen, aber dieser eine Tanz gehört nur uns.«

Sophie schwebte in seinen Armen, gab sich ganz den Klängen der Musik hin. Sie sah die Gesichter ihrer Freundinnen und Freunde, das Abendlicht, das die alten Mauern des Mühlenhofes zum Leuchten brachte. Ihr fiel ein schöner Spruch ein: Gemeinsam zu tanzen heißt, das Glück mit beiden Händen greifen zu können.

Peters fester Griff gab ihr Halt. Sie schloss die Augen und tanzte.

## ENDE

# Danksagung

Ein Buch mit Sophie von Metten als Hauptperson zu schreiben, ist fast schon so, als würde man liebgewonnene Freunde treffen. Die Personen in Wümmerscheid-Sollensbach sind uns sehr ans Herz gewachsen.

Dass es überhaupt mehr als nur ein Buch aus dieser Reihe gibt, verdanken wir Ihnen, liebe Leserinnen und Leser, und natürlich dem fantastischen Team von be-ebooks bei Bastei-Lübbe: Lena, Johanna, Rebecca und Stephan – ihr seid großartig.

Zuspruch und immer einen guten Plan B hat unsere Agentin Anna Mechler für uns parat. Eine bessere Agentin kann man sich nicht wünschen.

Unsere Bücher wären nicht das, was sie sind, wenn sie nicht gründlich lektoriert worden wären. Clarissa Czöppan ist ein unverzichtbares Mitglied im Barbara-Erlenkamp-Team. Sie ist nicht nur eine tolle Lektorin, sie weiß auch ganz genau, wie wir und unsere Figuren ticken – manchmal sogar besser als wir selbst. Lieben Dank, Clarissa, für deinen Einsatz und die ganze Arbeit.

Wenn Sie trotzdem noch einen Fehler finden – ist der ganz sicher auf unserem Mist gewachsen.

# Flammkuchen-Rezepte

In unseren Büchern rund um Tante Dottis Bistro standen Flammkuchen von Anfang an immer auf der Speisekarte. Für uns war das ganz logisch: Jean-Pierre, als französischer Koch, und auch sein Neffe Louis würden Flammkuchen auf die Speisekarten setzen.

Wir selbst haben Flammkuchen in den letzten zwei Jahren für uns entdeckt. Warum? Seit zwei Jahren haben wir auf der Terrasse einen holzbefeuerten Pizzaofen stehen. Wenn Freunde zu Besuch bei uns sind, ist ein Flammkuchen viel schneller gar als eine Pizza – also haben wir angefangen, verschiedene Rezeptvariationen auszuprobieren. Dazu noch ein Glas gut gekühlten Grünen Veltliner – perfekt!

**Der Teig**
Für unseren Flammkuchen kommt immer folgender Grundteig zum Einsatz (reicht für die Teiggröße, die einem Backblech entspricht)

**Zutaten:**
230 g Mehl
2 EL Olivenöl
1 Eigelb
1 Prise Salz
100 ml lauwarmes Wasser

**Zubereitung:**
Alle Zutaten gründlich miteinander verkneten, die Teigkugel mit etwas Öl bestreichen, in Frischhaltefolie einschlagen und

gut 30 Minuten bei Zimmertemperatur ruhen lassen. Danach dünn ausrollen und belegen.

Übrigens, wenn es schnell gehen muss, darf es bei uns auch mal Fertigteig aus dem Kühlregal sein. Den gibt es frisch, fix und fertig zusammen mit Backpapier aufgerollt, oder als dünne Platten. Die dünnen Platten sind etwas fester. Sie haben sich für unseren Holzofen als ideal erwiesen, weil sie sich besonders gut in den Backraum schieben lassen.;-)

Nachfolgend findet Ihr unsere Lieblingsrezepte sowie das Gewinnerrezept des Wettbewerbs, zu dem wir über unsere Social-Media-Kanäle aufgerufen hatten. Lieben Dank für die tollen Vorschläge.

# Flammkuchen mit Ziegenkäse und Honig

Mit diesem Rezept fing unsere Liebe zu Flammkuchen an. Genau so einen haben wir einmal in Koblenz auf dem Weihnachtsmarkt gegessen. Wenig später fing es sogar noch an zu schneien – es war ein perfekter Abend.

Aber keine Sorge, der Flammkuchen schmeckt auch im Frühling und an einem lauen Sommerabend.

**Zutaten:**
200 g Ziegenkäse-Rolle
150 – 200 g Schmand
150 g gewürfelter Kochschinken
etwas Honig
zwei Zweige Rosmarin
Salz
schwarzer Pfeffer

**Zubereitung:**
Den Teig mit Schmand bestreichen, mit Salz und schwarzem Pfeffer würzen. Die Schinkenwürfel und die Ziegenkäse-Scheiben auf dem Teig verteilen, etwas Honig auf jedes Stück Käse träufeln und das Ganze mit frischem Rosmarin bestreuen. Im vorgeheizten Ofen bei rund 250 °C (Ober- und Unterhitze) backen.

# Flammkuchen mit Krabben

Beim Herumprobieren haben wir die Krabben zunächst zusammen mit der Zwiebel in der Pfanne leicht angebraten und dann mit einem Schuss Sherry abgelöscht. Schmeckt köstlich, aber die Krabben werden dabei etwas trocken. Bei der nachfolgenden Variante fehlt zwar der Sherry-Geschmack, aber das Ganze bleibt saftiger. Probiert es aus und entscheidet selber.

**Zutaten:**
200 g Krabben
1 Zwiebel (dünn geschnitten)
1 Ziegenrolle
200 g Ziegenfrischkäse
3 Lauchzwiebeln
Salz
Pfeffer

**Zubereitung:**
Den Teig mit dem Ziegenfrischkäse bestreichen, die Krabben darauf verteilen, mit Salz und Pfeffer würzen, die Zwiebelringe und die in Scheiben geschnittene Ziegenrolle verteilen. Die kleingeschnittenen Lauchzwiebeln darüber streuen. Im vorgeheizten Ofen bei rund 250 °C (Unter- und Oberhitze) backen.

# Flammkuchen à la AnkerBuch

Unsere Freundin und Buchhändlerin Nicole Anker (Anker-Buch in Andernach) verwöhnt das Publikum bei einer Lesung immer mit wunderbaren Köstlichkeiten. Bei dem nachfolgenden Rezept hätten wir fast nicht mehr weiterlesen können, weil jeder noch ein weiteres Stück Flammkuchen essen wollte und die Pause kein Ende nahm. ;-)

**Zutaten:**
200 g Schmand, verrührt mit 100 g mild-cremigem Schafskäse
200 g roher Schinken (gewürfelt)
1 Zwiebel (in Ringe geschnitten)
400 g grüner Spargel
Salz
Schwarzer Pfeffer

**Zubereitung:**
Vom grünen Spargel die Enden abschneiden, bei Bedarf das untere Drittel schälen. Die Stangen in drei bis vier Zentimeter lange Stücke schneiden und in einer Pfanne anschmoren. Eine Tasse Wasser, etwas Brühe und einen Schuss Weißwein dazugeben. Die Stangen bei geschlossenem Deckel garkochen, eventuell etwas Flüssigkeit nachgießen. Abkühlen lassen. Den Teig mit der Schmand-Käse-Mischung bestreichen, Zwiebelringe und Spargelstücke darauf verteilen, und mit Salz und Pfeffer würzen. Schinkenwürfel darüberstreuen. Im vorgeheizten Ofen bei rund 250 °C (Unter- und Oberhitze) backen.

# Gewinner-Rezepte

Über unsere Social-Media-Kanäle hatten wir dazu aufgerufen, uns Rezepte einzusenden. Erstaunlich viele wählten die klassische Flammkuchenvariante mit Schinken und Zwiebeln (dann wäre das allerdings ein sehr einseitiger Rezeptteil geworden). Am Ende haben wir gelost. Das hier sind die Gewinnerrezepte.

Herzlichen Glückwunsch – und allen Einsenderinnen und Einsendern ganz lieben Dank für die Vorschläge.

# Flammkuchenrezept von Sonja Werkowski von Sonjas Bücherecke

Dieses Rezept ist klasse, wenn man Gäste erwartet, denn es werden 12 Portionen.

Vorbereitungszeit: 40 Minuten
Garzeit: 15 Minuten

**Zutaten:**
0,5 Würfel frische Hefe
1 Prise Zucker
125 ml Wasser, lauwarm
250 g Weizenmehl
2 EL Olivenöl
0,5 TL Jodsalz
5 mittelgroße rote Zwiebel
300 g saure Sahne
1 Prise Pfeffer
300 g Schinkelwürfel (ich mische immer magere und etwas durchwachsene)
4 EL Petersilie (frisch oder tiefgekühlt gehackt)
4 EL Schnittlauchringe (frisch oder TK)

Als kleines Extra ergänze ich das Ganze noch mit frischen Frühlingszwiebeln (wir lieben diesen Geschmack).

**Zubereitung:**
Hefe zerbröckeln, mit Zucker und Wasser verrühren. Mehl in eine Schüssel geben, in die Mitte eine Vertiefung drücken und

aufgelöste Hefe hineingießen. Mit etwas Mehl verrühren, und Vorteig an einem warmen Ort zugedeckt ca. 15 Minuten gehen lassen (alternativ kann man auch Trockenhefe verwenden).

Öl und Salz zum Vorteig geben. Zu einem glatten Teig verkneten und weitere ca. 30 Minuten gehen lassen. Teig nochmals gut durchkneten. Backofen auf 250 Grad (Gas: Stufe 5, Umluft 220 Grad) vorheizen.

Teig in 12 Portionen teilen, zu dünnen Ovalen (ca. 20 x 10 cm) ausrollen und auf drei mit Backpapier ausgelegte Backbleche legen. Weitere ca. 15 Minuten gehen lassen. Zwiebeln schälen und in Ringe schneiden. Teigstücke mit saurer Sahne bestreichen und mit Salz und Pfeffer würzen. Mit Schinkenwürfeln, Zwiebelringen und Frühlingszwiebeln belegen. Im vorgeheizten Backofen auf mittlerer Schiene ca. 10 – 15 Minuten backen. Mit Petersilie und Schnittlauch bestreuen und servieren.

Gute Appetit!

# Flammkuchen mit Walnüssen und Rucola von Stephanie T.

**Zutaten für 1 Blech:**
Flammkuchenteig
zwei bis drei Handvoll Walnüsse
250 g Crème fraîche
400 g Kirschtomaten
1 Bund Rucola
Pfeffer

**Zubereitung:**
Crème fraîche auf dem Teig verteilen und mit frisch gemahlenem Pfeffer bestreuen. Kirschtomaten waschen und in Scheiben schneiden. Auf dem Teig verteilen. Walnüsse ganz grob zerteilen und ebenfalls auf dem Teig verteilen. Anschließend den Flammkuchen im vorgeheizten Backofen bei 260 °C für ca. 7 Minuten knusprig backen. Danach den gewaschenen Rucola auf dem Flammkuchen verteilen und servieren. Schmeckt vor allem im Sommer herrlich!

# Flammkuchen mit Camembert und Wildpreiselbeeren von Tim J.

**Zutaten für 1 Blech:**
Flammkuchenteig
zwei bis drei Handvoll Walnüsse
250 g Crème fraîche
250 g Camembert
1 Glas Wildpreiselbeeren
Pfeffer

**Zubereitung:**
Die Crème fraîche mit frisch gemahlenem Pfeffer würzen und auf dem Teig verstreichen. Den Camembert in Scheiben schneiden und gleichmäßig auf dem Teig verteilen. Dann den Flammkuchen im vorgeheizten Backofen bei ca. 260 °C (Ober-Unterhitze) für ungefähr 8 Minuten knusprig backen. Flammkuchen aus dem Backofen holen und viele kleine Kleckse Wildpreiselbeeren darauf platzieren. Servieren und genießen! Schmeckt vor allem im Winter herzhaft und frisch.